PAUL LACOMBE

THÉATRE CONTRE LA GUERRE

# SCÈNES DE GUERRE DE TOUS LES TEMPS



PARIS
LIBRAIRIE LÉON VANIER, ÉDITEUR
A. MESSEIN, successeur
19, Quai Saint-Michel, 19

1908

# TOUJOURS LA GUERRE, L'AFFREUSE GUERRE



SCÈNES HISTORIQUES DE TOUS LES TEMPS

PAR

PAUL LACOMBE



PARIS
LIBRAIRIE LÉON VANNIER, ÉDITEUR
A. MESSEIN, successeur
19, Quai de Milhet, 19

## DU MÊME AUTEUR

*Petite histoire du peuple Français* (Paris Hachette).

*De l'histoire considérée comme science* (Paris, 1 vol. in-8).

*Introduction à l'histoire littéraire* (Paris, 1 vol. in-8).

*La Guerre et l'Homme* (Paris, librairie Cornély 1 vol. in-12).

*Esquisse d'un enseignement basé sur la psychologie de l'enfant* (Paris A. Colin, 1 vol. in-16).

*Psychologie des individus et des Sociétés selon Tanie, historien des littératures* (Paris Alcan, 1 vol. in-8).

PAUL LACOMBE

# VERCINGETO-RIX



## DRAME EN NEUF TABLEAUX

### PERSONNAGES

| | |
|---|---|
| CÉSAR | LUCTÈRE |
| BRUTUS | CRITOGNAT |
| SPURIUS | INDUTIO |
| LUCANIE | FIDUS |
| TURIN } soldats romains | CELTIL |
| NARBONNE } soldats romains | EPONAX |
| RUSCINO } soldats romains | MARCIA |
| VERCINGETO | LUCTERIA |

(Tribuns militaires, centurions et soldats romains, chefs et soldats gaulois).

*AVERTISSEMENT. — L'auteur de ce drame a tenté d'en faire une œuvre historique, quant au fond des événements et à la conception des caractères. Il a évité, d'autre part, de lui donner un vernis archéologique, encore plus propre à fatiguer les yeux du lecteur qu'à les éblouir. Il lui aurait été facile de mettre Avaricum à la place de Bourges ; et, au lieu de compter par francs, de compter par sesterces etc. Mais alors pourquoi ne pas faire parler latin et gaulois à ses acteurs ? Une pièce, comme celle-ci, est, forcément, une sorte de traduction.*

PARIS

LIBRAIRIE LÉON VANNIER, ÉDITEUR

A. MESSEIN, successeur

19, Quai St-Michel, 19

1908

# VERCINGETORIX



## ACTE PREMIER

Le camp de César. A gauche la tente de César. — Un soldat est en sentinelle devant cette tente dont on voit l'intérieur. — A droite, un parapet. De ce côté, le fond indique que le camp est assis sur une hauteur.

### SCÈNE PREMIÈRE

LUCANIE, NARBONNE, jouent aux dés, assis sur des poutres, près du parapet

NARBONNE se levant. — Je n'y fais plus.

LUCANIE. — Pourquoi ?

NARBONNE. — Dites donc l'ancien, vous me gagnez toujours.

LUCANIE. — Hé bien ! après ?

NARBONNE. — C'est amusant pour vous, mais pas pour moi.

LUCANIE. — Dis donc, conscrit, est-ce que je suis fait pour t'amuser ?

NARBONNE. — Vous avez mon argent, c'est bien ; n'allez pas à présent me chercher querelle.

LUCANIE. — Alors tu payeras à boire.

### SCÈNE II

Marcia, habillée de noir, la tête enveloppée d'un voile, et conduite par un officier arrive, s'arrête devant l'ouverture de la tente, où elle se tient immobile.

LUCANIE et NARBONNE, allant à droite.

NARBONNE. — Qu'est-ce que c'est que cette dame ?

LUCANIE. — C'est la dame de l'intendant général.

NARBONNE. — Pourquoi est-elle habillée en suppliante ?

LUCANIE. — Parce qu'on veut mettre à son mari une corde neuve autour du cou, et serrer.

NARBONNE. — A l'intendant général ?

LUCANIE. — A lui-même ?

NARBONNE. — Il a donc fait quelque chose ?

LUCANIE. — Probablement.

NARBONNE. — Quoi donc ?

LUCANIE. — Une farce.

NARBONNE. — Alors pour une farce...?

LUCANIE. — Sans doute, si César ne la trouve pas bonne.

NARBONNE. — Mais enfin quoi ?

LUCANIE. — C'est l'histoire d'un convoi de blé. L'intendant nous l'envoyait. Mais voilà que sur la route, dans un bois, des Gaulois embusqués sautent sur nos gens, les massacrent et enlèvent tout.

NARBONNE. — Je comprendrais...

LUCANIE. — Tais-toi ! — les Gaulois avaient été avertis sous main par l'intendant.

NARBONNE. — Pourquoi avertis ?

LUCANIE. — Dieux ! que c'est bête, un conscrit, que c'est bête ! Le convoi une fois pillé, badaud, impossible de vérifier si les chariots étaient pleins, si le blé était bon, et cependant Monsieur l'intendant portait son compte au trésorier de l'armée, comme si tout avait été dans l'ordre.

NARBONNE. — Et ça n'y était pas probablement.

LUCANIE. — Compris. ., tu as compris. L'enfant a compris.

NARBONNE. — Ce n'est pas fort ce tour-là.

LUCANIE. — Il te faudra faire mieux.

NARBONNE. — Et comment l'a t'on découvert ?

LUCANIE. — Tu as bien vu passer César ?

NARBONNE. — Plus de cent fois déjà.

LUCANIE. — Et qu'as-tu remarqué ?

NARBONNE. — Qu'il est chauve.

LUCANIE. — Il me fait de la peine, ce conscrit ! Tu as vu qu'il était chauve, et tu n'a pas seulement remarqué son nez.

NARBONNE. — Son nez... mais il est fait, je crois, comme le mien.

Il porte la main à son nez.

LUCANIE. — Ah ! le pauvre poulet (il rit aux éclats, puis tout à coup cesse de rire, — baissant la voix et regardant vers le fond.) Le voilà qui vient.

NARBONNE. — Quoi ? qui ?

LUCANIE. — Le nez en question... (d'une voix grave.) César.

Ils passent vers la droite.

NARBONNE à demi-voix. — Alors nous verrons une exécution.

LUCANIE. — Pas sûr... du moment que la dame est ici.

NARBONNE. — Qu'est-ce qu'elle y peut faire ?

LUCANIE. — Elle peut faire dodo avec César.

NARBONNE. — Lui, le général, César ! j'aurais cru qu'il se fichait des femmes.

LUCANIE. — Oui, après.

## SCÈNE III

### BRUTUS, CÉSAR

César, accompagné de Brutus, arrive du fond, passe, sans rien dire, devant la sentinelle qui porte les armes, l'officier qui fait le salut militaire, et Marcia immobile. Il entre avec Brutus dans la tente.

CÉSAR A BRUTUS. — Je m'y attendais.

BRUTUS. — Tu la recevras ?

CÉSAR. — Autant en finir tout de suite.

BRUTUS. — Alors je te laisse.

CÉSAR. — Cela vaudra mieux ; je te rejoins tout à l'heure. (A demi-voix.) Quel imbécile !

BRUTUS. — De qui parles-tu ?

CÉSAR. — De ce tribun, Quintus, qui a consenti à l'escorter. Il est fou de cette femme, qui se moque de lui et de beaucoup d'autres.

BRUTUS. — Elle est fort belle.

CÉSAR. — Elle l'a été plus. A tout à l'heure.

BRUTUS SORTANT, A MARCIA. — Vous pouvez entrer, Madame.

Marcia entre. L'officier disparaît. Brutus se promène au fond.

## SCÈNE IV

### CÉSAR, MARCIA

Pendant cette scène César est assis sur une belle chaise en bronze sculpté, qu'il a prise au fond de la tente. Marcia s'approche lentement de César, s'abaisse comme pour se prosterner, puis se relève et développe le voile qui couvre sa tête et ses épaules.

CÉSAR. — Je m'attendais à votre démarche, Madame. Vous faites ce que vous deviez faire. Je ferai de mon côté, ce qui m'appartient. Je vous écouterai d'abord, quoique sachant d'avance ce que vous allez me dire. Ainsi vous allez invoquer votre noblesse, la famille dont vous sortez.

MARCIA. — Elle a eu l'honneur de s'allier quelquefois aux Jules.

CÉSAR. — Nous sommes un peu parents ; je ne l'ai pas oublié. Je n'ai pas oublié non plus nos rapports personnels. Vous m'avez inspiré, Madame, de l'admiration et....... de l'amitié. Ces sentiments, je les ai encore pour vous, doublés de la sympathie qui est due à votre situation. L'épouse vient ici implorer la grâce d'un mari, qu'elle sait coupable, qui fut toujours indigne d'elle, un mari qu'il n'y avait pas moyen d'aimer. (Mouvement de Marcia.) Attendez... Je sais que vous ne remplissez pas seulement un devoir de convenance. Vous êtes mère...

MARCIA. — Oui, seigneur, c'est une mère qui vous supplie. J'invoque votre pitié, votre justice pour un enfant. Mon fils, mon pauvre fils, n'est-il pas innocent ? Et cependant son sort est en jeu ; on lui prépare une destinée cruelle. Déchu de son rang, banni du monde, désigné par un nom déshonorant aux dédains implacables : voué à la solitude, à l'oisiveté, à la nullité .. Ah ! seigneur, quelle vie affreuse ! Qu'a-t-il fait cependant, ce pauvre être condamné. Il a souri à sa mère, et il a joué. Ah ! c'est injuste, c'est barbare !

CÉSAR. — Je n'ai pas fait l'opinion ; je l'aurais faite plus équitable. Votre fils, Madame, trouvera en moi un protecteur.

MARCIA VIVEMENT. — Vous ne nous rendrez pas l'honneur. En frappant le coupable, votre sentence atteindra toujours l'innocent.

CÉSAR FERMEMENT. — Oui, Madame ; car il n'est pas possible que l'innocent procure l'impunité au coupable. Ce serait une injustice contre le public. Où irions-nous grands dieux ! Général, je commande à des hommes qui portent en eux toutes sortes de passions ; j'ai la discipline, j'ai la probité à maintenir ; et pour cela je n'ai qu'un moyen à ma disposition, la peine inflexible qui, a travers tous les obstacles, cherche et frappe le méchant.

MARCIA, A DEMI-VOIX. — Seigneur, je ne demande pas l'impunité du coupable ; j'estime trop César.

CÉSAR. — Parlez alors.

MARCIA. — Accordez-moi seulement la permission de voir mon mari, sans témoins. Le général peut faire cela, sans faillir à ses devoirs.

CÉSAR. — Votre mari, Madame, est — je ne vous apprendrai rien, — un misérable... ni père, ni mari, ni citoyen, ni honnête homme, mais avec des mœurs impures, des habitudes éhontées, il a une qualité ; il est brave, très brave même. Vous lui mettrez en main un poignard ou du poison, et ce soir il sera mort.

MARCIA. — Le coupable aura subi sa peine.

CÉSAR. — Non pas pour moi ; mort avant d'avoir été convaincu, il n'aura pas été puni. La sentence seule fait le coupable ; jusque-là on n'est qu'accusé. Le supplice seul fait le châtiment. Il fait surtout l'exemple dont moi, conducteur d'hommes, j'ai besoin. Vous avez fort bien calculé pour vous, mais...

MARCIA se jetant à genoux et pressant les mains de César.

Seigneur, pour mon fils, pour l'enfant innocent ; au nom de celle qui fut votre fille, au nom des mânes de votre Julia..

CÉSAR, se recule et se lève.

Je veux faire mon métier de juge honnêtement. (Un moment de silence.) C'est un mot qui doit tout finir. (Marcia ne bouge pas.) Eh bien, soit...! J'ajouterai des considérations d'un autre ordre. Votre mari, Madame, a été toujours riche, un des plus riches de l'ordre équestre. Vous le savez, car vos parents vous ont mésalliée à lui pour son argent. Il m'avait prêté ; j'étais son débiteur. Par Vénus ! c'est connu, je dois à beaucoup de gens ; à tout le monde si vous voulez. Je suis un panier percé : c'est public. J'ai employé votre mari, quoique sa probité me fût très suspecte. Ce fut la complaisance coupable d'un débiteur pour son créancier. Moi, j'avoue toujours mes fautes. Votre mari a apprécié notre situation réciproque avec sa délicatesse ordinaire. Il s'est dit qu'il pouvait voler impunément sous un général qui lui devait. Le jour du supplice, la succession de votre mari recevra ce qui lui est dû. — Allez, Madame ! Madame! je suis sûr à présent que vous comprenez la parfaite inutilité de vos prières ; d'autant que cette circonstance, à laquelle vous avez bien pris garde de ne pas faire l'allusion la plus lointaine, vous la saviez ; et je crains que vous n'ayez, vous aussi, compté sur elle.

MARCIA, se relevant brusquement

Voilà un mot de trop ; César aurait dû se l'épargner.

CÉSAR. — Soit, Madame, je vous fais mes excuses.

MARCIA. — C'est désormais tout ce que je veux de vous. (Elle sort.)

CÉSAR, seul, se préparant à sortir.

Ah ! ah ! je vous connaissez bien, Madame.

## SCÈNE V

### CÉSAR, BRUTUS

Il va rejoindre Brutus, et tous deux se promènent.

BRUTUS. — Econduite. J'ai vu cela à son air.

CÉSAR. — J'ai cru qu'elle ne s'en irait pas. Mais, j'ai songé à son orgueil, et il m'a tiré d'affaire.

BRUTUS. — Tu l'as eue, cette femme ?

CÉSAR. — Je ne crois pas.

BRUTUS, — César fait le fat, je l'en avertis.

CÉSAR, SOURIANT. — Tu as raison. Le vrai est qu'elle m'a voulu, mais je poursuivais Porcia, non, Scribonia, ou Lucia. Puis c'est moi qui l'ai voulue, trop tard. Nos fantaisies ne se sont pas rencontrées.

BRUTUS. — Alors qui a-t-elle eu ?

CÉSAR. — Curion ; et puis, ma foi, je n'en vois pas d'autre.

BRUTUS. — Un amant unique, mais c'est une vertue !

CÉSAR. — Certes ! Si Lucrèce avait eu Spurius pour mari, elle aurait accepté Tarquin, quitte à s'y tenir.

BRUTUS. — Etant Lucrèce. — Et cette femme est venue de Rome, exprès pour te supplier ?

CÉSAR. — Non... quand j'ai consenti à employer son mari, elle l'a suivi.

BRUTUS. — Encore un trait merveilleux !

CÉSAR. — Elle espérait le retenir.

BRUTUS. — Et tu la souffrais dans ton camp ?

CÉSAR. — Pour brouiller ensemble lieutenants et tribuns, ah ! non. Elle demeurait chez nos amis, les Eduens. De temps à autre, elle venait savoir si son mari ne s'était pas déshonoré. Je lui dois un service asssez important.

BRUTUS. — Lequel ?

CÉSAR. — Elle m'a aidé à garder quelqu'un, qui avait envie de s'en aller.

BRUTUS. — Qui donc ?

CÉSAR. — Vercingeto.

BRUTUS. — Ce patricien arverne que j'ai vu ce matin partir pour la promenade avec ses fidèles ?

CÉSAR. — Lui-même.

BRUTUS. — Un magnifique cavalier, ma foi ; un barbare splendide. — Il était amoureux de Marcia ?

CÉSAR. — Que veux-tu ? C'est de tous les pays.

BRUTUS. — Et elle ?

CÉSAR. — Je ne sais.... peut-être.

BRUTUS. — De Curion à Vercingeto le changement est grand.

CÉSAR. — Et facile à proportion.

Bruit de voix.

BRUTUS. — Qu'est-ce qu'on entend ?

CÉSAR. — Une rixe probablement entre mes soldats et les marchands Gaulois. Nous en avons toujours quantité autour de nous ; mais ce matin j'ai remarqué leur affluence. Elle m'a donné à penser.

BRUTUS. — Quoi donc ?

CÉSAR. — Je te le dirai. Allons voir par nous-même.

## SCÈNE VI

LUCANIE, TURIN, NARBONNE

Ce dernier avec une bouteille à la main. — Ils descendent la scène sur la droite, pendant que César et Brutus la remontent au milieu.

NARBONNE. — Ici nous serons seuls. Je ne peux pas régaler tout le monde... avec une bouteille.

TURIN. — C'est du vin de Narbonne ?

NARBONNE. — Oui ; un compatriote.

LUCANIE. — Tu as payé ça ?

NARBONNE. — Trente sous.

LUCANIE. — On t'a refait, mon pauvre pigeon. Faudra me charger de tes achats.

TURIN. — Et tu seras refait... autrement.

LUCANIE. — Hein ? Quoi ?

TURIN. — Vous fâchez pas, vieux grognon. Ces marchands sont de vrais bandits.

LUCANIE. — Quand ils vous vendent, tout est d'un prix...

TURIN. — Et, quand ils achètent, rien ne vaut plus rien.

LUCANIE. — Comme tu dis. Après l'affaire de Maubeuge, je ramasse un grand coquin de Belge, blessé. Je le porte, la nuit, sur mes épaules, entends-tu bien, chez Marcus le vivandier. Le chirurgien de la cohorte vient en cachette me le soigner. Je paye le chirurgien, je paye Marcus, je paye tout ; bref, je remets sur pied mon escogriffe. C'était haut comme un chêne et fort comme une catapulte. Quand j'ai voulu le vendre, savez-vous ce qu'on m'en a offert ? — un homme que le marchand aura vendu à Rome 2,000 francs, sûr comme je tiens un verre, — 200 francs, et je l'ai lâché !

TURIN. — J'ai bien vendu cinquante francs une princesse gauloise.

NARBONNE. — Jolie ?

TURIN. — Ce n'était pas seulement le prix de ses cheveux blonds.

LUCANIE. — Oui, mais tu l'avais un peu surmenée, ta princesse.

TURIN. — Par Priape, je ne suis pas encore bon à faire un vétéran.

LUCANIE. — Fort bien ; mais ça déprécie toujours la marchandise.

NARBONNE. — Je me réconcilie avec le métier, moi. Ces prisonniers qu'on vend, ces femmes qu'on bouscule...

TURIN. — Il lui tarde d'être au sac d'une ville.

LUCANIE. — Ça, il faut l'avoir vu pour le croire.

NARBONNE. — Le sac d'une ville ?

TURIN. — Oui. Figure-toi, mon cher, tout à discrétion, le vin et l'argent, les hommes et les femmss.

NARBONNE. — Les femmes aussi ?

TURIN. — Les femmes surtout.

LUCANIE. — Non, commençons par le vin. Voici les tonneaux... Pan ! on les crève, comme tu déboucherais une bouteille, et ça part. On s'inonde l'intérieur, l'extérieur, tout. Voilà des ruisseaux de vin, voilà des mares. On s'y vautre et on boit. Il y a du sang dedans, n'importe, on boit toujours. Voilà de la mangeaille de toute sorte, mangeons, gorgeons-nous ; empiffrons-nous. Et ces caisses, ces coffres, ces armoires, qu'est-ce qu'il y a dedans ? des effets, des bijoux, de l'or, de l'argent. Je casse, je brise, j'ouvre, je vide tout ça, et j'emplis mes poches et j'emplis mon sac. Je jette ceci pour prendre cela, et je me charge, je m'accable. Ce qu'on ne peut pas prendre, on jouit de le fouler aux pieds, de l'abîmer, de le détruire. L'habitant veut défendre son bien, allez!... on le frappe, on l'excède, on le crève comme ses tonneaux. Et les femmes, les femmes... on les voit troussées, de toutes parts. Ah! ah! — et tout ça au milieu des cris, des jurons, des larmes, des saletés, des prières, des rugissements. C'est un tintamarre, un tremblement, une fin du monde, quoi! mais d'un agrément à rendre fou; et, quand on y pense, on est prêt à risquer sa gueule, ses os et tout, pour passer une heure dans cette drôlerie-là.

TURIN. — En Orient, c'était encore plus agréable. Là, les femmes mortes de peur, se laissent tourner et retourner comme on veut. Les Gauloises, ça se défend, ça mord, ça rue comme un cheval vicieux.

LUCANIE. — Heureusement, elles ont leurs longues tresses.

TURIN. — Et, justement, elles les dénouent pour la circonstance.

NARBONNE. — Et alors?

LUCANIE. — Alors, la manœuvre est simple. On tire par la tresse, jusqu'à ce que la femme tombe. Puis, avec le pommeau de l'épée, pan sur la tête, on l'étourdit.

TURIN. — Quelquefois on l'assomme, sans le vouloir.

LUCANIE. — Ça c'est une perte.

NARBONNNE. — Détalons! César revient.

## SCÈNE VI

BRUTUS, CÉSAR, puis RUSCINO

CÉSAR. — Ordinairement, c'est le soldat qui bat le marchand. Il est étonnant que les Gaulois aient commencé.

BRUTUS. — Chacun son tour.

CÉSAR. — Voilà plusieurs signes... Il se trame quelque chose, ou quelque chose est arrivé. Et Vercingeto qui ne rentre pas.

BRUTUS. — Pourquoi le laisser sortir?

CÉSAR. — Il n'est pas mon prisonnier; il est mon hôte.

BRUTUS. — Malgré lui.

CÉSAR. — Pas tout à fait. Curieux de nos mœurs, de nos idées, il est venu s'en instruire auprès de moi, et il reste jusqu'à ce que moi, son pédagogue, je déclare son instruction suffisante.

BRUTUS, souriant. — Bref, c'est un ôtage qui te garantit la tranquillité des Arvernes.

CÉSAR. — Sans doute; mais ce que j'ai dit de sa curiosité est vrai. Il admire tout ce qui vient de Rome.

BRUTUS. — Y compris les dames?

CÉSAR. — Y compris les dames.

BRUTUS. — Alors, il ne s'esquivera pas.

CÉSAR. — Je crois, au contraire, qu'il y songe. Il se trouve suffisamment instruit.

BRUTUS. — Du côté de Marcia?

CÉSAR. — Non, des autres.

BRUTUS. — Et, s'il s'esquive?

CÉSAR. — C'est la guerre avec les Arvernes.

BRUTUS. — Pourquoi?

CÉSAR. — Parce qu'il la voudra.

BRUTUS. — Et cette admiration qu'il a pour nous?

CÉSAR. — Il voudrait nous admirer de loin, hors de son pays.

BRUTUS. — Je l'approuve. Il fait son métier de Gaulois.

CÉSAR. — Il l'est de cœur, bien qu'il sache parler notre langue et imiter de nous ce qui lui paraît bon. Sais-tu que je lui ai offert de le faire régner sur ses compatriotes? Il a refusé.

BRUTUS. — Il y a donc des républicains aussi chez les Arvernes?

CÉSAR. — Tu crois à la sincérité de l'homme qui refuse une couronne, toi? Non. Il veut régner, mais sans moi, et au besoin contre moi. A sa place, je penserais comme lui.

BRUTUS. — Et les Arvernes feront ce qu'il voudra?

CÉSAR. — C'est un très grand seigneur que Vercingeto. Son père a commandé un instant à toute la Gaule. Figure-toi qu'avec ses domestiques et ses clients ce seigneur là peut se former une armée de vingt mille hommes peut-être. Il brisera les résistances, entraînera tout; et, d'ailleurs, il n'est pas bien difficile d'entraîner les Gaulois; ils partent tout seuls.

BRUTUS. — Et les Arvernes une fois partis?

CÉSAR. — Les peuples que j'ai battus,

ceux que j'ai intimidés, toute la Gaule, enfin, peuvent entrer en branle.

BRUTUS. — A ta place, je l'aurais peut-être supprimé, ce seigneur dangereux ?

CÉSAR. — C'eût été... une inutilité. (Avisant un soldat qui depuis un moment est entré en scène et regarde debout, près du parapet à droite.) Ruscino ! Ruscino !

RUSCINO, s'approchant. — Mon général ?

CÉSAR, à Brutus, lui montrant le soldat. — Cet homme là est un montagnard des Pyrénées. Sa vue est extraordinaire. A un mille de distance il découvre un lièvre gîté, s'il fait froid, au brouillard imperceptible de sa respiration. Est-ce vrai ?

RUSCINO. — Oui, mon général.

CÉSAR. — Viens ici. (Il l'amène près du parapet). Tu dois voir là-bas, dans une clairière, le gué de la Loire.

RUSCINO, après un moment. — Je vois l'eau miroiter.

CÉSAR. — Crois-tu que tu distinguerais une troupe de cavaliers qui traverserait le gué ?

RUSCINO. — Je l'espère, mon général.

CÉSAR. — Alors, reste là, et ne perds pas le gué de vue, pas un instant.

BRUTUS, revenant avec César au milieu de la scène. — Nous sommes donc à la veille de grands événements ?

CÉSAR. — En Gaule, on est toujours à la veille de grands événements.

BRUTUS. — Tu en parles d'un air détaché.

CÉSAR. — Mon cher Brutus, si les choses tournent à la paix, si la Gaule se trouve suffisamment battue, si c'est déjà fini de ses résistances déclarées ou sourdes, si elle va peu à peu s'apaiser sous ma main et devenir... nôtre, sans doute, je ne me plaindrai pas ; mais le contraire ne me fâcherait pas non plus. Qu'elle se révolte, qu'elle se lève toute entière, alors, c'est la grande guerre : dix victoires de plus, d'immenses trésors pour Rome, des prisonniers par cent mille pour mes soldats; pour moi, un triomphe comme les rues de Rome n'en auront pas vu, elles qui en ont vu, pourtant.

BRUTUS. — Et puis ?

CÉSAR. — Et puis, une vieillesse paisible, honorée... comme celle du vainqueur de Carthage.

BRUTUS. — Mais, elle ne fut pas si paisible !

CÉSAR. — Je saurai me la faire telle, — Enfin, que les choses tournent de cette façon ou de cette autre, il m'est indifférent; je suis également prêt. En attendant, viens, je veux savoir une chose.

BRUTUS. — Quoi ?

CÉSAR. — Quel est le cheval que Vercingéto monte ce matin.

*Ils remontent la scène.*

## SCÈNE VII

LUCANIE, TURIN, NARBONNE, redescendant la scène

LUCANIE. — Il se croit malin, le conscrit, parce qu'il s'est escrimé six mois contre le pieu.

NARBONNE. — Six mois, c'est quelque chose.

LUCANIE. — Tu verras, quand le pieu sera un grand démon de Gaulois, haut de six pieds, hurlant comme un loup, et démenant son long bras avec un grand sabre au bout, qui n'en finit pas.

TURIN. — Il fera ce que tu as fait. Il aura peur d'abord.

LUCANIE. — Moi, je n'ai jamais eu peur.

TURIN. — Ah ! ah ! tra déri-dera ! Moi j'ai eu peur ; je ne débordais pas le bouclier, je t'en réponds. Je me tenais dessous, tout ramassé, tout ramassé.

NARBONNE. — Et maintenant ?

TURIN. — Je déborde, je déborde un peu... pas trop. Quand on se sent le plus malin, ça donne confiance. Voyons, j'en ai tué plus de vingt sans recevoir seulement une égratignure. Le Gaulois, ça tape, ça cogne ferme, ça y va de bon cœur, comme un bucheron ou un charpentier à l'ouvrage : mais c'est si mazette, ça se fatigue, ça se découvre, ça vous offre bonnement la poitrine. Vrai ! quelquefois on trouve qu'il n'y a pas de mérite.

LUCANIE. — Il est bon avec son mérite!

TURIN. — Deux choses seulement sont embêtantes ; c'est quand ils arrivent. On est là une petite troupe, petite relativement, l'épée au fourreau, le pilum au pied, tous silencieux par ordre, assez espacés, et comme tristes. Et eux, les Gaulois, ils viennent serrés, massés, nombreux, avec des cris épouvantables, comme furieux. On dirait je ne sais quoi, une montagne qui roulerait sur vous, en colère, ou la mer, si chaque vague était une bête. On se serrerait volontiers contre les camarades. Derrière et sur les côtés, on les trouve un peu loin. Et puis, tout à coup. on voit là à deux pas de son nez, une figure de sauvage qui vous mange des yeux. Et on reçoit un choc ! Ah ! si on ne s'arcboute pas ferme sur sa jambe de derrière ;

NARBONNE. — Alors ?

TURIN., — Enlevé, perdu, fini. Voilà tout ce qu'il y a.

NARBONNE. — C'est quelque chose.

LUCANIE. — Là, là. Si tu veux, en payant, on t'apprendra un truc : un coup dans le ventre, par dessous le bouclier.

A ce moment, Ruscino resté immobile, se retourne et crie aux soldats.

RUSCINO. — Taisez-vous donc. Ecoutez!

On entend au loin sur la droite une voix qui crie quelque chose d'indistinct. On dirait une psalmodie.

Les soldats écoutent, penchés du côté d'où vient la voix.

NARBONNE. — Qu'est-ce que c'est que ça ?

LUCANIE. Tais-toi. On va répéter de ce côté. (Il montre la gauche).

On entend la même psalmodie, mais plus faiblement, à gauche.

NARBONNE. — Mais qu'est ce que c'est que ça?

LUCANIE. — Ça, c'est les Gaulois qui se chantent une nouvelle, d'un bout à l'autre de leur pays. Chut ! ils s'y reprennent toujours à deux fois.

La voix de droite se fait entendre de nouveau puis la voix de gauche

NARBONNE. — Comme c'est intéressant!

LUCANIE. – Oui, pour notre peau, probablement.

## SCÈNE VIII

LES MÊMES, qui s'écartent un peu à droite, puis CÉSAR et BRUTUS.

CÉSAR. — As-tu observé les marchands gaulois, pendant qu'on criait ?

BRUTUS. — Pas un n'a bougé.

CÉSAR. — Pas un n'a même penché la tête pour écouter. Ils n'avaient pas l'air d'entendre. Donc, c'est un événement attendu, et grave.

RUSCINO, à haute voix, sans se retourner, et la main tendue vers l'horizon. — Voilà! voilà !

CÉSAR, s'approche vivement. Qu'est-ce que tu vois ?

RUSCINO. — Des points noirs sur la rivière.

CÉSAR. — Combien ?

RUSCINO. — Quinze à vingt chevaux peut-être.

CÉSAR. — Et ils vont ?

RUSCINO. — Vers le sud.

CÉSAR. — Ils vont du nord au sud, et la nouvelle va du sud au nord. Très bien ! c'est concordant; voilà du gaulois très compréhensible. Vercingeto se sauve, et les Arvernes ont remué... Brutus, mon cher, vous avez de la chance. A peine débarqué, vous verrez de jolies batailles. Tiens, Ruscino. (Il lui donne de l'argent). Et merci. Ruscino veut s'éloigner. Attends. (César tire de son sein des tablettes, et écrit quelques mots). Remets cela au centurion qui garde le prisonnier, tu sais, Spurius.

Ruscino s'éloigne.

CÉSAR, à Brutus. — Tu vas m'excuser. J'ai à entretenir Spurius, et à donner divers ordres.

BRUTUS. — A ton aise. J'irai me promener un peu à la campagne.

CÉSAR. — Alors, prends un escadron. La campagne n'est plus sûre.

BRUTUS. — Va pour l'escadron.

Un centurion se présente.

CÉSAR. — Qu'y a-t-il ?

LE CENTURION. — Un marchand dit qu'il a à vendre un beau collier de cailloux du Rhin.

CÉSAR. — Qu'il vienne !... Non, pas à présent, ce soir ; qu'il ne parte pas sans m'avoir vu.

Spurius, environné de gardes, traverse le théâtre. En le voyant venir, César rentre dans sa tente. Un centurion y introduit Spurius et se retire.

## SCÈNE IX

CÉSAR, SPURIUS, des menottes aux mains

CÉSAR, après avoir toisé Spurius quelque temps, sans parler. — Mon interprète, honnête homme d'ailleurs, sait le gaulois médiocrement. Toi, tu t'es mis en état de l'entendre et de le parler fort bien.

SPURIUS. — Oui, mon général.

CÉSAR. — Il le fallait pour fripponner. C'est naturel de part et d'autre. (Un silence). Cette nuit, quelqu'un s'introduira dans ta prison, t'enlèvera tes fers, te revêtira d'un costume gaulois, te munira d'argent, et te conduira hors du camp. Deux chevaux seront prêts, un pour toi, un pour ta femme.

SPURIUS. — Ah ! ma femme.

CÉSAR. — Tais-toi, drôle; tu crois comprendre et tu ne comprends pas. Vous monterez à cheval et tâcherez de rejoindre Vercingeto.

SPURIUS. — Il est donc parti?

CÉSAR. — Probablement.

SPURIUS. — Mais j'ignore où il est.

CÉSAR — Tu t'en informeras. Je t'avertis que Vercingeto va me faire la guerre et que les Gaulois sont déjà soulevés partout.

SPURIUS, — Alors, nous pouvons être massacrés en route.

CÉSAR. — Je conviens que, pour ta femme, ce serait immérité. Tu rejoindras donc Vercingeto. Tu te présenteras comme un homme que César a voulu faire étrangler, ce qui est absolument vrai. Vercingeto t'a vu en prison, il ne se défiera pas de toi, D'ailleurs ta femme sera là. Il faut qu'elle y soit. Voudra-t-elle te suivre?

SPURIUS. — Oui. J'ai des arguments pour cela.

CÉSAR. — Très bien. Ta position sera sûre; elle te protégera. Vercingeto a pour elle un goût très vif. Tu ne seras pas désobligeant, au contraire, j'en suis certain.

SPURIUS. — César est trop bon... mais que ferai-je?

CÉSAR. — Tu m'instruiras exactement; avec de l'argent tu trouveras, parmi les affranchis et les esclaves, autant de messagers que tu voudras.

SPURIUS. — Et puis?

CÉSAR. — Et puis, je t'enverrai des ordres. Et enfin, tu es homme à trouver de toi-même ce qu'il faudra faire pour nos intérêts.

SPURIUS. — César veut-il permettre!

CÉSAR, — Cela dépend.

SPURIUS. — Il m'accorde la vie, c'est quelque chose! mais, vrai! cela me touche moins que sa confiance.

CÉSAR. — Impertinent! Voici quelle est ma confiance : si tu t'avisais de rentrer dans le monde romain, sans avoir rempli ta mission, je te ferais rouer; si, là-bas, parmi les Gaulois, tu tentais quelque trahison, je te ferais poignarder, et tu n'en doutes pas.

SPURIUS. — C'est vrai.

CÉSAR. — Ta mission accomplie, c'est le retour à Rome avec la vie sauve et de l'argent..., beaucoup d'argent. Tu n'en doutes pas davantage?

SPURIUS. — Non.

CÉSAR. — Un dernier mot, très important : il faut que ta femme croie à ta fuite obtenue par la trahison d'un garde, à ta haine pour César et les Romains ; à la sincérité de ton zèle pour la cause gauloise.

SPURIUS. — J'y avais déjà songé.

CÉSAR. — Tu peux te retirer.

Au moment où Spurius sort et où les soldats le reconduisent, un tribun militaire, suivi d'un cavalier, traverse vivement la scène et se trouve en présence de César qui sort à son tour de la tente.

CÉSAR. — Ah! ah! une nouvelle.

LE TRIBUN. — Général, Vercingeto s'est enfui.

CÉSAR. — Je le savais.

LE TRIBUN, étonné. — Ce cavalier cependant est venu à toutes brides.

CÉSAR, se tournant vers le cavalier. — Ah ! c'est Curius, de Vérone.

LE CAVALIER. — Oui, mon général.

CÉSAR. — Eh bien! Curius, conte moi les détails.

## ACTE DEUXIÈME

L'intérieur d'une très vaste cabane en bois. Au fond, une grande porte ouverte. De chaque côté de la porte, de grandes fenêtres ouvertes. Au-dessus de ces ouvertures, de grands rideaux de cuir roulés pour le moment. La pièce est meublée de lits à la romaine; pour sièges, des malles couvertes de peaux. Un épais rideau, à droite, cache une autre chambre. Marcia et Spurius, debout des deux côtés d'une fenêtre, regardent au dehors, en silence, le défilé d'une troupe gauloise. Cris, hurrahs, sonneries de trompes. Quand le défilé a cessé, Marcia et Spurius viennent sur le devant de la scène.

### SCÈNE PREMIÈRE

SPURIUS, MARCIA

SPURIUS. — C'est le contingent de Cahors, à ce qu'il paraît. Nous avons vu arriver des hommes d'Arras, des hommes d'Agen, de Rodez, de Lisieux, que sais-je? La Gaule décidément est sens dessus dessous.

MARCIA. — Les divisions cessent, l'accord des peuples se fait grâce à Vercingeto.

SPIRIUS, railleur. — Il y emploie bien un peu le fer et le feu... Il fait bien un peu couper les oreilles aux réfractaires. Mais, n'importe ! c'est un homme extraordinaire.

MARCIA. — C'est mon avis.

SPURIUS. — Comment donc? il a du génie.

MRRCIA, sévèrement. — Ce n'est pas ma faute, si le monde romain nous a rejetés. Pour nous, il n'y a plus d'honneur et de sécurité que parmi les Gaulois. Soyons donc Gaulois de cœur.

SPURIUS. — Ce n'est peut-être pas si difficile !

MARCIA. — Je sens parfaitement l'ironie ; vous trouverez bon qu'elle me soit indifférente. Je vous ai suivi, dans l'intérêt de mon fils, uniquement. Sans moi, m'avez-vous dit, vous étiez sûr d'être repoussé par Vincingeto et de périr ; vous aimiez mieux courir la chance du jugement, voilà pourquoi je suis ici. Mais nous ne sommes pas des époux, nous ne sommes que des complices.

SPURIUS. — Aussi, bientôt, quand j'aurai pris pied ici, vous pourrez vous en aller,

MARCIA. — Pour montrer dans Rome la femme d'un criminel et d'un traître, non.

SPURIUS. — Il y a le divorce.

MARCIA. — Et votre fils, cesserait-il d'être votre fils?

SPURIUS. — Vous prétendez donc le faire venir ?

MARCIA. — Aussitôt que les routes seront plus sûres.

SPURIUS. — Vous renoncerez à la civilisation? Vous vous résoudrez à vivre parmi ces commodités, ces elégances.

Il montre les meubles.

MARCIA. — La plus indispensable de toutes, c'est l'absence de mépris autour de soi.

Cris, bruits, sons de trompes, un autre bataillon défile devant les fenêtres.

SPURIUS, quand ils sont passés. — Il faut qu'ils viennent de bien loin, ceux-là, pour être si crottés.

MARCIA. — Crottés ou non, ils prouvent que Rome n'a pas seule le secret du patriotisme.

SPURIUS. — Ceci du moins me semble évident.

MARCIA. — Et pourquoi César serait-il le seul grand capitaine?

SPURIUS. — Il paraît qu'il y en a au moins un autre. (On entend crier : Vive Vercingeto!) Je crois que Vercingeto se dirige de ce côté. Je vous laisse.

MARCIA. — Pourquoi ?

SPURIUS. — Il faut qu'il m'occupe, il faut qu'il m'emploie ; c'est chose nécessaire. Vous-même, en avez convenu. Vous l'obtiendrez, plus aisément, en mon absence.

### SCÈNE II

MARCIA puis VERCINGETO

MARCIA, seule un moment. — Sans doute, il faut que vous ayez ici des fonctions à remplir, des services à rendre. La dignité de notre situation, notre sécurité, le veulent ainsi. Et, avec votre intelligence, votre expérience, quels services vous pourriez rendre!... mais quelle chose terrible qu'un malhonnête homme! attendre toujours de lui quelque vilenie, sans savoir ce que ce sera! Pourtant ici son intérêt doit l'empêcher de trahir.

Un soldat gaulois entre brusquement. Il est coiffé d'un casque énorme surmonté d'une gueule de loup.

LE SOLDAT. — Le chef!

Il sort. Vercingeto arrive aussitôt.

MARCIA, le conduisant à droite, à l'endroit le plus éloigné du dehors et le faisant asseoir sur un grand coffre, où elle s'assied elle-même à côté de lui.

Hé bien! seigneur, vous devez être content?

VERCINGETO. — Oui, les nouvelles sont bonnes. Mes émissaires sont partout accueillis avec confiance. Partout on se réconcilie, on s'entend, on jure fidélité à la cause gauloise et guerre aux Romains. Enfin, enfin, les yeux se sont ouverts; ils ont aperçu l'ennemi commun, campé parmi nous, et tous les bras levés vers lui commencent à le menacer. Bientôt ils frapperont.

MARCIA. — Grâce à vous, qui n'avez eu ni illusion, ni découragement.

VERCINGETO. — Oui, j'espère, j'ose, je veux... je suis jeune, peut-être!

MARCIA. — Je lis dans vos yeux autre chose que de la jeunesse.

VERCINGETO. — Les Romains disent « jactance barbare, jactance gauloise » : en suis-je atteint moi aussi? En tout cas, je m'efforce de voir juste. Vous m'y aiderez Marcia.

MARCIA. — Mon ami, je serai toujours sincère avec vous.

VERCINGETO. — J'ai conçu un grand dessein, je veux réconcilier tous ces peuples, qui, sortis d'un même père et parlant la même langue, se combattent sans cesse, comme des frères divisés par un héritage. Et je veux les rendre semblables aux Romains, afin de vaincre les Romains. L'entreprise est aussi difficile que belle, je le sais, je le vois, mais pour impossible, non, je n'y consens pas!

MARCIA. — Est-il vrai que César vous ait offert la royauté?

VERCINGETO. — Très vrai. Par les Dieux! Sans doute, je veux régner, mais non pas au gré de César. Il faut que quelqu'un règne. Il faut que la Gaule toute entière soit rassemblée sous le commandement d'un chef unique, dans l'étreinte d'une seule main comme une épée. Il me plaît d'être cette main. Savez-vous pourquoi, Marcia?

MARCIA. — Oui mon ami, je le sais. Ce n'est pas pour avoir les plaisirs et les magnificences d'une royauté barbare, des chars plaqués d'argent, des chevaux, des chiens de chasse, des armées, des serviteurs, en nombre infini; non, ce ne sont pas ces vaines images qui vous tentent, mais les espérances les plus belles qu'un esprit généreux puisse concevoir; rendre son pays libre, prospère et redoutable.

VERCINGETO. — Marcia, Marcia, je vous aime.

UN GUERRIER GAULOIS entrant à Vercingeto. — Seigneur.

VERCINGETO. — Qu'est-ce, qu'y a-t-il encore?

LE GUERRIER. — Seigneur, Luctère voudrait vous entretenir.

VERCINGETO. — C'est bien. J'y vais dans un moment.

Un silence.

MARCIA. — Qui vous rend si pensif, mon ami?

VERCINGETO. — Ce nom, Luctère. Certes, j'aime cet homme; non parce qu'il est mon beau-frère, mais nul n'est plus brave, plus hardi et au fond plus généreux. Cependant, quand je le vois, je vois comme le revers de mon rêve. La face difficile de mon entreprise m'apparaît. Tous les obstacles se dressent devant mes yeux; tout ce qui répugne au caractère gaulois, et tout ce que je dois obtenir.

MARCIA caressante. — Voyons, mon ami, quoi d'abord?

VERCINGETO. — D'abord et dès aujourd'hui l'abandon d'une coutume bien dangereuse. Nous tenons conseil, nous délibérons dans les festins, en buvant, et hélas! nous ne sommes pas sobres. Dès aujourd'hui, je tiens conseil avant, non pendant.

MARCIA. — Et qu'allez-vous proposer dans ce conseil?

VERCINGETO. — Quelque chose de terrible pour mes Gaulois, mais il le faut, notre salut est à ce prix.

MARCIA. — Vous me faites peur, qu'est-ce donc ?

VERCINGETO. — De ne pas se battre, de ne pas aller droit à l'ennemi, pour le vaincre ou en être vaincu en un moment: tactique de sanglier ou de taureau qui a été la nôtre jusqu'ici et qui nous a si mal réussi : mais de refuser la bataille à l'ennemi trop habile, et cependant, attachés à ses flancs comme un fer recourbé qu'on n'arrache pas, nous le suivrons ; nous prendrons pour auxiliaires la famine et la soif : elles seront les ailes de notre armée.

MARCIA. — Quoique femme, je vous comprends ; je pressentais votre génie, le voilà qui parle.

VERCINGETO, s'animant. — Oui, et nous irons jusqu'au bout ; et nous ferons ce qu'il faudra faire. Je vois des spectacles..... terribles, nos villes incendiées par nous mêmes..... une large brulure marquant sur le sol la place où elles furent... des campagnes rasées, sans arbres ni moisson... un désert immense, une vaste désolation... et des multitudes infinies, femmes, enfants, vieillards, roulant! parmi les lamentations, vers la forêt profonde ou la montagne inaccessible : il le faut, il le faut ! Tout pour être libres !

MARCIA. — Hélas ! que de maux ! et cependant, nous devons désirer qu'ils arrivent.

LE MÊME GAULOIS, qui est déjà venu, entre et s'adresse à Vercingeto. — Seigneur, Luctère est là avec Gritognat et Indutio.

Vercingeto se lève, comme prêt à sortir.

MARCIA, se lève aussi, le conduisant à gauche ; à demi-voix. — Attendez ? voulez-vous suivre le conseil d'une femme.

VERCINGETO. — Je vous écoute.

MARCIA. — Une assemblée de trente ou quarante chefs, à qui vous allez proposer des résolutions que vous m'avez dites, trompera votre attente. Il n'en sortira rien que des discours, du bruit, des disputes ; peut-être l'avis de la bataille immédiate. Ces trois, qui sont là, sont les premiers entre les chefs ?

VERCINGETO. — Oui, certes.

MARCIA. — Persuadez-les d'abord, et puis consultez l'assemblée quand vous serez sûr quelle voudra ce que vous voulez.

VERCINGETO. — Vous avez plus de sagesse que tous les druides.

MARCIA. — Pourquoi ne les feriez-vous pas entrer ici ? Je vous laisse la place. (Elle va pour sortir.) J'oubliais... mon mari ; vous devriez l'emmener avec vous au festin, le présenter à vos Gaulois.

VERCINGETO. — Tout ce qui vous plaira. Et moi, j'avais aussi bien d'autres choses à vous dire. Mais, ce soir, au milieu du dîner, je m'esquiverai. Voulez-vous me recevoir ?

MARCIA. — Impossible ici.

VERCINGETO. — Marcia vous me faites de la peine.

MARCIA. — Mais pourquoi n'irions-nous pas en nous promenant jusqu'à cette forêt, si proche, et qui me tente ?

VERCINGETO. — Vous oseriez ?

MARCIA. — Avec vous, il n'y a pas le moindre courage.

VERCINGETO. — Merci.

Il lui baise la main, elle se dérobe derrière le rideau.

## SCÈNE III

VERCINGETO, LUCTÈRE, CRITOGNAT, INDUTIO

LUCTÈRE, entre le premier. Il parle haut, avec brusquerie. — Pourquoi nous réunir chez la Romaine ?

VERCINGETO, lentement. — Délibérer contre Rome chez des Romains, c'est, entends-tu ? Luctère, un présage favorable.

LUCTÈRE, riant subitement. — Ah ! très bien. Alors, j'approuve.

Les quatre chefs se saluent très cérémonieusement comme font tous les peuples sauvages et tous les barbares. Luctère, Critognat, Indutio se rangent à gauche, Vercingeto se tient seul à droite

VERCINGETO, après un moment de silence. — Seigueurs, vous savez ce qu'il arrive trop souvent dans une assemblée nombreuse ?

CRITOGNAT. — Beaucoup de paroles et peu d'effet.

VERCINGETO. — Précisément. Je vous ai priés de vous rendre ici, avant l'heure du consell, vous estimant les plus sages, les plus avisés, les plus clairvoyants d'entre les chefs gaulois.

*Tous s'inclinent profondément en signe de remerciement.*

VERCINGETO. — Toutes les questions que je veux porter devant l'assemblée, je désire vous les soumettre ici auparavant ; et je crois que l'intérêt public s'en trouvera bien. Ici nous discuterons froidement. Ici nous parviendrons à arrêter des résolutions. Nous les ferons ensuite adopter à une assemblée incertaine et tumultueuse, si toutefois mon avis vous semble bon.

*Indutio et Critognat approuvent par une profonde salutation. Luctère frappe légèrement sur son bouclier.*

VERCINGETO, *après un silence.* — Critognat, vous avez vu jadis les Cimbres traverser notre pays, comme l'avalanche irrésistible. Vous étiez jeune alors et cependant bien sage déjà, si vous avez conseillé vos compatriotes, comme la renommée le publie.

CRITOGNAT. — La renommée dit vrai. Nous avions été vaincus. Enfermés dans l'oppidum de Ségalaune, les vivres commençaient à nous manquer. Quelques-uns parlaient de se rendre. Mais la plupart voulaient sortir, aller à l'ennemi, et livrer une bataille décisive. Je jugeai que nous serions encore vaincus. Je proposai un troisième parti, celui de rester dans nos murs, d'y manger de l'homme, si c'était nécessaire, et de laisser passer le torrent. Je fus assez heureux...

VERCINGETO. — Dites plutôt assez habile.

CRITOGNAT. — Mon avis fut adopté, et ma patrie subsiste encore.

LUCTÈRE. — Et on mangea de l'homme ?

CRITOGNAT. — Beaucoup.

VERCINGETO. — Cet avis fut pour vous bien pénibible à donner et à soutenir. Il vous en aurait moins coûté de vous battre.

CRITOGNAT. — Dix fois moins.

VERCINGETO. — On vous traita de lâche ?

CRITOGNAT, — Bien entendu.

VERCINGETO. — Ceux-là ne savaient pas que le brave sans jugement est une brute dont tout le monde a raison. Indutio, vous, le roi des chasseurs, comme preuve de cette vérité, vous nous citerez l'auroch.

INDUTIO. — En effet, l'auroch fonce avec ses cornes sur tout chiffon rouge qu'on lui met au bout d'une perche et il se jette au trou préparé, où des femmes, des enfants, suffisent à l'assommer.

VERCINGETO. — Vous avez raison, Indutio, n'est-ce pas Luctère ?

LUCTÈRE. — Oui, oui ! mais nous ne délibérons pas.

VERCINGETO. — Nous delibérons, je t'assure. — Seigneurs, je connais les Romains ; je connais César. Le soldat romain est inférieur en vaillance aux valets d'une armée gauloise.

LUCTÈRE *applaudissant bruyamment.* — A la bonne heure.

VERCINGETO. — Et, cependant, voilà déjà dix peuples gaulois vaincus par lui.

LUCTÈRE. — Ce n'est pas nous !

VERCINGETO. — Je t'entends. Les autres n'ont pas été assez braves ; nous le serons, nous ; et, cependant, les autres, étant Gaulois, auraient dû vaincre. Pourquoi le contraire est-il arrivé ? Je vais te le dire.

LUCTÈRE. — Parle.

VERCINGETO. — Les Romains ont dans la guerre une adresse, des arts puiseants, qui triompheraient de la bravoure la plus grande. Empruntons-leur quelque chose de cette adresse ; imitons leurs arts, et nous les vaincrons aisément. Sachons d'abord différer la bataille décisive, comme vous fîtes, Critognat.

CRITOGNAT. — Très-bien.

VERCINGETO, *se tournant vers Indutio.* — Ne soyons plus l'auroch qui va tête baissée se jeter dans le piège.

INDUTIO. — Sans doute.

VERCINGETO, *avec autorité.* — Voici, seigneurs, ce que je compte faire. Certes, nous nous battrons. Luctére. Tu auras ta bataille, je t'en réponds. Je te demande seulement de vouloir patienter. Il faudra, en attendant, s'instruire, se discipliner, s'exercer. N'allez pas croire cependant que nous nous tiendrons loin des Romains. Non. Nous allons les approcher, les suivre, ne plus les lâcher. Une nombreuse cavalerie, comme la Gaule peut en fournir, chaque jour les harcèlera, les enlèvera, quand ils iront couper les blés, les fourrages. Pour eux, plus de repos, plus de trêve ; la faim, l'inquiétude, le découragement, le combat partiel, mais incessant. Enfin le moment viendra, l'heure propice, dont vous me laisserez juge, comme tout vrai général doit l'être. Alors, Luctère, moi et nous tous, nous serons comme des hommes qui ont longtemps été agités de désirs contenus pour une femme, et qui enfin s'y abandonnent. Oh ! quelle mêlée... tumultueuse comme la mer, plus retentissante que le tonnerre. Assez longtemps les corbeaux se sont repus de cadavres gaulois ; ce jour-là les gorgera de chair romaine.

Tous trois applaudissent en frappant leurs boucliers.

VERCINGETO. — Seigneurs, votre approbation m'engage... (Des cris, une musique guerrière se font entendre. On voit au dehors une troupe qui commence à défiler). — Impossible de continuer. Attendons un instant et regardons passer... la Gaule. Oui, seigneurs, il y a eu de tout temps des Eduens, des Arvernes des Bituriges. Mais, pour la première fois, la patrie commune se lève, elle vit, elle marche devant nos yeux.

CRITOGNAT, lui serrant la main. — C'est vous qui l'avez appelée à l'existence. Aussi vous pouvez compter sur moi. Je suis votre homme pour exécuter ce que vous voudrez, pour vivre et pour mourir avec vous.

VERCINGETO, lui pressant les mains à son tour et à demi-voix. — J'accepte votre dévouement avec reconnaissance. J'en ai besoin. Ce qu'il me reste à proposer est un sacrifice bien dur.

Les chefs s'approchent d'une des fenêtres, les Gaulois, au dehors, reconnaissant Vercingeto, l'acclament avec enthousiasme. . Longs cris de « Vive Vercingeto ! Vive Vercingeto ! »

---

## TABLEAU DEUXIÈME

Dans la fôrêt. Une clairière illuminée par la lune

---

### SCÈNE PREMIÈRE

SPURIUS, LUCTÈRE

LUCTÈRE. — Pourquoi m'avez-vous conduit ici ?

SPURIUS. — Pour causer à l'abri des importuns.

LUCTÈRE. — Je n'aime pas la forêt la nuit.

SPURIUS. — A cause des bêtes ?

LUCTÈRE, avec hauteur. — Je ne crains ni bêtes, ni gens. Mais les dieux habitent la forêt, surtout la nuit (regardant autour de lui.) Ce n'est pas lâcheté que de craindre les dieux !

SPURIUS. — Au contraire. — Je ne les crains pas moins que vous. N'allons pas plus avant.

LUCTÈRE. — A la bonne heure.

SPURIUS. — Seigneur, à première vue, je vous ai donné ma confiance.

LUCTÈRE, riant bruyamment. — Pas moi, non, pas moi.

SPURIUS. — Et vous avez eu raison. Je dois la conquérir. Mais voyez d'abord. Il faut bien que je sois Gaulois et bon Gaulois ; car si César me rattrape, je suis perdu ; on m'étrangle.

LUCTÈRE. — Je me suis déjà dit cela.

SPURIUS. — C'est du jugement.

LUCTÈRE. — Et puis, ma foi, vous êtes un fameux convive, vous buvez comme pas un. Vous y allez franchement.

SPURIUS. — Comme à la bataille, vous verrez.

LUCTÈRE. — En attendant, vous me montrerez un peu l'escrime à la romaine, n'est-ce pas ?

SPURIUS. — Tout à votre service. — Voulez-vous me permettre une question ?

LUCTÈRE. — Pourquoi pas ? Je ne répondrai que si ça me convient.

SPURIUS. — Comment se fait-il que

vous, le plus brave, le plus audacieux des Gaulois, vous ne soyez pas leur chef à la place de Vercingeto? Excusez ma franchise.

LUCTÈRE. — Il est plus noble que moi.

SPURIUS. — Vous êtes le chef d'un peuple qui porte votre nom, les Luctères.

LUCTÈRE. — Oui, mais nous tous que vous appelez Gaulois, nous sommes issus de la famille de Celtil, et Vercingeto est l'aîné des aînés de cette grande famille.

SPURIUS. — C'est dommage.

LUCTÈRE. — Bah ! je suis fait pour être lieutenant de quelqu'un. Décider me fatigue.

SPURIUS. — Vous êtes trop modeste ; et voulez-vous que je vous dise? Vercingeto fait fausse route... oui. Il s'est entiché de quelques avantages que les Romains semblent avoir ; pauvres avantages, en tout cas, vous pouvez m'en croire. Il voudrait vous les communiquer. Il n'y réussira pas et les qualités supérieures qui sont votre partage, il négligera d'en tirer parti. Ah ! que ne suis-je à sa place... ou vous plutôt?

LUCTÈRE. — Peut-être. Mais bah ! nous verrons bien.

SPURIUS. — Comme vous le dites, avec beaucoup de justesse, nous verrons bien.

LUCTÈRE. — Si nous rentrions.

SPURIUS. — Allons. (Ils font quelques pas, Spurius l'arrête.) Savez-vous que votre beau-frère courtise ma femme. Il nous a quittés au milieu du repas pour l'aller rejoindre, et, pour tout vous dire, je comptais les surprendre ici.

LUCTÈRE. — Elle n'y est pas. Allons-nous-en, vous la tuerez une autre fois.

SPURIUS. — Mais... je n'ai pas dessein de la tuer, me souciant fort peu d'elle. Chez nous, il n'y a que les gens du peuple qui tuent leurs femmes. Mais j'aurais voulu vous convaincre de cette liaison.

LUCTÈRE. — Moi, et que m'importe?

SPURIUS. — Je pensais que peut-être vous trouveriez bon d'en avertir votre sœur, Lucteria, la femme de Vercingeto.

LUCTÈRE, se remettant à marcher. — Mais nous avons tous des concubines, mon cher ; je dis, nous autres grands chefs.

SPURIUS. — N'importe. Vous devriez faire venir votre sœur.

LUCTÈRE. — Je ne vois pas pourquoi.

SPURIUS. — Pour éloigner cette... Romaine, dont l'ascendant sur notre chef a ses dangers. Je vous expliquerai cela ; et, avec votre promptitude de jugement...

Ils sortent.

## SCÈNE II

VERCINGETO, MARCIA

VERCINGETO, seul d'abord. Il écoute les précédents qui s'éloignent, puis, à demi-voix. — Vous pouvez venir.

MARCIA. — Pourquoi étaient-ils ici?

VERCINGETO. — Que nous importe ! avez-vous des craintes?

MARCIA. — Avec vous, non. C'est vous, mon ami, qui me préoccupez seul. Vous arrivez de ce festin découragé.

VERCINGETO. — Découragé, non.

MARCIA. — Mais profondément triste.

VERCINGETO. — C'est que j'aime mon pays et que la barbarie m'est en horreur. Je le sens, malgré tout, elle n'est pas morte chez moi ; elle me tient encore et pourrait me ressaisir. A cette pensée, tous mes sens sont révoltés, comme si je portais au-dedans de moi un serpent mal étouffé. Tenez ! je crains ces festins. Je sais trop que je puis y perdre, par la colère ou par le vin, le gouvernement de moi-même. Hélas ! Marcia ! je ne suis pas même à l'abri de l'ivresse. César est sobre, lui.

MARCIA, lui mettant les mains sur l'épaule — Mon ami, j'adore votre franchise. Voyons, continuez votre récit.

VERCINGETO. — Hé bien ! les choses s'étaient en somme mieux passées que de coutume. J'avais obtenu qu'on ne parlerait pas des affaires publiques ; qu'on ne reviendrait pas sur les résolutions prises par le conseil : on ne parlait que de repas ou de chasse ; chacun vantait naturellement ses prouesses dans ces deux genres : c'était très bruyant et on s'enivrait peu à peu de paroles et de vin, suivant l'usage, mais enfin j'avais lieu d'être content, quand tout à coup, pour quelle cause, je l'ignore, sur quelque incident bien futile à coup sûr, deux chefs Séquanais, deux amis, notez-le bien, se sont pris de querelle et se sont frappés. Ils se sont alors levés ; et ils ont satisfait à nos misérables coutumes en croisant leurs épées devant tous, devant moi-même, contraint d'endurer ce supplice. Ils se sont grièvement blessés ; et j'ai vu, quand les Romains sont là à quelque pas de nous, quand la Gaule a besoin contre eux de tous ses bras, j'ai vu le sang gaulois répandu par des mains gauloises. Et vous ne voulez pas que je sois triste ?

MARCIA, suspendue à son cou. — Pauvre ami ! — Venez. (Le conduisant à droite.) Asseyons-nous ici sur ce tronc, sous la lune. Ah ! quels arbres ! je n'ai jamais vu leurs pareils. Voyez, mon ami, là, comme un grand fantôme blanc, la brume se lève ! quelle lumière étrange sur les feuilles et quel silence ! C'est beau, ne trouvez-vous pas ?

VERCINGETO. — Je le trouve quand vous le dites... Sans vous, je ne suis qu'un barbare.

MARCIA. — Vous êtes trop persuadé de la supériorité romaine, mon ami.

VERCINGETO. — Non. Quelle femme Gauloise pourrait être comparée à vous ?

MARCIA. — J'en ai vu de plus belles que moi.

VERCINGETO. — Au premier aspect, c'est possible ; beauté grossière et sans âme, toujours la même. En vous, il y a vingt femmes.

MARCIA. — Lucteria, m'a-t-on dit...

VERCINGETO. — A de l'éclat, un éclat brutal qui rend bien ce qu'elle est au fond ; tantôt orgueilleuse et violente, tantôt humble jusqu'à la servilité. On ne sait jamais ce qu'elle fera demain, ce qu'elle pourra faire. Elle-même ne le sait pas, non plus que la mer ou l'orage.

MARCIA. — Elle vous aime.

VERCINGETO. — Oui, comme elle aime son fils. Elle n'est pas incapable, dans un moment de colère, de le frapper violemment, elle pourrait le tuer ; elle s'étranglerait après.

MARCIA. — De notre côté, tout n'est pas non plus parfait, mon pauvre ami. Vous ne connaissez pas la corruption romaine.

VERCINGETO. — Oh ! vous, Marcia du moins...

MARCIA. — Mon ami, je n'ai pas été des pires ; voilà tout. On m'a mariée jeune, trop jeune, à 12 ans, selon l'usage, à un mari trop âgé, mais il était riche. Vous le connaissez, vous savez ce qu'il vaut. Vous pensez bien que je ne l'ai jamais aimé. Cependant il faut bien qu'on aime... et vous n'étiez pas là.

VERCINGETO. — Hélas ! Marcia.

MARCIA. — Tenez, j'ai un moment essayé d'aimer César.

VERCINGETO. — Je comprends trop combien il est séduisant. Je l'aimerais moi-même, s'il n'était le fléau de mon pays.

MARCIA. — Mais César était occupé ailleurs, j'aimai un de ses amis.

VERCINGETO. — Plus élégant, plus éloquent que je ne le serai jamais.

MARCIA. — En tout cas, moins généreux, moins aimant, moins fidèle, moins... étrange ; et (D'un ton plus bas) moins beau, je te le jure.

VERCINGETO, l'entourant de ses bras. — Oh ! Marcia.

MARCIA, bas et doucement. — Un jour, dans le cirque, à Rome, on exposa un captif gaulois, admirable de visage, de stature. On lui mit dans la main un poignard, oh ! bien court, et un taureau énorme fut lâché contre lui. Le Gaulois, d'un coup, tua son ennemi. Toute une nuit, je vis l'intrépide jeune homme. Il te ressemblait... c'était un présage.

VERCINGETO. — Je te ferai revoir la scène du cirque quand tu voudras.

MARCIA. — Oh ! non, non !

VERCINGETO. — Alors, tu n'aimes plus César, ni son ami, ni Rome.

MARCIA. — Rome est assez grande sans avoir la Gaule. Et votre cause est juste. Mais où vais-je chercher mes raisons ! ma vraie raison pour la Gaule et contre Rome, c'est toi.

VERCINGETO. — Viens !

MARCIA. — Où veux-tu que j'aille ?

Vercingeto siffle doucement.

MARCIA. — Qui appelles-tu ?

VERCINGETO. — Un ami.

MARCIA. — Nous étions si bien seuls.

VERCINGETO. — L'ami dont je parle, c'est mon cheval.

MARCIA. — Il te suit comme un chien, dit-on.

Le cheval arrive. Pendant que Marcia caresse ses naseaux' Vercingeto s'élance en croupe.

MARCIA. — Vous me quittez.

VERCINGETO, se penchant vers elle. — N'as-tu jamais vu des noces gauloises ? ne sais-tu pas que chez nous le mariage a les apparances d'une capture ? que le fiancé ravit sa fiancée ?

MARCIA. — Je le sais.

VERCINGETO. — Depuis longtemps, mon cœur bat dans ta poitrine. Tu es ma fiancée. Viens ! A travers la forêt, je t'emporte. Une maison abandonnée là-bas, au plus épais des arbres, nous attend. Et demain, à l'aube, je te rapporte par un sentier désert où nul œil humain ne nous verra. Viens ! (Il l'enlève et la tient entre ses bras à demi couchée sur le cou du cheval.) Es-tu bien, là ?

MARCIA. — Oh ? oui.

VERCINGETO. — Vois-tu cette allée sombre ? c'est par là que nous allons.

MARCIA. — Tant mieux.

VERCINGETO. — Ainsi tu n'as pas peur ?

MARCIA, très bas. — Si fait.

VERCINGETO. — De quoi donc alors ?

MARCIA. — De toi et de moi.

VERCINGETO. — Je ne comprends plus.

MARCIA. — Mon ami, mon époux, cette crainte qui m'agite... la terre n'a rien de plus délicieux. Oh !... à travers une forêt sans fin, sur un cheval infatigable, je voudrais qu'elle durât jusqu'à la mort... entre tes bras.

VERCINGETO, éperonnant son cheval. — Je t'aime !

## ACTE TROISIÈME

---

### PREMIER TABLEAU

Un camp romain, devant Noviodunum des Bituriges. Les soldats piochent, creusent des fossés, élèvent des murs de terre. On aperçoit au fond, sur une hauteur, les remparts de Noviodunum. La nuit vient.

---

#### SCÈNE PREMIÈRE

NARBONNE, LUCANIE, TURIN, travaillent sur le devant de la scène

NARBONNE. — Je suis éreinté.

LUCANIE, grognant. — C'est jeune et ça se plaint ! bon pour moi !

TURIN. — Oui vieux, vous vous en acquitteriez pour tout le monde.

NARBONNE. — En marche tout le jour, et puis, au moment où on devrait dormir, il faut piocher, creuser des fossés, élever des retranchements. Quelle vie !

TURIN. — Plus bas ; si le centurion t'entend, gare les coups de cep.

LUCANIE. — Ce que je flaire, moi, mes enfants, c'est que nous allons crever de faim.

NARBONNE. — Mésericorde !

LUCANIE. — Par les dieux, c'est visible, nous sommes entourés, suivis par une nombreuse cavalerie. Nos fourrageurs sont enlevés. Peu rentrent au camp, et ils ne rapportent rien. Les blés, les orges, l'ennemi a tout coupé. Les maisons des champs sont vides. Vous allez à une ville, comptant la prendre, la saccager, y faire des esclaves, et y renouveler vos provisions. Voilà qu'elle brûle, sous votre nez.

TURIN. — Parce que ça nous est arrivé deux fois. C'est peut-être un hasard !

LUCANIE. — Tais-toi donc avec ton hasard. C'est visiblement fait exprès. Ça rentre dans le plan. Tu vois bien que les Gaulois refusent la bataille. Ah ! ils ont bien changé. Ils veulent venir à bout de nous par la fatigue, la faim, la soif. Je ne suis pas seul à le dire, écoute toute l'armée.

TURIN. — Oh ! je conviens que ça se dit.

LUCANIE. — Et ils y arriveront. Finir d'un coup d'épieu dans le ventre, à la bonne heure. Mais, par Priape, crever lentement sous un buisson en haletant et tirant la langue comme un chien perdu, ça ne me rit pas du tout. Et puis mon magot !

TURIN. — Ah ! oui, voilà une question qui te touche encore, le magot !

LUCANIE. — Pourquoi donc pas ! ça m'a coûté assez à amasser et ça ne profitera à personne. Je pensais que, si j'étais tué, ça irait au moins à mon frère qui trime là-bas au village ; mais, bast! qui pourra le lui remettre ? puisque aucun de nous n'en réchappera.

NARBONNE. — Brr ! comme vous êtes encourageant, l'ancien ?

TURIN, imitant la trompette. — Tarata, rata, tata, César nous tirera de là. Voilà mon mot, et je travaille.

*Il se remet à piocher.*

UN CENTURION, entrant. — Qui est-ce qui jacasse par-là au lieu de travailler ? Par Hercule ! tas de fainéants ; je vais vous donner du cœur.

*Il frappe avec son cep Narbonne qui ne fait rien, et il passe.*

NARBONNE, à demi-voix, après un silence. — Il m'a cassé le bras.

LUCANIE. — C'est pour t'aider à travailler.

TURIN. — Chut !

NARBONNE. — Quoi encore ?

*Turin lui désigne du doigt quelqu'un qui vient du fond à droite.*

## SCÈNE II

LES MÊMES, BRUTUS et CÉSAR, se promenant

CÉSAR. — Hé ! par Vénus, je le sais bien que l'armée est découragée. Cela te scandalise. De loin tu t'es imaginé le soldat romain comme un être de bronze, impassible. C'est un grand enfant, comme tous les hommes, variable, changeant ; aujourd'hui plein d'ardeur, de confiance, demain tout abattu. Cela n'est rien, si le chef, lui, est un homme.

BRUTUS. — Je sens que tu dis vrai.

CÉSAR. — Et puis, il y a ici des causes secondes. Ces jeunes élégants qui viennent faire la campagne en volontaires, et que nous sommes bien forcés d'accepter ; ces tribuns militaires, sans expérience que le suffrage du peuple nous impose, nous font souvent bien du mal. Tout les étonne, le climat, la physionomie étrange du pays, les forêts, les marais, la tactique des barbares. Et l'étonnement, c'est le commencement de la peur. Sais-tu ce que m'a fait un de ces tribuns, Marcus.

BRUTUS. — Quoi donc ?

CÉSAR. — On l'a vu dans le camp, les yeux rougis par les larmes et montrant à tout le monde son testament, qu'il venait de faire.

BRUTUS. — Il mériterait une rude punition.

CÉSAR. — Elle ne lui manquera pas.

*Ils redescendent.*

NARBONNE. — Ah ! malheur, malheur.

TURIN. — Quoi ! qu'es-ce qu'il y a ?

*Narbonne étandant le bras et montrant quelque chose.*

TURIN. — Mais je ne vois rien.

LUCANIE. — Ni moi.

NARBONNE. — Comment, vous ne voyez pas ?

TURIN. — Mais quoi ? quoi donc ?

NARBONNE. — Tenez ! le feu, vous dis-je, le feu dans la ville gauloise, une maison brûle.

TURIN, après un moment. — Oui, oui, il a raison.

LUCANIE. — Oh ! c'est bien visible à présent.

NARBONNE. — Tenez, tenez, là-bas ça prend aussi.

TURIN, montrant un autre endroit. — Et là aussi.

*L'incendie a été aperçu, on entend une rumeur dans le camp. Les soldats vont et viennent, se rassemblent, se groupent. Une lueur rouge apparaît dans le ciel.*

*Un groupe de soldats, parmi lesquels les trois précédents.*

TURIN — Oh ! les scélérats.

NARBONNE. — Les lâches !

UN SOLDAT. — Se brûler soi-même.

UN AUTRE. — Et alors quoi ? Qu'est-ce que nous allons faire, nous autres ?

UN AUTRE. — Repartir demain, pour aller ailleurs où ça brûlera encore.

UN AUTRE. — Marcher, marcher toujours, sans résultat.

UN AUTRE. — Et la ration qui diminue chaque jour.

UN AUTRE. — Et comment ça finira-il ?

LUCANIE. — Par la crevaison générale, mon petit.

TOUS EN CŒUR, montrant le point à la ville. — Bandits, sauvages, lâches, scélérats.

*César et Brutus avec un trompette. César fait signe au trompette qui sonne brusquement. Les soldats se retournent, se taisent, s'alignent.*

CÉSAR, *en avant, seul, garde un instant le silence.* — Je me demande si j'ai affaire à des soldats ou à des bourgeois du quartier des Esquilies, et encore je doute que l'incendie d'une bicoque gauloise les émût à ce point ? *(Un silence.)* C'est l'avenir qui vous préoccupe ?... On vous fait attendre la bataille, et vous voilà tout déroutés. Mauvaise habitude que celle de réfléchir, de raisonnner ; le soldat n'a qu'à obéir et à suivre son général, les yeux fermés. L'avenir, c'est moi qui le ferai, avec l'aide des dieux ; et je n'en suis pas inquiet. Que si ces émotions devaient se renouveler, je conduirai l'armée tout droit à la Province romaine. Là je déposerai les poltrons, les faibles, comme un bagage encombrant et, avec la dixième légion, qui, j'en suis sûr, ne me manquera pas, avec la dixième toute seule, je rentrerai en Gaule battre l'ennemi, soumettre toutes les cités, et distribuer à mes fidèles soldats un immense butin. Que chacun se retire, qu'on attende dans les tentes l'ordre pour demain ; je ne veux pas entendre un cri, une voix, rien que le souffle du soldat dormant tranquille sur la foi de son général.

*Les soldats s'écoulent sans bruit. Il fait nuit, la lueur de l'incendie éclaire le théâtre.*

BRUTUS, *regardant l'incendie.* — Par ma foi je les admire.

CÉSAR. — Les Gaulois ?

BRUTUS. — Oui, les Gaulois ! Brûler sa maison, ses meubles, riches ou pauvres, embrasser résolûment la misère, le dénuement, mettre sa femme et ses enfants sans abri, sous le ciel, malgre leurs supplications et leurs larmes, faire de la ville ou du village où l'on est né un tas de cendres balayées par le vent, et une aire noircie, c'est plus difficile que de se bien battre.

CÉSAR. — Surtout pour des Gaulois.

BRUTUS. — Voilà une guerre au moins ! je suis heureux d'avoir vu ce trait ; il me fait estimer l'homme.

CÉSAR. — Tu aimes le spectacle de l'énergie humaine. Moi aussi, je trouve très beau qu'un peuple ait accepté cette résolution, quoiqu'elle ne vienne pas de lui.

BRUTUS. — Que veux-tu dire ?

CÉSAR. — Je reconnais là une âme héroïque, que j'avais bien soupçonnée, Vercingeto.

BRUTUS. — C'est de lui, crois-tu ?

CÉSAR. — Tout est de lui, j'en suis sûr . cette nouvelle manière de concevoir la guerre : point de bataille, des escarmouches : l'incendie partout, les ressources du pays détruites, et tout autour de nous une vigilance impitoyable, et c'est bien compris. Contre la supériorité de nos armes, il n'y avait que cela à faire.

BRUTUS. — J'admire lès Gaulois ; mais je veux les battre tout de même. Qu'allons-nous faire ?

CÉSAR. — C'est bien simple, nous ferons le contraire de ce que fait l'ennemi. Il fuit la bataille, nous la chercherons ; refusée ici, j'irai la chercher à Bourges ; j'irai, s'il le faut, la chercher au cœur même du pays de Vercingeto, dans les montagnes de Gergovie, et je l'aurai.

BRUTUS. — En es-tu sûr ?

CÉSAR, *tranquillement.* — Parfaitement sûr.

BRUTUS. — Cependant, pourquoi Vercingeto démentirait-il son plan, ferait-il cette faute ?

CÉSAR, *appuyant sa main sur l'épaule de Brutus.* — L'ennemi fait toujours des fautes, le tout est de pas les laisser impunies ; de ceci, je m'en charge. J'ai dit : un général fait toujours des fautes. J'ajoute : ou bien on lui en fait faire. C'est ici le cas.

BRUTUS. — Mais vraiment les Gaulois ont fait une chose si difficile, si belle... leur humeur semble bien changée.

CÉSAR. — Oui, oui, on peut, contre le caractère naturel, faire un acte difficile, pourvu qu'il soit momentané. On sort de soi-même, pour une explosion, et on y rentre infailliblement pour des actes beaucoup plus simples. Pauvre Vercingeto ! voilà un homme qui aura été bien plus grand que sa destinée.

*Un centurion, une torche allumée à la main amène un Gaulois*

CÉSAR. — Qu'est-ce ?

LE CENTURION. — Général, cet homme s'est présenté aux avant-postes. Il prétend avoir une commission pour vous

CÉSAR, *au centurion*. — Je vais l'interroger, allez !

LE CENTURION. — Mais, général, on a oublié de le fouiller, il pourrait avoir une arme cachée.

*César, sans répondre, lui fait signe de s'éloigner. Le centurion sort après avoir remis sa torche à César.*

CÉSAR, *au Gaulois*. — Tu as des tablettes à me remettre ?

L'HOMME. — Oui, général.

*César prend les tablettes et passe à Brutus la torche.*

CÉSAR. — Enfin, nous avons des nouvelles de Spurius.

BRUTUS. — Ah ! ah ! c'est plein d'intérêt.

CÉSAR, *parcourant les tablettes*. Que te disais-je ? Vercingeto a obtenu que les Bituriges brûlassent leurs villes, leurs villages ; mais pas facilement... On le suppliait, on pleurait, on se jetait à ses pieds. Spurius, qui a assisté au conseil, raconte cela en se moquant.

BRUTUS. — C'est bien de cette âme de boue.

CÉSAR, *même jeu*. — Vercingeto a été inflexible... ah ! pas tout à fait cependant, car il a été convenu que la capitale, Bourges, serait épargnée.

BRUTUS. — Ah ! ah !

CÉSAR. — Voilà déjà le faute demandée.

BRUTUS. — César connaît les hommes.

CÉSAR, *continuant*. — Vercingeto essaye de plier ses armées aux habitudes, à la discipline romaine. (*A Brutus*). Voilà l'impossible annoncé.

BRUTUS. — C'est tout.

CÉSAR. — Allons donc, Spurius se fait valoir ; il a pris un bon rôle... plus patriote que Vercingeto ; il flatte, il plaint les Gaulois, il les confirme dans tous leurs sentiments. Sais-tu, Brutus ce qui pourrait arriver ?

BRUTUS. — Quoi donc ?

CÉSAR. — Qu'on massacrât Vercingeto et qu'on choisit Spurius pour le remplacer.

BRUTUS. — Oh ! non ! non ! là César se flatte.

CÉSAR. — César ne flatte, ni lui, ni... la nature humaine. Je ne dis pas, cela sera, je dis : c'est possible. (*Reprenant les tablettes.*) Il y a un postcriptum assez ambigu. Il est si bien accrédité là-bas, que la protection de Marcia lui est désormais inutile. Il espère bientôt s'en débarrasser.

BRUTUS. — De Marcia ou de sa protection seulement ?

CÉSAR. — Ce pourrait bien être de Marcia.

BRUTUS. — Quel bandit !

CÉSAR. — Attends. (*Lisant.*) « Il pourrait arriver que des dissensions domestiques missent fin au rôle de Vercingeto ».

BRUTUS. — Que veut-il dire ?

CÉSAR. — Mon cher ami, n'essayons pas de pénétrer les secrets de cette cuisine, qui n'est peut-être pas très propre, et faisons notre métier. Voici, mon lieutenant, l'ordre que vous allez communiquer aux tribuns et aux centurions : demain, trois heures du matin, les tentes seront pliées ; le camp abandonné, l'armée partira pour Bourges.

BRUTUS, *s'inclinant*. — J'y vais, mon général.

---

## TABLEAU DEUXIÈME

*Le camp de Vercingeto près de Gergovie. Deux tentes, l'une à droite, l'autre à gauche. Le milieu du théâtre est libre. Au fond on aperçoit des Gaulois qui travaillent à élever des retranchements.*

---

### SCÈNE PREMIÈRE

VERCINGETO, LUCTERIA

*Dans la tente de droite, Vercingeto est assis sur un coffre. Lucteria, très parée, se tient debout devant lui.*

VERCINGETO. — Ce que vous demandez est déraisonnable. Ne m'en parlez plus, à moins que vous ne teniez à m'offenser.

LUCTERIA, *après un silence, humblement*. — Seigneur, ma place serait dans votre tente. Vous ne le nierez pas.

VERCINGETO. — Il ne fallait pas venir à l'armée. Vous ai-je mandée ?

LUCTERIA, *du même ton*. — Non, j'en conviens. Mais mon frère m'appelait.

VERCINGETO. — Vous vous êtes montrée... bonne sœur.

LUCTERIA. — Les soldats désiraient voir parmi eux votre femme et votre fils.

VERCINGETO, amèrement. — Touchante marque de confiance à mon égard,... qu'on a su leur inspirer.

LUCTERIA. — J'ignorais cette situation.

VERCINGETO. — Une femme ne se trompe jamais, quand elle suit l'ordre de son mari, de lui seulement.

LUCTERIA. — Je partirai.

VERCINGETO. — Impossible, puisqu'il paraît que j'ai besoin de donner à mon armée des gages de... je ne sais vraiment comment dire... de ma fidélité.

LUCTERIA, changeant de ton. — Alors, si je dois rester, et si vous me refusez de partager votre tente, accordez-moi au moins...

VERCINGETO. — Quoi?

LUCTERIA, violemment. — D'en chasser l étrangère.

VERCINGETO. — Je prends sous ma tente qui bon me semble. Quel est le chef, qui vit sans concubines ? Suis-je moins que les autres ?

LUCTERIA. — Alors qu'elle soit donc votre concubine franchement. Les concubines habitent avec la femme légitime et lui obéissent.

VERCINGETO. — Vous prétendez ?

LUCTERIA. — Qu'elle vienne dans ma tente, vivre auprès de moi. (D'un ton violent). Je la traiterai doucement, par égard pour vous.

VERCINGETO, se levant. — Vous y revenez... Je vous quitte.

LUCTERIA. — Prenez garde à votre Romaine.

VERCINGETO. — Si jamais vous leviez seulement la main... il vaudrait mieux pour vous, oui, il vaudrait mieux rencontrer... le sillon que fait la foudre.

LUCTERIA, se jetant à genoux. — Seigneur, pardonnez.

VERCINGETO, la relevant. — Je n'aime pas plus à vous voir humble. Laissez-moi la liberté commune à tous. Et vous garderez le rang, les honneurs qui vous appartiennent. Vous m'entendez. Adieu.

Il sort par une ouverture au fond de la tente, en face des spectateurs.

## SCÈNE II

LUCTERIA, DEUX SERVANTES, puis EPONAX

Lucteria reste immobile et regarde longtemps la porte par laquelle Vercingeto est sorti, puis elle frappe vivement dans ses mains. Deux servantes apparaissent.

LUCTERIA. — Eponax, où est Eponax ?

PREMIÈRE SERVANTE. — Maîtresse, il est assis par terre, devant la tente, à faire pour vous une agraffe en cuivre.

LUCTERIA. — Qu'il vienne.

Les servantes sortent. Lucteria, silencieuse, s'assied sur un coffre et a l'air de réfléchir profondément.

EPONAX. — Maîtresse je suis à vos ordres.

LUCTERIA, lui présentant un poignard. — Tiens, et frappe-toi tout de suite.

EPONAX, tombant à genoux. — Oh ! maîtresse, qu'ai-je fait ?

LUCTERIA. — N'es-tu pas le client de mon père, le mien. Serviteurs de père en fils de ma famille, depuis des générations, vous mangez notre pain.

EPONAX. — Oui, et ma femme t'a nourri, je t'appartiens ; je suis ton homme, je suis ton chien ; mais on ne frappe pas son chien sans motif. Surtout on ne le tue pas.

LUCTERIA. — Tu n'es guère obéissant.

EPONAX. — Tout, tout, mais pas cela.

LUCTERIA. — Pas cela ? hé bien soit ; pas cela. Tu vois comme je suis traitée. On me délaisse. Une concubine triomphe de moi. Je suis poussée à bout. Venge-moi. Il faut tuer Vercingeto.

EPONAX, se bouchant les oreilles. — Oh ! qu'avez-vous dit ? Mes cheveux se dressent sur ma tête. Je le vois, vous voulez ma mort. Je ne puis pas me tuer. Tuez-moi, si vous voulez.

LUCTERIA. — Imbécile ! Que m'importe ta mort. Tu ne veux pas tuer Vercingeto. Dis-moi alors à quoi tu m'es bon dans le malheur. A quoi peux-tu me servir ? Voyons, trouve, invente. Tu dois trouver, inventer quelque chose.

EPONAX. — Mais cette femme, la Romaine ?

LUCTERIA. — Hé bien ! parle ! achève !

EPONAX. — Si elle disparaissait.

LUCTERIA. — Oui, oui, c'est une idée. C'est toi qui as pensé à cela. C'est bien. Oui, cette idée me sourit. Je te remercie. Moi, je n'y songeais pas.

EPONAX. — Dieux, qu'ai-je dit ?

LUCTERIA. — Quelque chose de très bon, de très fidèle. Ah ! tu es un vrai client. Je t'aime. Alors tu la tueras?

EPONAX. — Moi ?

LUCTERIA. — Ne l'as-tu pas promis ? ne l'as-tu pas offert.

EPONAX, se jetant à terre et frappant le sol de ses mains. — Malheureux ! malheureux que je suis !

LUCTERIA, le relevant d'une voix caressante. — Mais je ne te dis pas tout de suite Tu prendras ton temps. Je serai patiente. Je serai douce. Je saurai attendre et souffrir,... et tu ne parleras pas. Un client comme toi ne trahit pas sa maîtresse. Il la ferait tuer par son mari. Ce serait un chien méprisé dans ce monde-ci ; et condamné dans l'autre à d'atroces supplices.

EPONAX. — Oh ! si je n'avais qu'à me taire !

LUCTERIA, le poussant doucement dehors. — Va, va, tu t'y feras. (Eponax sort comme ivre. Lucteria bat des mains. Les deux servantes reviennent.) Cherchez-moi Galgac. Je veux qu'on me chante quelque chose.

Elle sort avec ses femmes.

## SCÈNE III

PREMIER GAULOIS, chantant

Qui se tapit sous la terre ?
Le lapin.
Qui se terre à sa manière ?
Le Romain.
Chassons le lapin,
Chassons le Romain.

Des soldats gaulois arrivent sur le devant de la scène, la bêche sur l'épaule. Tous en chœur répètent : Qui se tapit, etc.

PREMIER GAULOIS. — Nous nous moquons des Romains, et nous faisons comme eux.

SECOND. — Aussi, en ai-je assez.

TROISIÈME. — Et moi trop.

SECOND. — Nous sommes des hommes, par tous les dieux !

TROISIÈME. — Et on nous fait travailler comme des femmes.

QUATRIÈME. — Pis que ça, comme des esclaves.

PREMIER. — Se battre tout le temps avec la terre !

SECOND. — Et jamais avec l'ennemi !

TROISIÈME. — Vercingeto trouve ça plus sain.

CINQUIÈME. — Allons donc ! Vercingeto n'a pas peur. Il a son idée, il est notre général et il en sait plus long que nous.

PREMIER. — Nos pères en savaient encore plus long que lui et que nous, n'est-ce pas ?

SECOND. — Oui, c'est ça même : nos pères valaient mieux que nous, et ils disaient : allons-nous contre les Romains ? Oui. Alors on se mettait tous ensemble, et on marchait droit à l'ennemi, et...

CINQUIÈME. — On se faisait rouler.

Tous éclatent de rire.

PREMIER. — Quelquefois oui ; quelquefois non. — Si nous devions être roulés, au moins à présent ça serait fait ; au lieu que, depuis trois mois, nous marchons, nous travaillons, nous obéissons et nous ne couchons plus avec nos femmes. Ce n'est pas vivre ça. Il faut être mort ou vivant. (Tous, hors le cinquième.) Il a raison, il a raison.

CINQUIÈME. — Moi, je reviens travailler. Ce soir, on vous l'a dit, nous serons probablement attaqués.

PREMIER. — Est-ce que tu n'as pas ton épée, poltron ? Qu'as-tu besoin d'un mur de terre ?

CINQUIÈME. — Je vois que les Romains font des murs de terre, quoiqu'ils aient des épées, et qu'ils sachent se battre, puisqu'ils nous battent.

SECOND. — Ils nous battent ! tu n'es pas un Gaulois ; non, non !

TROISIÈME. — Sa mère aura...

CINQUIÈME, levant sa bêche sur le troisième. — Toi, je vais te casser le bec.

TROISIÈME. — Oui, viens-y.

PREMIER. — Allez, alignez-vous, combat à la bêche. Ça sera drôle.

SECOND. — En cercle les amis, en cercle. (*Au premier.*) Toi regarde un peu par là, si le chef...

*On se range autour des deux champions qui se menacent et vont commencer le combat.*

PREMIER, *qui est descendu vers le fond de la scène.* — Venez, venez donc, venez voir. Voici le petit qui reparaît sur son cheval.

*Tous oubliant le combat, viennent auprès de lui et regardent vers le fond à droite.*

SECOND. — Il monte déjà très bien.

TROISIÈME. — Je parie qu'il nous conduirait à l'ennemi, cet enfant-là.

SECOND. — Alors, il faut le faire général à la place du père.

CINQUIÈME. — Il descend de cheval. Il vient. Partons.

*Il redescend la scène, les autres le suivent.*

## SCÈNE IV

CELTIL, FIDUS

CELTIL. — Celui-là est trop tranquille, c'est le cheval de mon père que je voudrais

FIDUS. — Oui, mon mignon. Cela viendra.

CELTIL. — Et, quand je serai dessus, je te promets que les Romains...

FIDUS. — Bon, je les vois déjà courir.

CELTIL. — Tu crois qu'ils se sauveront ?

FIDUS. — Et c'est ce qu'ils auront de mieux à faire.

CELTIL. — Mais, dis-moi, les Gaulois se plaignent que mon père ne veut pas les mener combattre.

FIDUS. — Mon mignon, votre père veut qu'ils s'exercent d'abord... ça les ennuie de travailler, ils aimeraient mieux se battre.

CELTIL. — Moi aussi.

FIDUS. — Il faut savoir faire les deux. Votre père a raison ; toujours raison. Mettez-vous bien ça dans cette petite tête.

*Il lui met la main sur la tête.*

CELTIL. — Tu l'aimes toi, mon père ?

FIDUS. — Plus que mon père à moi et ma mère.

CELTIL. — C'est pour ça que César, là-bas, t'avait surnommé Fidus ?

FIDUS. — Mais oui.

CELTIL, *après réflexion.* Et la Romaine, tu l'aimes ?

FIDUS. — Oui, et vous ?

CELTIL. — Moi aussi.

FIDUS. — Elle vous a donné des bonbons !

CELTIL. — Fi ! tu me prends pour un gourmand.

FIDUS. — Ce serait grave.

CELTIL. — Sais-tu pourquoi je l'aime ? C'est que, quand je trouve père avec elle, père veut bien me parler.

FIDUS. — Et ça vous rend fier ?

CELTIL. — Oh ! oui.

FIDUS. — C'est comme moi, mon mignon.

CELTIL. — Voilà les chefs. Allons-nous-en.

## SCÈNE V

SPURIUS, INDUTIO, CRITOGNAT, LUCTERE *et autres chefs, venant du fond, d'un pas de promenade.*

LUCTERE. — Je me rouille, moi ; je sens mes membres s'engourdir ; et, d'autre part, voir travailler les soldats... ça me fatigue l'esprit.

SPURIUS. — C'est fatigant pour tout le monde et inutile. Vous voulez lutter avec les Romains à coups de pioche, ils vous vaincront toujours à ce jeu. Il sont incomparables comme terrassiers ; je puis le dire sans vous blesser. Car je les méprise justement pour cet avantage. Que les Romains s'enferment chaque soir dans des remparts élevés en toute hâte, par des hommes harassés, travaillant sous le bâton, vrais esclaves de la discipline et qui sans elle n'auraient aucune vertu ; qu'ils s'enferment, dis-je, puisqu'ils ont peur ; mais vous, qui avez la bravoure naturelle, qui avez l'élan ; vous forcer d'imiter les Romains, c'est vous méconnaître, c'est annuler vos qualités et vous créer des défauts artificiels. Non, non. On pouvait user autrement de ce peuple, des ressources infinies qu'il offre, et que le Romain jalouse, sachez-le bien.

CRITOGNAT. — Cependant, Spurius,

il y a des faits... Il y a les victoires remportées par César ; les Helvètes, les Venètes, les Atrébates écrasés.

SPURIUS. — C'est que César est un grand capitaine, voilà tout. Je l'exècre, mais je conviens de son génie. Que Vercingeto tâche d'en avoir, ou qu'il cède la place à un autre. Mais vouloir suppléer à sa propre insuffisance par les travaux d'autrui, c'est inadmissible. Un vrai capitaine, voyez-vous, voilà tout ce qu'il nous faut, et je suis bien sûr qu'il s'en trouve parmi vous.

CRITOGNAT. — La Gaule a acclamé Vercingeto.

SPURIUS. — Oui, pour que Vercingeto la menât à l'ennemi... et il la condamne à des promenades militaires. Aussi la confiance a-t-elle bien baissé ; vous n'avez qu'à écouter les soldats.

CRITOGNAT. — Le soldat est souvent ignorant et téméraire dans ses jugements.

SPURIUS. — Comment vous, Critognat, la sagesse de la Gaule, vous laissez-vous tromper par une fausse ressemblance entre deux situations ? Des peuples Gaulois ont été vaincus, cela est vrai ; mais jamais la Gaule, unie comme elle l'est maintenant. Quel malheur qu'elle se soit remise en des mains trop timides ! Tenez ! (*Frappant sur l'épaule de Luctère*) si celui-ci eût été notre chef, déjà César n'existerait plus.

LUCTÈRE. — Non, non. Je vous l'ai dit : je ne suis bon qu'à exécuter, énergiquement par exemple.

INDUTIO, *à Spurius*. — Est-il vrai que César ait proposé à Vercingeto de le faire roi ?

SPURIUS. — Je l'ai dit et je l'affirme encore sans crainte de démenti.

INDUTIO. — Qu'a répondu Vercingeto ?

SPURIUS. — Je l'ignore.

CRITOGNAT. — Les faits sont là. Il n'a pas accepté.

INDUTIO — Je voudrais savoir pourquoi. Il me semble qu'on se ménage de part et d'autre.

SPURIUS. — Vous voulez dire que Vercingeto ménage César.

INDUTIO. — Oui, c'est peut-être plus exact.

SPURIUS. — On m'a dit, seigneurs, que le père de Vercingeto, Celtil, avait aspiré à être roi de toute la Gaule.

INDUTIO. — C'est vrai. Heureusement, il a été tué !

SPURIUS. — Vous avez élu son fils général en chef ; c'est une sorte de royauté, mais temporaire, et pour la durée de la guerre seulement.

TOUS. — Oh ! oui. Pas davantage.

SPURIUS. — César, d'un autre côté, lui a offert la royauté, la vraie. Mais, à ce que j'imagine, sur les Arvernes seulement.

INDUTIO. — Hé bien ?

SPURIUS. — Seigneurs, remarquez, je vous prie, que je n'affirme rien ; je cherche seulement, je fais des suppositions. Mais, par les dieux, si Vercingeto voulait obtenir de César plus que celui-ci n'a encore offert, le moyen indiqué serait de faire la guerre à César, avec des ménagements... Seigneurs, ma pensée n'est pas très claire, même pour moi. Je vous le répète, je cherche des explications. Après tout, ce sont vos affaires. Quant à moi, je ne veux qu'une chose : me venger de mes infâmes compatriotes et payer ma dette de reconnaissance à ce généreux peuple gaulois qui a bien voulu m'adopter.

INDUTIO, *lui serrant la main*. — C'est déjà fait. Dans ces combats de cavalerie qu'on veut bien nous permettre, vous avez été superbe.

LUCTÈRE. — Vous chargez comme un Gaulois.

SPURIUS. — Vous ne pouviez pas me donner un éloge plus sensible.

*Ils sortent en se promenant.*

## SCÈNE VI

MARCIA, VERCINGETO, *dans la tente de droite*

VERCINGETO, *entre, poussant devant lui Celtil*. — Vous avez demandé l'enfant, le voilà !

MARCIA, *embrasse Celtil*. — J'ai quelque chose pour vous.

CELTIL, *avec vivacité*. — Qu'est-ce ? une épée romaine ? un pilum ?

MARCIA. — Un pilum, justement. L'ouvrier gaulois, savez-vous Vercingeto ? l'a très exactement imité. Voilà !

(Elle lui remet un petit pilum. Celtil l'admire en silence.) A présent, n'est-ce pas, vous cherchez sur quel but vous le lancerez. Eh bien ! j'ai aussi fait faire un petit bouclier.

CELTIL. — Oh ! où est-il ?

MARCIA. — soulevant un coin de portière. — Là, mon ami.

CELTIL. — Puis-je aller ?

MARCIA. — Comment donc ? Allez tout de suite.

Marcia se jette dans les bas de Vercingeto.

Comment, grand chef, vous avez osé traverser le camp en compagnie de votre fils, vous montrer père ; c'est très hardi et très beau.

VERCINGETO. — Trop hardi peut-être.

MARCIA, sérieuse. — Vraiment ?

VERCINGETO. — Que voulez-vous ? Il faut qu'en public nous n'ayons pas l'air de connaître nos fils, tant qu'ils sont enfants : nous ne savons pas être pères. C'est absurde, mais peut-être ai-je eu tort d'agir contre la coutume.

MARCIA. — Le tort est à moi, mon ami. Je vous l'avoue, cette coutume étrange, j'ai eu du plaisir à vous la faire rejeter comme un reste de barbarie. Et, tenez. (Souriante.) Encore ceci, je ne vous ai jamais vu embrasser cet enfant.

VERCINGETO. — Quoi ! vous voudriez..

MARCIA. — C'est sans danger, nul ne verra.

Appelant Celtil.

CELTIL. — Madame ?

MARCIA. — Venez, rien qu'un instant, mon enfant.

Celtil vient. Elle le pousse dans les bras de son père qui l'embrasse une fois avec hésitation, puis plusieurs fois.

CELTIL, étonné. — Oh ! père qui m'a embrassé comme une maman.

VERCINGETO. — Oui, mais tu n'en diras rien.

Celtil sort.

MARCIA. — Maintenant, mon capitaine, je suis toute à vous. Dès que vous êtes entré, j'ai vu que vous aviez quelque chose, une inquiétude ou un chagrin.

VERCINGETO. — Pour de l'inquiétude, non. Les évènements jusqu'ici me donnent raison. César a pris Bourges, il est vrai. En épargnant cette ville, on lui a fourni l'occasion d'un succès. Je l'avais prévu et je l'avais annoncé. Mais à présent César a un besoin visible de la bataille que je lui refuse. Il a cru l'obtenir en venant de bien loin, jusqu'ici, au milieu de nos montagnes, assiéger ma ville natale. Je l'y ai devancé ; mais je l'ai laissé ravager les terres de ma famille et de mes clients, me contentant de prendre position près de Gergovie. Il sera forcé de m'attaquer dans mon camp. Il y viendra, bientôt, aujourd'hui même peut-être.

MARCIA. — Et il sera repoussé ?

VERCINGETO. — Je le crois fermement.

MARCIA. — Bravo, mon capitaine. Alors pourquoi cette tristesse dans vos yeux ?

VERCINGETO, après hésitation, d'une voix âpre et sourde qui peu à peu s'élève et devient menaçante — Mon amie, c'est une dure surprise, quand ceux qu'on aime et pour qui on s'efforce de tout son cœur, y répondent par l'insulte et le soupçon. Savez-vous, Marcia ? les soldats ne m'acclament plus ; ils me chansonnent même : je leur pardonne, pauvres gens !... je les force à des travaux si rebutants pour eux. Et puis, je suis sévère, je suis terrible quelquefois, il le faut bien. Mais les chefs, Luctère et les autres, ils devraient me comprendre, et ils ne le veulent pas. Ils cherchent à mes actions des motifs honteux, ils se demandent si j'ai peur ou si je ménage César. Il y a là quelqu'un qui empoisonne tous les esprits. Un serpent venimeux que je devrait peut-être écraser tout de suite.

MARCIA. — Hélas ! mon mari.

VERCINGETO. — Il a montré quelque bravoure, et tout s'est retourné pour lui. Luctère ne voit que par ses yeux. Il flatte d'ailleurs tout le monde ; il ne calomnie que moi. Est-il sincère ? Est-ce un traître qui communique avec l'ennemi ? Je n'ai rien surpris, rien découvert encore. Mais quelque chose pèse sur mes épaules, il me semble que je marche, que j'agis sous le regard pénétrant de César... Non ! non ! je ne le puis supporter davantage. (Eclatant). Il faut que cet homme meure. Il mourra... avant ce soir.

Il se lève et semble disposé à sortir.

MARCIA, d'un ton suppliant. — Mon ami, dans votre intérêt d'abord... Mon mari, cet homme... est déjà très populaire.

VERCINGETO. — Raison de plus.

MARCIA. — Sa mort causerait peut-être une sédition.

VERCINGETO. — Je la réprimerai cruellement.

MARCIA. — Quand l'attaque des Romains est imminente !

VERCINGETO. — Tout sera fait auparavant. Il n'y a qu'à se hâter.

MARCIA, se lève et changeant de ton, parlant d'une voix ferme, sévère. — Il est possible que Spurius soit un traître ; le jour où vous en aurez la preuve, vous l'enverrez à la mort, et ce sera l'acte d'un juge, d'un justicier. Mais en voulant tuer Spurius quand il n'a que des soupçons, Vercingeto, celui que j'aime, celui que j'ai placé si haut dans mon cœur, à mes yeux consternés, redevient un... barbare.

VERCINGETO tressaille. Il fait des gestes indécis, veut parler et ne dit rien. Longtemps lui et Marcia restent face à face, en silence. Enfin il soupire et dit avec effort en passant la main sur son front. — C'est fini... c'est passé... Marcia, j'ai honte devant vous...

MARCIA, le prenant par la main et le conduisant à un banc. — Venez ici, mon ami ; oublions un moment les méchants, voulez-vous ?

Elle l'entoure de ses bras.

VERCINGETO. — Et vous aussi, mon amie, vous avez votre tristesse.

MARCIA, souriante. — Non, aucune tristesse.

VERCINGETO. — Vous n'êtes pas ici ce que vous devriez être. Votre fierté...

MARCIA. — Je n'en ai plus à moi, je l'ai toute mise en toi.

VERCINGETO. — Je te la rendrai. Ah ! si les dieux nous donnent la victoire !...

MARCIA. — Sais tu le premier usage que j'en voudrais faire ?

VERCINGETO. — Hé bien ! dis.

MARCIA. — Oh ! ne plus être emprisonnée dans un camp. Revenir vers la forêt que tu sais... voler ensemble sur la mousse sourde.

VERCINGETO. — Vers la cabane perdue sous le bois.

On entend le son lointain d'une trompe gauloise.

MARCIA. — Ecoute.

Un autre coup de trompe plus proche.

VERCINGETO, se levant. Ce doit être...

Plus près encore, d'autres troupes se font entendre.

VERCINGETO, — L'attaque prévue. Les Romains sortent de leur camp. Oh ! oui, c'est cela, écoute... Tout s'émeut autour de nous.

MARCIA, se levant. — Les choses ne veulent pas que je t'aime ! — Enfin, si c'est pour le combat glorieux et pour la victoire... !

VERCINGETO. — Oui, Marcia ; oui, aie confiance.

MARCIA. — J'en ai, vous voyez, je souris.

VERCINGETO, l'embrassant et la serrant dans ses bras. — Ce soir, nous serons heureux.

MARCIA. — Oui, mon capitaine, je vous reverrai, vivant et vainqueur, j'ai la foi.

VERCINGETO. — A la bonne heure.

Il l'embrasse encore et sort précipitamment.

MARCIA, se rasseyant. — Hélas ! j'ai la foi... quand il est là.

---

# ACTE QUATRIÈME

## SCÈNE PREMIÈRE

MARCIA, EPONAX puis CELTIL, puis FIDUS

La tente de Vercingetò à gauche. Au fond, sur le rempart de terre, une foule de femmes. On entend un bruit de combat, au-dessous du rempart. On vo t l'intérieur de la tente de Vercingeto.

---

MARCIA, assise sur un escabeau au milieu de la tente de Vercingeto. — Oh ! la guerre ! la guerre ! l'horrible chose pour les femmes. Voilà cinq heures, cinq mortelles heures que le combat dure... et mon supplice aussi. Ces femmes de Gergovie, elles sont descendues, elles ont envahi le camp et les voilà sur le rempart, les cheveux dénoués, le sein découvert, les bras levés au ciel ; elles regardent, elles peuvent regarder ; quand, moi, je ne puis pas même entendre. Chaque clameur me perce la poitrine. (On entend un grand cri.) C'est un chef qu'on aura vu tomber ; lui peut-être, lui sans doute, ah ! je meurs. (Un silence, se levant et s'avançant.) S'il est mort, je mourrai..... j'en suis bien sûre. Lucteria ne me laissera pas vivre : voilà qui est bien ; je puis être tranquille.

Elle se rassied

EPONAX, qui est entré en scène depuis un moment, s'arrête devant la tente. Il a une épée à la main ; se parlant à lui-même. — Je ne suis pas au combat, non... j'aimerais mieux y être... elle m'a fait des menaces horribles... Il faut que je tue, il le faut... Si on me tue après, ce sera au moins le repos... (Silence.) Mais non, vainqueur ou vaincu, le chef aura bien autre chose à faire qu'à chercher le meurtrier. Allons ! (Il fait un pas en avant.) La tuer dans la tente du chef, à son foyer sacré, c'est horrible. (Il recule.)

MARCIA. — Quelqu'un marche. J'ai peur. Vercingeto m'a fait dire d'habiter sa tente, tant qu'il serait absent. J'ai donc quelque chose à craindre ?

Elle se lève et, hésitante, se dirige vers l'entrée de la tente.

EPONAX. — Non, non, ailleurs... une autre fois... (Au moment où il va se retitrer, Marcia ouvre avec précaution la tente, et Eponax l'aperçoit. Ils se regardent un instant, immobiles.) Le sort le veut !

Il s'approche, Marcia recule, il la suit pas à pas dans la tente.

MARCIA.— Que voulez-vous ! (Silence.) Qui êtes-vous ?

EPONAX. — Un malheureux... qui a fui, déserté le combat. Insultez-moi, appelez-moi lâche, je le voudrais.

MARCIA. — Je parlerai pour vous, je demanderai votre grâce...

EPONAX, s'approchant toujours, tandis que Marcia recule. — Non ! non ! point de grâce !

On entend au loin une sonnerie de clairon.

MARCIA. — Le clairon romain ! écoutez, écoutez. Je connais cela. Il sonne la retraite. Ah ! nous sommes vainqueurs et... quelqu'un vient !

Celtil arrive en courant.

CELTIL, essoufflé et se jetant sur Marcia.— Victoire ! victoire !

MARCIA. — Ton père ?

CELTIL. — Toujours sur son cheval noir.

MARCIA. — Tu en es bien sûr ?

CELTIL. — Je connais bien son cheval, peut-être, je distinguais même son casque d'auroch.

MARCIA. — Tu ne pouvais pas confondre ?

CELTIL. — Allons donc !

MARCIA. — Et tu l'as vu, jusqu'au dernier moment ?

CELTIL. — Là, tout à l'heure encore.

MARCIA. — Cher enfant !

Elle l'embrasse.

CELTIL. — Tu m'étouffes. (Apercevant Eponax.) Eponax, qu'est-ce qu'il fait ici ?

MARCIA. — Mais, je ne sais.

CELTIL, fièrement. — Qui t'a permis d'entrer ? Sors à l'instant.

Eponax se précipite dehors.
Marcia fait asseoir Celtil comme pour lui faire raconter ce qu'il a vu ; tandis qu'une foule de femmes remontent la scène, bruyamment, criant victoire, victoire, et qu'on entend au loin des soldats frapper sur des boucliers. Fidus arrive, Celtil se jette à son cou. La foule s'éloigne comme pour aller voir ailleurs quelque événement.

CELTIL. — Fidus ! mon Fidus ! il n'est pas mort, il n'est pas blessé ! Tu n'es pas blessé, mon Fidus ?

FIDUS. — Non, cher petit maître ; non mon mignon.

CELTIL. — Et tu en as tué beaucoup ?

FIDUS. — Enormément. — Madame, Vercingeto va venir.

MARCIA, inquiète. — Est-ce qu'il se bat encore ?

FIDUS. — Non, madame, c'est fini ; bien fini ; les Romains se retirent — en bon ordre d'ailleurs. Nos soldats, savez-vous, voudraient les suivre, se jeter encore sur eux. Le général a peine à les contenir. C'est pour cela qu'il est resté.

MARCIA. — C'est dont une vraie victoire.

FIDUS. — Oh ! oui madame. A la fin, les soldats Romains refusaient de retourner à la charge : Les centurions ont dû s'avancer hors des rangs, cinquante d'entre eux ont été tués.

CELTIL, frappant des mains. — Bravo ! bravo !

MARCIA. — Je te fais parler : tu dois avoir soif.

FIDUS. — J'en meurs.

Elle se lève, il se lèvent pour aller au fond chercher des verre, une jarre. Il paraissent continuer la conversation.

## SCÈNE II

EPONAX, LUCTERIA, paraissent à gauche, un peu au fond

LUCTERIA. — Lâche ! lâche ! lâche !

EPONAX. — Je le ferai, je le ferai.

LUCTERIA. — Pas demain... aujourd'hui. Demain on part ; demain on me laisse. Il le faut pour aujourd'hui, sinon, je te tue et me tue après.

EPONAX. — Oh ! pas cela, maîtresse, pas cela. Sans votre fils, c'était fait.

LUCTERIA. — Elle me vole aussi mon fils ! Ecoute bien, il n'y a pas de risque pour toi.

EPONAX. — Comment?

LUCTERIA. — Le coup fait, tu fuiras vers les Romains.

EPONAX. — Ils me tueront.

LUCTERIA. — Non. Avant de fuir tu iras trouver Spurius secrètement... il me l'a bien recommandé. Il te donnera les moyens d'être bien accueilli.

EPONAX. — Il sait notre dessein ?

LUCTERIA. — J'aurais pu le lui dire. Comme moi il abhorre cette femme ; mais... je lui ai fait un conte.

On entend acclamer Vercingeto.

EPONAX. — Oh ! le chef !

Il s'esquive. Lucteria le suit, tandis que Vercingeto traverse rapidement la scène

## SCÈNE III

Pendant cette scène, le jour baisse, la nuit vient.

MARCIA, VERCINGETO, CELTIL, FIDUS, puis MARCIA et VERCINGETO seuls, puis FIDUS, CRITOGNAT et EPONAX.

Marcia se précipite vers Vercingeto, au moment où il paraît dans la tente, mais elle se retient, et allant chercher Celtil, elle le pousse dans les bras de Vercingeto, qui l'embrasse.

VERCINGETO, à son fils. — A présent vas rejoindre ta mère.

FIDUS, prenant l'enfant par la main. — Venez, mon maître.

CELTIL. — Je voudrais voir les Romains que tu as tués.

FIDUS. — Vraiment ?

CELTIL, fièrement. — Il faut bien que je m'habitue.

Ils sortent. Marcia se jette au cou de Vercingeto ; ils se tiennent longuement embrassés, Marcia pleure.

VERCINGETO. — A présent, il faut relever la tête, essuyer ses yeux et sourire.

MARCIA. — Oui, mon capitaine, je ferai honneur à votre victoire. Que c'est ennuyeux de n'avoir pas des fleurs et des rameaux verts, pour parer votre tente !

VERCINGETO, gaîment. — Ce sera pour une autrefois.

MARCIA. — Oh ! je l'espère bien.

VERCINGETO. — Marcia, Marcia, je voudrais entendre ce que dit César.

MARCIA. — Je comprends mon capitaine. La gloire, la vraie, c'est le respect de l'adversaire, de l'égal.

VERCINGETO. — Moi, l'égal de César ; pas encore.

MARCIA, souriant. — Oui, on verra plus tard, et maintenant qu'allons-nous faire ?

VERCINGETO. — Agir avec prudence ; ne pas se laisser enivrer. L'armée est dans une joie, une confiance, une exaltation, qui pouvaient devenir dangereuses. Un moment j'ai craint. La victoire allait être notre perte. Ils voulaient sortir des retranchements, poursuivre à outrance l'ennemi. Quand l'auroch est blessé, il faut le laisser perdre son sang avant l'assaut définitif. Et César est un auroch gigantesque. Je continuerai comme j'ai commencé. Demain, nous quitterons Gergovie.

MARCIA. — Oh ! tant mieux, ici j'ai peur.

VERCINGETO. — Et de quoi donc ?

MARCIA. — Lucteria me hait, c'est bien naturel.

VERCINGETO. — Qu'importe sa haine ! moi vivant, il ne tombera pas un cheveux de ta tête... nul n'oserait...

MARCIA. — Aujourd'hui pendant le combat...

Fidus pendant ces derniers mots, a traversé rapidement la scène, et est entré dans la tente.

FIDUS. — Seigneur...

VERCINGETO, avec emportement. — Qui ose... ?

FIDUS. — Je viens... j'ai cru devoir vous avertir.

VERCINGETO, radouci. — Qu'y a-t-il ?

FIDUS. — Il faudrait peut être chasser les femmes du camp. Elles excitent les soldats à sortir, à poursuivre les Romains. « Ils sont à vous, disent-elles, vous allez les laisser échapper, » et elles les appellent lâches.

VERCINGETO. — Va leur annoncer mon arrivée. Va, cours, je te suis.

Fidus sort.

MARCIA. — Nous sommes malheureux ! la victoire ne nous donne pas même un peu de repos.

VERCINGETO. — Ma charmante, je vais et reviens en un moment. Demain nous partons. Nous prenons le chemin qui mène au terme de nos peines. Nous marchons à la délivrance, à la paix, à ce règne civilisateur dont la Gaule a tant besoin et qui sera le tien, aussi bien que le mien.

MARCIA. — Oui mon ami, tu seras grand ; tu seras bienfaisant. Mais pour moi, être ce que je suis, je n'en demande pas plus. La liberté de t'aimer me suffit. Dormir quelquefois, bien tranquille, sur ton sein... les dieux me combleraient !

Elle appuie sa tête sur son épaule, puis se lève brusquement au moment où Critognat, qui vient de traverser rapidement le théâtre, entre dans la tente.

VERCINGETO, se levant. — Vous... Critognat ? C'est donc grave ?

CRITOGNAT. — Le soldat est en pleine sédition. Mais le pire c'est que les chefs se sont concertés pour obtenir de vous le départ immédiat. Ils viennent. Ils sont sur mes pas, Spurius à leur tête.

VERCINGETO, avec colère. — Spurius, toujours Spurius.

CRITOGNAT. — Général. Voulez-vous me permettre un conseil ?

VERCINGETO. — Sans doute.

CRITOGNAT. — Ne leur opposez pas un refus absolu, en ce moment amusez-les.

VERCINGETO. — Peut-être. Je verrai.

MARCIA, à demi-voix. — Je ne puis rester ici... mais partir seule, traverser le camp soulevé.

VERCINGETO, la conduisant hors de la tente. — Venez ! (Il appelle.) Fidus, holà ! Fidus.

EPONAX, la tête à demi-cachée dans un capuchon sort de derrière la tente. — Maître ? Faut-il faire quelque chose.

VERCINGETO. — Escorter cette dame jusqu'à sa tente.

EPONAX. — Soyez tranquille, maître. (A Marcia.) Venez madame.

## SCÈNE IV

VERCINGETO, LUCTÈRE, SPURIUS, CRITOGNAT ; autres chefs et la foule

Vercingeto est entré.

Marcia fait quelques pas à droite avec Eponax, puis le reconnaissant elle s'arrête, et veut revenir vers la tente. A ce moment les chefs arrivent. Ils ont l'air très animé. On les entend dire : « Il le faut, il le faut et sur le champ. » Ils se groupent devant l'entrée de la tente. Marcia s'approche comme pour demander passage. Un chef se retourne et lui dit brutalement : « Au lit, la concubine, au lit. » Elle se dirige précipitamment vers le fond du Théâtre. Eponax la suit. Pendant ce temps, les chefs introduits par Critognat, sont entrés dans la tente. Ils se rangent en cercle. Vercingeto seul à gauche, leur fait face. Luctère et Spurius, au premier rang des chefs, semblent se consulter.

VERCINGETO, après avoir demandé d'un geste qu'on l'écoute, et avoir obtenu le silence. — Seigneurs, un discours serait ici inutile, je crois. Je connais vos désirs, je sais ce que vous voulez. Peut-être en y réfléchissant, serai-je de votre avis ? Laissez-moi le temps de la réflexion. En ce moment nous sommes tous comme enivrés. Rien ne presse, il fait nuit. J'ai des dispositions à prendre. Demain, s'il le faut, nous accomplirons une marche rapide.

LUCTÈRE, poussé par Spurius, brusquement. — Non, Vercingeto, non, pas de réflexion ; il n'en faut pas.

A ce moment, une foule de soldats et de femmes envahissent la scène. On crie : « un meurtre, un meurtre — général, un meurtre. »

VERCINGETO, inquiet. — Un meurtre ! Critognat, voyez ce que c'est.

SPURIUS, criant. — On s'occupera de ce meurtre plus tard. Il s'agit ici de choses bien plus importantes.

VERCINGETO, faisant effort sur lui-même. — Parlez, je vous écoute.

Spurius paraît parler, mais on ne l'entend pas. La foule, au dehors, criant « justice, justice », et des femmes qui sont sur le devant de la scène se disputant « c'est un homme, c'est un homme — Mais je l'ai vue, moi, c'est une femme — une femme — c'est la Romaine — la Romaine. — Vercingeto debout en face de Spurius, penche visiblement la tête du côté des bruits extérieurs. On voit venir du fond un groupe avec des torches. Deux hommes portent dans un manteau un corps qu'on ne voit pas. Ils crient « place, place. » La foule s'écarte ; les porteurs parviennent devant l'entrée de la tente. Il se fait un moment de silence.

VERCINGETO. — Seigneurs, je n'ai rien entendu...

CRITOGNAT, sur un signe de Vercingeto, est passé derrière les chefs et a ouvert la tente. — Seigneurs, il y a là un mort. Rompons le conseil. Ce sont de trop funestes auspices ! Les dieux passent. Il faut craindre les dieux.

VOIX PARMI LES CHEFS. — Il a raison — Un cadavre — A demain — Retirons-nous. A demain.

Ils sortent lentement.

VERCINGETO, s'avance sur le seuil de la tente et s'adressant aux porteurs. — C'est... la victime ?

UN PORTEUR. — Oui, général.

VERCINGETO. — Elle est... morte ?

LE PORTEUR. — Le cœur ne bat plus. Le coup de poignard n'a été que trop bien donné.

VERCINGETO. — C'est... une femme ?

LE PORTEUR. — Oui, général.

VERCINGETO. — Une femme... Gauloise ?

LE PORTEUR. — Non, général.

VERCINGETO, tressaille et paraît faire sur lui-même un violent effort. — Entrez. (Il passe devant, les porteurs entrent.) Déposez-la ici. (Il leur indique un endroit au bord du théâtre, où sont des peaux de bête, servant de lit.) Retirez-vous. (Ils sortent. Vercingeto s'agenouille. Il hésite, puis ouvre brusquement le manteau. La tête de Marcia apparaît. Vercingeto approche lentement sa bouche du front de la morte ; puis très bas à son oreille.) Oh !... tu seras vengée.

UN ENTR'ACTE

## SCÈNE V

Même décor

LUCTERE, VERCINGETO

Dans la tente, debout en face l'un de l'autre. Au dehors des soldats attendent Luctère. Il fait toujours nuit. La tente est éclairée par un feu de branches de pin allumé sur un trépied. Le cadavre de Marcia a été emporté.

VERCINGETO. — Votre sœur ! Quand on l'a amenée devant la victime, elle n'a pu contenir sa joie et son orgueil.

LUCTÈRE. — Ce n'est pas elle qui a frappé.

VERCINGETO. — Me prenez-vous pour un enfant ? elle a été la tête qui commande et Eponax le bras qui exécute. Il n'y a pas de doute. Eponax a tout avoué. Ah ! les dieux s'en sont mêlés. Il fuyait, le misérable, Il allait se cacher parmi les Romains. Il était sûr d'un bon accueil, car il leur portait... mais ceci est un autre crime, dont je demanderai compte plus tard.

LUCTÈRE. — Un autre crime ?

VERCINGETO. — Oui et qui nous intéresse tous — Eponax fuyait, dis-je, il avait passé déjà les lignes Gauloises, quand une bande de loups attirée par les cadavres, lui a donné la chasse et l'a ramené... mais qu'importent ces détails !

LUCTÈRE. — Bref, il a avoué ?

VERCINGETO. — Complètement... ; votre sœur l'a forcé au meurtre.

LUCTÈRE. — C'est possible ; probable même. Une épouse, offensée, se venge ; cela se voit tous les jours. Que comptez-vous faire ?

VERCINGETO. — Ce que je compte faire, par les dieux ! Je compte faire justice.

LUCTÈRE. — Sur ma sœur aussi ?

VERCINGETO. — Sur votre sœur. Qui m'en empêcherait ? Ne parlons pas de mon titre de roi, ni de mon pouvoir de chef. Le père de famille le plus humble, le dernier d'entre les Gaulois, est justicier chez soi, il a droit de punir sa femme ou ses enfants criminels.

LUCTÈRE. — Hé ! que m'importe. Comme vous ferez, je ferai. Toucher à ma sœur, c'est toucher à moi. C'est la guerre entre nous deux.

VERCINGETO. — Comme il vous plaira ! — Vous pouvez vous retirer.

LUCTÈRE sort, aux chefs et soldats qui entourent la tente. — Inflexible ! il veut la tuer ; il la tuera.

Tous se précipitent dans l'intérieur de la tente. « La grâce ! la grâce ! — Les Luctères vont partir, quitter l'armée, nous faire la guerre. — Allons donc ! la grâce ! — pour une Romaine, une concubine ! — La grâce ! la grâce ! »

VERCINGETO, au milieu de leur cercle menaçant. — Vous forcez la tente de votre général : C'est un crime militaire. Bien plus, vous violez le foyer d'un père de famille : C'est un sacrilège. Le moindre bûcheron est maître et roi dans sa cabane. Vous m'avez donc fait roi pour me refuser ce qui appartient à tous les hommes ?

TOUS CRIENT. — La grâce ! la grâce !

VERCINGETO, avec une dignité froide. — Vous pouvez parler, vous pouvez crier inutilement comme des femmes. Je ne réponds plus. Je n'entends même pas.

Il va s'asseoir sur un escabeau au fond de sa tente à gauche, et leur tourne le dos. Deux ou trois Gaulois font mine de tirer leurs épées ; mais d'autres s'efforcent de les calmer, pendant que d'autres continuent à crier : la grâce ! la grâce ! Critognat arrive. On voit qu'il apaise les mutins, mais on n'entend pas ses paroles. Peu à peu le bruit tombe ; ils sortent tous. Critognat reste seul. Un instant de silence.

## SCÈNE VI

VERCINGETO, CRITOGNAT puis CELTIL

CRITOGNAT, d'un ton respectueux — Général...

VERCINGETO, se retournant. — Ah ! Critognat c'est vous.

CRITOGNAT, s'asseyant sur un autre escabeau. — Vous me connaissez : je ne viens pas vous menacer, ni même vous importuner de mes conseils, mais seulement vous instruire ; vous vous déterminerez ensuite, comme il vous paraîtra bon. Le camp, tout le camp est soulevé. Il y a deux choses. On veut poursuivre l'ennemi : sur ce point, peut-être imposerez-vous votre volonté. On veut la grâce de Lucteria; là, tous, hommes, femmes, sont unanimes. (Mouvement de Vercingeto.) C'est bien explicable. La vengeance d'une épouse paraît toujours excusable quand cette épouse est une Gauloise, et l'autre une Romaine : le patriotisme prend parti. D'ailleurs si les Luctères nous quittent, on juge tout perdu ; les succès obtenus sont stériles, et la victoire est impossible.

VERCINGETO. — Non ! non ! je ne puis pas : j'ai promis vengeance ; je l'ai jurée aux mânes de la victime. Ce serment est plus sacré que tout. Le violer, ce serait outrager, ce serait provoquer les dieux. Je ne puis pas. — Je suis homme. On a brisé mon cœur, je ne sens plus rien en moi qui s'émeuve et réponde. En vain vous parlez de victoire, de guerre, d'ennemi et de patrie C'est étrange, il me semble que j'entends un bruit mort, le vent ou la chute de l'eau. Ce n'est pas ma faute. si rien en moi ne vibre plus, si rien ne remue plus, Il n'y a qu'un objet qui me tente, qui me brûle les yeux, qui sollicite tout mon être, le châtiment de celle qui m'a outragé, désespéré ; et cet objet... à moins que le ciel ne croule, je ne le lâcherai pas !

Vercingeto qui s'était levé se rassied, se retourne et reste immobile, la tête entre ses mains.

CRITOGNAT. — Hélas ! hélas ! que de malheurs !

Il garde le silence.

Pendant les dernières paroles de Vercingeto, Celtil a traversé le théâtre, venant de la droite : il s'est agenouillé devant la porte de la tente, la figure cachée dans ses mains. — Le jour commence à se lever.

CRITOGNAT, écoutant. — Quelqu'un est là qui pleure.

VERCINGETO. — Que dites-vous ?

CRITOGNAT. — Écoutez.

VERCINGETO, écoutant. — Oui quelqu'un de bien affligé et qui étouffe ses sanglots.

CRITOGNAT. — (Qui s'est avancé). — C'est Celtil.

VERCINGETO, sombre. — Je comprends.. lui aussi, il va me demander la grâce. (Avec impatience et dureté.) Finissons-en. Parle. Que veux-tu ? (L'enfant ne répond pas.) Critognat, je vous en prie, amenez-le. Je sais assez ce qu'il veut.

CELTIL. — Non ! non... pas ce que vous croyez.

VERCINGETO, plus doucement. — Alors, parle.

CELTIL. sanglotant. — Je voudrais...

VERCINGETO. — Quoi ?

CELTIL. — Je voudrais... qu'on me fit mourir avec maman.

Vercingeto, comme frappé d'un coup, s'éloigne ; il se promène d'un air agité. L'enfant est toujours à genoux, le visage dans ses mains.

VERCINGETO, s'arrêtant, et comme écoutant en l'air une voix. — Tout le monde le veut. Elle aussi, elle-même, c'est elle, c'est son *esprit* qui inspire cet enfant. (A Critognat). Que... cette femme, (montrant l'enfant) que sa mère, soit libre. Prenez l'enfant, laissez-moi. Tout à l'heure, je m'occuperai de l'armée. Je donnerai des ordres. Mais en ce moment, je veux pleurer.

Il se laisse tomber sur un siège et sanglote. Au moment où Critognat sort de la tente, avec Celtil, Fidus arrive haletant.

## SCÈNE VII

LES MÊMES, FIDUS, puis les chefs et la foule.

CRITOGNAT. — Qu'est-ce ? Qu'y a-t-il donc ?

FIDUS. — Entrez avec moi.

Ils entrent.

VERCINGETO, se lève menaçant. — Encore ! (Il s'apaise en reconnaissant Fidus) C'est toi mon enfant ?

FIDUS. — Vite, que je vous mette votre armure. Critognat, veuillez m'aider.

VERCINGETO. — Qu'est-ce donc ?

FIDUS, parle en armant son maître. — Ils viennent ; ils viennent tous, tous : les uns crient : la grâce ! les autres : bataille ! bataille ! Puis, vive Luctère ! et aussi : Vive Spurius ! C'est étrange, comme ils crient : Vive Spurius !

VERCINGETO. — Vraiment ? Savez-vous, Critognat ? ce Spurius est un traître, un vrai traître. Je ne vous l'ai pas dit, je n'ai pas eu le temps. Quand Eponax se sauvait, passant aux Romains, il suivait le conseil de Spurius ; et il était chargé par lui d'une commission verbale pour César. Il me l'a avoué, pour sa grâce.

On entend un sourd murmure. Puis les cris se rapprochent. La scène est inondée par la foule, qui crie : Vive Luctère ! vive Spurius ! bataille ! bataille ! On voit en tête de la foule un groupe composé de Luctère, de Spurius, d'Indutio et d'autres chefs. Critognat se précipite au dehors. On le voit parler avec vivacité aux chefs.

CRITOGNAT, à des Gaulois qui crient la grâce ! la grâce ! — C'est accordé, mes amis, c'est accordé. (A Luctère.) Je vous en apportais la nouvelle.

LUCTÈRE. — A la bonne heure. (A haute voix.) Compagnons, nous pouvons nous retirer.

SPURIUS, de même. — Non ! non ! Restez. Nous avons à obtenir le départ immédiat de l'armée.

Tous crient : la bataille ! la bataille ! vive Spurius ! Vercingeto, qui a fini de s'armer, sort avec une hachette à la main et se présente devant la tente. Fidus et Celtil sont derrière lui. A son aspect les cris cessent, la foule recule un peu laissant les chefs, en groupe, isolés au milieu du théâtre. Les cris sont remplacés par des murmures qui tombent peu à peu.

SPURIUS, s'avançant. Général, au nom de toute l'armée...

VERCINGETO. — D'abord, je ne puis admettre qu'un étranger, un Romain, parle au nom d'une armée Gauloise... et que m'apprendrait-il ? Ne sais-je pas ce que vous me voulez ? Vos cris se sont assez fait entendre. Eh bien ! sachez-le, lorsque de pareils cris s'élèvent dans un camp, et que les soldats poussent les capitaines, et ceux-ci leur général. et que les ordres remontent de bas en haut, contre toute raison, le camp est une cohue incapable et indigne de se battre. Les armées savent attendre et obéir. Les armées sont silencieuses. J'ordonne que tout le monde se retire.

Murmures.

SPURIUS, insolemment. — Ce ne sont pas des paroles, qu'il nous faut, mais des actes.

VOIX NOMBREUSES. — Oui, oui.

SPURIUS. — On reconnaît une armée à ce qu'elle se bat.

UN PLUS GRAND NOMBRE DE VOIX. — Oui, oui.

SPURIUS. — Compagnons, César vaincu, se retire à grands pas vers la frontière. Le laisserons-nous échapper ? Si Vercingeto ne veut pas combattre, qu'il cède la place et qu'un autre nous mène à une victoire certaine.

CRIS DE TOUTES PARTS. — Oui, oui. Vive Spurius !

VERCINGETO, fond sur Spurius et d'un coup de hache le jette à ses pieds, en criant. — A mort, le traître !

Les chefs reculent, la foule recule. Vercingeto est au milieu du théâtre seul, avec le corps de Spurius à ses pieds. Puis brusquement les clameurs éclatent. « Il l'a tué — c'est un meurtre — une horreur — à mort Vercingeto, à mort » La foule agite des épées Les chefs paraissent divisés et discutent entre eux. Le cercle de la foule se rétrécit peu à peu autour d'eux Les bras tendus menacent Vercingeto, Fidus se place à côté de son maître l'épée à la main. Celtil se place de l'autre côté, d'un air très fier. Critognat vient se placer près de Celtil ; puis Luctère à côté de Fidus Le tumulte continue. Peu à peu les chefs sont poussés. L'espace diminue autour du groupe de Vercingeto. Tout d'un coup trois chefs se détachent, se groupent dans l'espace vide et élèvent sur leurs épaules Indutio. Il fait signe qu'il veut parler. Cris contradictoires. « Silence, silence. — Non, non ». Le Silence, peu à peu se rétablit.

INDUTIO, à la foule. — Vous voulez en finir avec César ?

VOIX. — Oui, oui.

INDUTIO. — Eh bien, le temps presse. Ce n'est pas le moment de délibérer sur le choix d'un autre général, ni de demander compte à celui-ci du sang versé. Retirez-vous, abattez les tentes ; préparez-vous à partir. Laissez à vos chefs le soin de décider Vercingeto. Ce que vous voulez, nous l obtiendrons.

La foule murmure et semble indécise, puis les cris éclatent : Oui, oui, partons. Bataille, bataille.

---

## TABLEAU DEUXIÈME

L'emplacement du camp. Toutes les tentes ont disparu, à l'exception de celle de Vercingeto. On entend au loin des troupes qui marchent en chantant. Vercingeto est assis dans sa tente, la tête dans ses mains. Fidus, l'épée à la main, garde l'entrée de la tente.

---

VERCINGETO, se levant, comme s'il parlait aux chefs. — C'est tout réfléchi. Oh ! vous pouvez venir, ma réponse est prête. Je ne puis pas. Je ne suis pas un général obéissant, moi, et je ne vous conduirai pas à une défaite, certaine pour moi. (Il sort. — A Fidus.) As-tu dit qu'on sellât mon cheval ?

FIDUS, timidement. — Excusez-moi, maître, j'ai dit qu'on sellât nos chevaux.

VERCINGETO, lui caressant la tête. — Allons, soit. — Là-haut, là-haut, dans la montagne, nous irons vivre seuls, avec les aigles et les loups... Ils ne m'ont pas tué celle que j'aimais ; ils ne m'ont pas préféré un vil espion. Oh !

(Il se promène avec agitation. On entend une autre troupe qui chemine avec des cris et des chants).

VERCINGETO. — C'est en chantant qu'ils vont à leur perte, à la perte de leur pays, — de mon pays. Fidus, je te le demande, comment pourraient-ils vaincre ? Ils n'auront même pas de général. Je vois déjà chaque chef prétendre au commandement. C'est une tourbe indocile qui ira s'offrir aux coups de César. C'est la fin, la fin de la Gaule. (Après un silence). J'ai fait une faute, Fidus. J'ai eu tort ; ce Spurius, il ne fallait pas le tuer. Il fallait attendre. Voilà ; j'ai agi comme un barbare ; la barbarie m'a ressaisi brusquement. Oh ! Marcia, Marcia ! Si je ne l'avais pas tué, ils m'auraient écouté ; j'aurais pu les convaincre. Et maintenant, (Après réflexion.) maintenant j'ai encore tort. J'agis en barbare. La colère, l'indignation me gouvernent. Oh ! César, impassible César ! je vous comprends. Oui, ce que j'ai à faire se montre clairement à mes yeux. Cette armée, avec moi à sa tête, unie sous ma main, elle peut vaincre encore. Et puis d'ailleurs... si elle doit périr, si les dieux ont décidé sa perte, j'en serai. Est-ce que je puis séparer ma destinée de la sienne ?

FIDUS. — Les chefs reviennent.

## SCÈNE VIII

CRITOGNAT, LUCTERE, INDUTIO et autres chefs Ils se rangent à droite, et attendent en silence.

VERCINGETO, d'un air gai et confiant. — Allons seigneurs, nous partons. J'ai réfléchi. Je crois à la victoire..., à condition qu'on s'accorde et qu'on obéisse. A cheval, à cheval.

TOUS. — Vive Vercingeto !

---

# ACTE CINQUIÈME

---

## SCÈNE PREMIÈRE

Champ de bataille sous Alise. Un tente à gauche. Fidus et Critognat sont couchés devant cette tente. Il fait clair de lune. Au fond, on aperçoit des remparts de terre sur lesquels on distingue des machines de guerre. Sur le dernier plan du théâtre des hommes couchés, en grand nombre. On entend des plaintes, des gémissements.

---

FIDUS, se soulevant sur un coude. — J'ai soif.

CRITOGNAT, se réveillant et se levant à demi. — Tiens, j'ai dormi, j'ai dormi, moi. Décidément, ces deux jours de bataille m'ont épuisé.

FIDUS. — J'ai soif.

CRITOGNAT. — Moi, je mangerais plutôt. Tu n'as pas dormi ?

FIDUS. — J'avais trop soif. Et puis ces plaintes, ces gémissements qu'on entend de tous les côtés...

CRITOGNAT. — Les blessés qui ont la fièvre et que la soif dévore.

FIDUS. — Il y en a un qui ne doit pas être loin ; je l'ai entendu distinctement crier : « Achevez-moi, qu'on m'achève ». Il me semblait que son souffle m'arrivait au visage.

CRITOGNAT. — Tu as eu un peu de délire. Quel heure est-il ?

FIDUS. — Dix heures. Le soleil se lèvera à quatre heures du matin.

CRITOGNAT. — Et alors on en finira. Cela nous fait six heures à vivre. Je voudrais dormir encore une fois... J'aimerais mieux manger encore une fois, depuis tant de jours que l'on jeûne; mais c'est impossible.

Critognat fait le geste de se recoucher. Fidus, au contraire, se met sur son séant.

FIDUS. — Croyez-vous que la tentative d'Indutio réussisse ?

CRITOGNAT. — Non. Pour surprendre les Romains, la nuit est trop claire. Cette coquine de lune se couchera trop tard. Ah ! si nous avions une bonne nuit d'hiver bien noire...

FIDUS. — Alors, c'est fini ?

CRITOGNAT. — Fini, suivant moi. Ah ! nous nous moquions des Romains. Ces maçons, ces terrassiers, ces renards, ces lapins. Les lapins nous ont bel et bien entourés et enclos. — Un bon rempart, hérissé de machines de guerre, défendu par des fossés, des chausse-trapes, des palissades, se dresse entre nous et l'ennemi. Et va donc l'atteindre ! Voilà toute une armée, enragée de colère, de soif et de faim, aussi impuissante qu'un sanglier pris dans un piège.

FIDUS. — Et dire qu'ils en ont fait autant de l'autre côté ; qu'ils se sont enfermés eux mêmes et mis à l'abri derrière une seconde enceinte, enveloppant le tout !

CRITOGNAT. — Et que trois cent mille Gaulois sont venus y briser leurs épées !

FIDUS. — Cela me fait l'effet d'un rêve étrange, incroyable. Après quarante jours d'attente, dans la faim et dans la soif, nous voyons paraître à l'horizon, avec quel espoir ! l'armée immense, infinie, qui va enlever César et son armée, comme des pailles légères. Oh ! le gigantesque assaut. D'ici et du dehors on s'élance à la fois. Les Romains sont attaqués des deux côtés ; mais des obstacles sans nombre nous arrêtent ; les machines nous accablent de leurs traits. Pendant deux jours, on s'acharne à semer la terre de cadavres, sans même parvenir à croiser le fer avec les ennemis.

CRITOGNAT. — Oui, et l'immense armée de secours a dû s'écouler comme de l'eau, devant une digue inébranlable.

FIDUS. — J'ai encore dans l'oreille ce cri.

CRITOGNAT. — Quel cri ?

FIDUS. — Quand d'ici, d'en haut, nous avons vu les troupes gauloises s'éloigner, les dernières enseignes s'effacer à l'horizon... alors toute cette armée abandonnée, livrée au vainqueur, a poussé un cri... Jamais on n'a rien entendu de pareil sous le soleil...

CRITOGNAT. — Qui sait ! ce vieux soleil a vu tant d'horribles choses.

FIDUS. — Et maintenant, trop tard, hélas ! nos campagnons avouent combien était sage et prévoyant (*Montrant la tente.*) celui qui est là.

CRITOGNAT. — Moi, j'ai toujours cru en lui...

FIDUS. — Rappelez-vous, Critognat, notre départ de Gergovie. Cette armée, si heureuse, si fière d'avoir recouvré son général, en le maîtrisant par malheur, en forçant sa volonté. Elle voulait ss battre sur l'heure. Les Romains se retiraient lentement. Oh ! cher et grand Vercingeto. Il a différé, il a retenu les siens tant qu'il a pu. Mais enfin il a fallu céder. La bataille a eu lieu.

CRITOGNAT. — Nous avons failli la gagner.

FIDUS. — Oui, mais nous l'avons finalement perdue. Et nous avons fait retraite à notre tour, toujours poursuivis jusqu'ici, où, hélas !,.. Voici le général.

## SCÈNE II

VERCINGETO, CRITOGNAT, FIDUS

VERCINGETO, *sortant de la tente. à part.* — Il dort. Je m'oubliais à le regarder dormir, le pauvre enfant. — Hé bien ! amis, avez-vous remarqué ? Chez les Romains point de ces appels ordinaires, de sentinelle point de sonnerie, aucun bruit. Ils semblent ensevelis dans la fatigue.

CRITOGNAT. — L'armée est peut-être endormie, mais César veille ; et, à travers la nuit, son regard perçant nous compte.

VERCINGETO. — César est grand, mais tu en fais un Dieu. Fidus, cherche Indutio. La lune descend. Dans une heure, la tentative sera possible. Sachons où nous en sommes.

CRITOGNAT. — Mais, à supposer qu'Indutio réussisse à aborder l'ennemi, à le surprendre...

VERCINGETO. — Il le trouera, sois en sûr.

CRITOGNAT. — Oui, mais par les dieux, l'armée ne passera jamais par ce trou.

VERCINGETO. — Tout entière, non ; mais la cavalerie, le chefs, toi et les autres.

FIDUS. — Et vous, général ?

VERCINGETO. — Moi, je resterai avec l'infanterie.

CRITOGNAT. — Tu veux ?

VERCINGETO. — Inutile de discuter. Le chef est fini, quand personne ne croit en lui, ni l'armée, ni surtout lui-même. Tais-toi, te dis-je. Vous prendrez mon fils. Il sera le drapeau. Et, si vous voulez m'en croire, Luctère vous commandera.

FIDUS. — Oh ! Luctère.

VERCINGETO. — Tais-toi, il faut être juste ; c'est un homme de fer. Audacieux, téméraire, sans ménagement. Cela réussira peut-être mieux. En tout cas, cela va mieux à votre tempérament. J'y ai bien réfléchi. N'est-ce pas Indutio qui vient là ? Il y a une femme.

CRITOGNAT. — Lucteria.

## SCÈNE III

LES MÊMES, LUCTERIA, INDUTIO

VERCINGETO, *à Lucteria.* Veuillez attendre. (Elle se retire à quelques pas.) Hé bien, Indutio?

INDUTIO. — Nous sommes prêts.

VERCINGETO. — Quelles troupes as-tu prises pour le coup de main?

INDUTIO. — Des Eduens, qui ont moins agi, sont moins fatigués; des Arvernes à toi, montagnards durs et résistants; des matelots de Carnac, hommes habitués aux longues tempêtes. Des chasseurs des Ardennes les précéderont, habiles à avancer en rampant sur le ventre. Dans une heure, je commencerai.

VERCINGETO. — Dès que tu auras abordé l'ennemi, un coup de trompe nous avertira, et alors ceux qui doivent partir monteront à cheval... C'est bien.

INDUTIO. — Mon monde est massé. à plat ventre, dans ce pli là-bas. J'y reviens. Le difficile est d'obtenir un silence absolu.

VERCINGETO. — Va. (Il lui tend la main).

INDUTIO HÉSITANT. — Tu me pardonnes.

VERCINGETO. — Ne parlons pas de pardon. Chacun agissait suivant sa conviction, pour la patrie.

Indutio lui baise la main et sort. Lucteria s'avance.

VERCINGETO. — Que voulez-vous?

LUCTERIA. — Seigneur! Pendant cet entretien, Fidus et Critognat se tiennent à l'écart.) Pour tout le monde, je suis encore l'épouse de Vercingeto.

VERCINGETO. — Hé bien?

LUCTERIA. — Dans quelques heures, il faudra se rendre. La femme de Vercingeto vivra-t-elle pour devenir esclave et partager le lit de quelque centurion romain?

VERCINGETO. — Vous savez l'exemple qu'ont donné si souvent les femmes Gauloises, après un combat malheureux.

LUCTERIA d'une voix sourde. — On s'étrangle avec ses cheveux, ou on se pend au timon des chars.

VERCINGETO. — Pendant que les chefs, épargnés par la mort, se percent de leur épée. Tous deux nous saurons, je pense, faire ce que l'honneur ordonne.

LÙTERIA. — Je n'y manquerai pas. Aucun Romain ne dira: « J'ai pour servante la femme de Vercingeto ».

VERCINGETO. — C'est bien. Un silence.

LUCTERIA. — Mais... seigneur, c'est à la fin de la bataille, devant les cadavres, quand l'ennemi s'avance; c'est au milieu des cris, des plaintes, des excitations mutuelles, que des milliers de femmes se donnent ordinairement la liberté. Il n'y a ici d'autre femme que moi; je suis seule, et les bruits du combat ont cessé depuis longtemps... ce sera pour moi bien plus dur...

VERCINGETO. — Vous reculez?

LUCTERIA. — Non.

VERCINGETO. — Alors que voulez-vous?

LUCTERIA, hésitante. — Pour prix des difficultés de la mort, ne pourrai-je obtenir de vous, quand je serai morte... un signe de pardon et... de regret?

VERCINGETO, après un silence. — Quand vous serez morte, je vous traiterai en épouse... Je vous le promets.

LUCTERIA, avec effusion. — Merci. Et maintenant mon fils?

VERCINGETO. — Ne vous inquiétez pas de lui. J'ai un moyen de le sauver.

LUCTÉRIA. — Vous me le jurez.

VERCINGETO, hésitant. — Il suffit que je vous l'assure.

LUCTERIA. — Je voudrais le voir, l'embrasser une dernière fois.

VERCINGETO. — Non, non; vous le réveilleriez.

LUCTERIA. — Pourquoi pas, puisqu'il doit partir?

VERCINGETO, avec impatience. — J'ai besoin qu'il soit endormi.

LUCTERIA. — Je l'embrasserai sans l'éveiller. Une mère sait faire ces choses-là; je vous prie, je vous supplie...

VERCINGETO, la conduit à l'entrée de la tente qu'il entr'ouvre. Lucteria entre. A part. — Ah! elle est heureuse! En mourant, sa dernière pensée sera pour un fils... vivant.

LUCTERIA, sortant de la tente. — Il rêvait. Il a murmuré: « J'ai faim ».

VERCINGETO. avec une explosion sourde. — Pauvre petit... même en rêve!

LUCTERIA, pleurant. — Adieu, adieu, Celtil; adieu, Vercingeto.

VERCINGETO. — Vous savez qu'il y a encore un espoir de salut... bien faible.

LUCTERIA. — Indutio.. Oui, je sais.

VERCINGETO. — Vous devez donc attendre un signal, un message de moi.

LUCTERIA. — Oui, seigneur; j'attendrai votre signal, et ce sera un peu comme si je mourais de votre main. La mort me sera moins dure. Encore une fois, adieu.

*Elle sort.*

## SCÈNE IV

FIDUS, CRITOGNAT ; *d'autres chefs se rapprochent.* LUCTERE *arrive.*

VERCINGETO, *à Luctère.* — Hé bien ?

LUCTÈRE. — Ils sont partis. La chose est en train. Bientôt nous serons fixés sur notre sort.

VERCINGETO. — Oui, nous ; mais non pas toi.

LUCTÈRE. — Comment ?

VERCINGETO. — Je l'ai décidé ; si Indutio échoue, il faut que tu essayes encore de vivre, de te sauver seul... Tu sais le romain, tu passeras peut-être. La Gaule est encore pleine d'hommes, tu recommencera la lutte.

LUCTÈRE. — C'est à toi plus tôt.

VERCINGETO. — Ne discutons pas. Les moments sont comptés. Obéis, au moins cette fois.

LUCTÈRE. — Un reproche... trop mérité ; oui, trop mérité. Soit. J'essayerai. Je vois d'ici un coin où, couché parmi les morts, j'attendrai la nuit ; quelqu'un viendra pour dépouiller les morts... ou quelques-uns. Et, par tous les dieux, ils rencontreront un vivant ; je les tue, je revets le costume romain, et je passe.

CRITOGNAT. — Pourvu que les forces ne te trahissent pas.

LUCTÈRE. — Je me referai. Je trouverai bien quelque part à boire. Je boirai du sang.

VERCINGETO. — Voilà Luctère ! (*Aux autres chefs.*) Quant à nous, seigneurs, si Indutio ne réussit pas, ce que nous avons à faire me parait tout indiqué.

CRITOGNAT. — Par les dieux ! il n'y aura qu'à se tuer.

VERCINGETO. — C'est ce que je voulais dire.

CRITOGNAT. — Tu donneras le signal.

VERCINGETO. — Oui, en donnant l'exemple.

UN CHEF. — Nous nous tuerons, voilà qui est décidé..., mais, seigneurs, il reste une question assez importante, à mon avis. Comment nous tuerons-nous ? Chacun peut s'expédier lui-même, voilà une manière, c'est la plus simple ; mais il me semble que, si l'on se divisait en deux parties égales, qui se battraient jusqu'à extinction, franchement, ce serait moins triste.

VOIX NOMBREUSES. — Très bien ! Il a raison. Un dernier combat, soit. Bataille ! bataille !

VERCINGETO, *à demi-voix.* — Se battre entre Gaulois, hélas ! ce fut chose trop habituelle !

UN AUTRE CHEF. — Critognat commandera l'un des partis. Vercingeto commandera l'autre.

VERCINGETO. — Vous ferez, seigneurs, comme vous l'entendrez. Quant à moi, je désire mourir seul, avant votre combat.

LE MÊME CHEF. — Chacun est libre.

FIDUS, *s'approchant de Vercingeto.* — Maître ! j'ai entendu...

VERCINGETO. — Quoi !

FIDUS. — Quelque chose comme l'appel d'une sentinelle... là-bas, chez les Romains.

VERCINGETO. — Ce serait grave ! écoutons, seigneurs, faisons silence ; voici l'heure décisive.

*Ils restent tous silencieux, la tête penchée vers le même point. On entend un coup de clairon.*

VERCINGETO. — Le clairon romain.

CRITOGNAT. — C'est manqué.

VERCINGETO. — Attendez..., le cor Gaulois sonnera peut-être.

*Les clairons résonnent de tous côtés dans le camp romain.*

CRITOGNAT. — Tout le camp Romain est éveillé, et les nôtres n'ont pas encore abordé l'ennemi. C'est donc manqué...

UN CHEF. — Puisque c'est fini, tuons-nous. Autant mourir tout de suite. Au combat, seigneurs, au combat !

UN AUTRE. — On se frappera dans l'obscurité, avec moins de répugnance.

UN AUTRE. — Se battre dans la nuit, comme des aveugles ou comme des ivrognes ! je proteste. Celui qui est si pressé a peur. Attendons le jour.

LE PREMIER CHEF. — Je n'ai peur de

personne, que ce soit de nuit ou de jour.

VERCINGETO, intervenant. — Je suis votre chef. C'est moi qui donnerai le signal. J'ai des dispositions à prendre; ainsi, on attendra le jour.

UN SOLDAT GAULOIS, arrivant. — Le général!

VERCINGETO. — C'est moi.

LE GAULOIS. — Je suis venu en courant de toutes mes forces, sur l'ordre d'Indutio.

VERCINGETO. — La tentative a échoué, nous le savons.

LE GAULOIS. — Elle était prévue. Dans le camp romain, le silence était si parfait, qu'en approchant nous avons cru tout le monde endormi. Au contraire, personne n'était couché. A portée du trait, la lune, encore trop claire, nous a laissé voir les soldats debout, sous les armes, en rangs, immobiles comme des pierres.

VERCINGETO, congédiant le soldat. — C'est bien. (Il descend la scène. — A lui-même.) César, tu es habile, sans doute, mais tu as du bonheur aussi... Les dieux n'ont pas fait, entre nous deux, les parts égales. Oh! tenir dans sa main une armée docile, obéissante, comme une seule épée. N'avoir à compter qu'avec soi-même; n'avoir à craindre que ses propres fautes... Ma destinée, à moi, au contraire, les dieux l'ont remise dans la main des autres, plus que dans la mienne.

Il reste un moment en silence, les bras croisés sur sa poitrine. Les chefs, rangés au fond, le regardent dans un respectueux silence.

VERCINGETO, tirant lentement son épée. — Voilà le moment horrible... Je ne veux pas de l'esclavage pour lui... pas plus que pour moi... Cela doit être fait tout de suite. Sans cela... Va mon pauvre enfant, va, libre, éternellement libre, dans le sein des dieux.

Il s'avance en chancelant vers la tente. Les chefs s'écartent en silence pour le laisser passer.

FIDUS, se tordant les mains; à demi-voix. — Oh! affreux, affreux!

INDUTIO, se précipitant sur la scène et se retournant, comme s'il parlait à quelqu'un. — Hé bien! oui; c'est fini. Il n'y a plus d'espoir. Si l'esclavage vous fait peur, tuez-vous; c'est bien facile.

UNE VOIX, parmi les chefs. — Pas si facile.

INDUTIO, aux chefs. — J'ai cru ne jamais arriver. A chaque pas, des groupes de soldats voulaient m'arrêter, m'interroger, et ils se lamentent et ils se désolent; l'un appelle à haute voix sa femme ou sa mère, l'autre ses enfants. C'est impatientant. Les entendez-vous d'ici?

On entend des clameurs, des gémissements, des plaintes confuses.

CRITOGNAT. — Ils se sont bien battus. Ils ont été braves, tant qu'ils ont eu quelque espoir. Ne demandons pas au soldat plus qu'il ne peut donner.

VOIX DIVERSES. — C'est vrai. C'est vrai.

Ils se taisent en voyant Vercingeto sortir de la tente, sans épée.

VERCINGETO, descendant le théâtre; à haute voix. — Je n'ai pas pu. L'idée qu'il pouvait se voir mourir, et me dire: « Père, que t'ai-je fait? ne m'achève pas? horreur!

INDUTIO, aux autres. — Il voulait tuer son fils?

CRITOGNAT. — Oui; avec raison.

UN CHEF, très ému — Sans doute. Mais c'est trop. Pour moi, j'ai des enfants. Je m'en vais.

PLUSIEURS AUTRES. — Moi aussi. Moi aussi.

VERCINGETO, les voyant s'éloigner. — Fidus, Critognat, restez. J'ai besoin de vous. Il faut que cela soit. Qui de vous deux...? Oh! c'est un bien grand service que je vous demande.

FIDUS, pleurant. — Tout, maître, tout excepté cela...

VERCINGETO. — En effet, pour toi c'est impossible. Mon cher enfant, quitte-nous. J'ai pour toi une autre mission. Va trouver Lucteria.

FIDUS, avec empressement. — Que lui dirai-je?

VERCINGETO. — Ceci seulement: Vercingeto vous tiendra ce qu'il a promis. (Fidus s'encline et sort.) Critognat, mon fidèle ami, il n'y a que vous, vous seul.

CRITOGNAT, reste un instant sans répondre ; avec effort. — Je le ferai.

VERCINGETO. — Tout de suite.

CRITOGNAT. — Vous avez raison.

VERCINGETO. — D'un coup, d'un seul coup, sans qu'il s'éveille. Aurez-vous la force ?

CRITOGNAT. — Je l'aurai.

VERCINGETO, d'une voix étouffée. — Tu l'enverras d'un sommeil dans l'autre.

CRITOGNAT. — Oui. Soyez tranquille.

VERCINGETO. — Il ne faudrait pas, si c'est possible, le défigurer.

CRITOGNAT. — Non.

VERCINGETO. — Ni trop l'ensanglanter.

CRITOGNAT. — Non.

VERCINGETO. — Après, tu me l'apporteras.

CRITOGNAT. — Oui. J'y vais.

Pendant que Critognat court à la tente. Vercingeto se bouche les oreilles. Critognat reparait avec l'enfant dans ses bras, comme endormi.

VERCINGETO, étonné. — Pourquoi ne l'as-tu pas tué ?

CRITOGNAT, sombre. — Touchez-le, et vous verrez.

VERCINGETO, se recule brusquement, puis se rapproche en sanglotant. — Pauvre ! pauvre petit !

CRITOGNAT. — Pas un cri, pas une plainte. Un faible sursaut. Il n'a rien prévu, rien senti. (Il remet l'enfant entre les bras de Vercingeto, et, s'essuyant le front). — Ah ! les dieux ont été cléments !

VERCINGETO, avec un sanglot. — Quelle clémence ! (Il va s'asseoir sur un petit tertre à gauche, le dos appuyé à un arbre et l'enfant placé en travers sur ses genoux). Critognat, vous aurez peut-être pitié de ma faiblesse... Je me repens, oui je me repens d'avoir vécu avec lui stupidement, comme nous autres nous vivons avec nos fils. Pauvre petit, tandis que tu étais vivant, je ne t'ai pas montré que je t'aimais : et maintenant cela ne se peut plus.

Deux hommes apportent le corps de Luctéria. Fidus les suit. En apercevant le corps de Celtil, il se détourne et va pleurer au fond du théâtre.

VERCINGETO, aux porteurs. — Placez-la ici, à côté de moi... C'est bien. — Maintenant, mettez l'enfant sur son sein... ; bien. Je vous remercie. Vous pouvez vous retirer. (Se met à genoux, à côté de Lucteria.) Tu as été vaillante : la mort acquitte de tout. Je me rappelle le temps où, jeunes mariés, nous faisions des projets d'avenir pour cet enfant : alors il n'était pas encore né. C'est trop. (Il embrasse Luctéria au front et se relève.) Critognat, Fidus, appelez les chefs. (Critognat fait un signe au fond. Les chefs reviennent. A Indutio.) Luctère, où est-il ?

INDUTIO. — Il nous a quittés pour préparer son évasion.

VERCINGETO. — A la bonne heure ! Je ne mourrai pas tout à fait sans espérance.

CRITOGNAT, avec humeur — Bah ! il lui faudra agir avec des hommes que tu connais, impatients, sans discipline, rebutés par les fatigues, bons à se battre tout de suite.

VERCINGETO, à Critognat. — Ce que tu dis là est trop dur...

PREMIER CHEF. — Non, général, non. Nous avons mal agi avec vous.

SECOND CHEF. — Le soldat a voulu gouverner son général, au lieu de lui obéir.

TROISIÈME CHEF. — On s'est révolté comme des brutes.

PREMIER CHER. — Imbéciles ; nous avons failli vous préférer un traître, un espion romain.

SECOND CHEF. — C'est comme ça qu'on va à l'abattoir.

PREMIER CHEF. — Nous y sommes ; c'est bien fait.

VERCINGETO. — Mes amis, mes amis ; je ne vous en veux pas. Soyons justes de part et d'autre. Les Romains ne sont pas devenus en un jour les soldats qui nous ont vaincus. Il y a fallu des siècles et beaucoup de généraux... inflexibles. Moi j'ai voulu l'être ; j'ai voulu vous façonner et vous refaire. Je n'avais pas tort ; c'était l'unique chance de succès. Mais les hommes ne changent qu'à force de temps. L'ennemi nous pressait d'ailleurs ; et on manœuvre mal devant l'ennemi. Tout ce que raisonnablement on pouvait attendre de vous, vous l'avez fourni et même plus. Vous avez essayé de vous plier, avec d'intolérables douleurs, à des habitudes nouvelles. Vous avez incendié vos villes; jeté vos femmes, vos enfants nus et sans abri sous le ciel... et si vous ne saviez pas obéir parfaitement, vous saviez au moins mourir. Non! non! vous n'avez pas mérité l'abandon des dieux!

Plusieurs chefs se précipitent vers lui et embrassent ses mains.

VERCINGETO. — Seigneurs! voici l'aube. Le ciel là-bas commence à rougir. Le jour qui se lève est peut-être le premier de la servitude pour notre pays. Ah! l'affreuse pensée. Allons mourir. — Seigneurs j'ai envié à ces Romains bien des choses, leur ordre et leur paix intérieurs, leur discipline, leurs arts. Mais tout cela, quand c'est un maître étranger qui l'exige et le commande, tombe avili; je le prends en haine et dégoût. La barbarie, qui se déchire elle-même, vaut encore mieux. Allons mourir. — Tout à l'heure vous entrerez dans ma tente. A côté de mon corps, vous placerez celui de ma femme et de mon fils. Et vous livrerez votre dernier combat... je ne le verrai pas.

UN GAULOIS se prosternant. — Maître, si tu veux que je te tue, ma main tâchera de ne pas trembler.

VERCINGETO. — La mienne tremblera moins encore. Regarde sous cet arbre; j'ai là — et ici encore (se frappant la poitrine) de quoi chercher la mort avec plus d'envie que de peur.

On entend une sonnerie de clairon assez proche.

VERCINGETO, étonné. — Qu'est-ce donc que cela?

UN GAULOIS entrant — Seigneur on voit s'avancer un centurion portant un drapeau blanc au bout d'une perche. Il est précédé d'un clairon.

VERCINGETO. — Un parlementaire.

CRITOGNAT. — Qu'est-ce que César peut bien vouloir? il nous a.

VERCINGETO pensif. — Je ne comprends pas.

Tous en silence regardent venir le centurion annoncé.

LE CENTURION. — Vercingeto-rix.

VERCINGETO. — C'est moi.

LE CENTURION. — César m'a chargé de vous remettre ces tablettes.

Vercingeto les lit et garde un moment le silence.

Oh! le terrible génie! oh! l'implacable divination de César.. j'ai vécu quelques instants de trop.

FIDUS. — Maître vous pâlissez... c'est donc bien cruel.

VERCINGETO. — Camarades, vous êtes libres de mourir; moi je ne le suis plus! César promet pour mon armée des conditions inattendues. Il épargnera à tous les soldats la mort, les mutilations, et à la plupart la servitude même. Mais il veut (d'une voix sombre) il veut avoir votre chef vivant.

TOUS D'UNE VOIX. — Le supplice! le supplice!

VERCINGETO. — Quand on comptait finir de sa propre main, il y a sans doute quelque ennui à mourir de la main... d'un autre. Mais après tout, le mal ne dépasse pas notre patience. (Tous l'entourent, lui prennent les mains et pleurent.) Qu'on m'amène mon cheval. (Au centurion.) Allez dire à César que j'accepte son rendez-vous.

FIDUS. — Maître, je te suivrai à cette mort comme j'allai le faire à l'autre.

VERCINGETO. — Non, mon enfant, non.

FIDUS fermement. — Maître, c'est mon droit, le droit du *fidèle*.

VERCINGETO. — C'est vrai.

On amène le cheval, dont Fidus prend la bride. Vercingeto s'élance en croupe. Les chefs sont rangés en silence autour de lui. Il leur fait de la main un signe d'adieu. Ils tirent leurs épées et saluent. Vercingeto et Fidus sortent.

CRITOGNAT. — Allons, camarades, une dernière poignée de main ou une embrassade au choix, et crainte de nouvel obstacle, dépêchons-nous.

Ils se rangent rapidement sur deux lignes et les adversaires s'embrassent ou se serrent la main droite, en tenant leurs épées nues dans la main gauche.

---

## TABLEAU

### LE CAMP DE CÉSAR

On aperçoit sur une estrade en bois, partiellement recouverte d'étoffes, décorée de couronnes de feuillages, un fauteuil vide ; c'est le tribunal de César. Au pied de l'estrade, des soldats rangés, le pilum au pied, causent et rient avec animation.

---

## SCÈNE PREMIÈRE

Parmi les soldats : NARBONNE, TURIN, LUCANIE

NARBONNE. — Alors, tu crois que c'est bien fini.

TURIN. — Parbleu, du moment qu'on tient le chef, le meneur de tout ça. Tu vas le voir tout à l'heure.

NARBONNE. — J'espère bien qu'on lui coupera le cou tout de suite.

TURIN. — C'est probable. Qu'en dites-vous, vieux ?

LUCANIE. — Ce n'est pas probable du tout.

NARBONNE. — Pourquoi le garderait-on ?

LUCANIE, haussant les épaules. — Pour la graine.

NARBONNE. — Vous vous moquez toujours. Dites votre idée, voyons.

LUCANIE. — Je ne parle pas dans les rangs, moi.

TURIN. — Bah ! un jour de victoire, c'est permis.

NARBONNE, à Turin. — Combien crois-tu qu'il nous reviendra d'esclaves à chacun.

TURIN. — Deux ou trois.

NARBONNE. — C'est pas beaucoup.

LUCANIE. — Ah ! oui, quand il s'agissait pour nous de les battre, les Gaulois étaient toujours trop nombreux. A présent qu'il s'agit de les vendre, tu n'en trouves pas assez.

TURIN, riant. — Nous sommes tous comme ça.

LUCANIE. — Silence... voilà le chef.

César a été aperçu ; les causeries, les rires cessent peu à peu.

## SCÈNE DEUXIÈME

CÉSAR, BRUTUS

CÉSAR. — Tu plaides sa cause avec une chaleur...

BRUTUS. — Sans doute. C'est un noble adversaire... digne de César ; je ne puis rien dire de mieux. Tant de sagesse, de clairvoyance, chez un homme si jeune ! Et cette vigilance, cette activité ! Il a été admirable, si l'on songe aux moyens dont il disposait, aux éléments indociles qu'il avait à manier. Et il nous a mis bien près de notre perte. Si on ne l'eut forcé à livrer bataille, que devenions-nous ? Affamés, recrus, démoralisés, perdant chaque jour des hommes...

CÉSAR. — Oui. Mais il devait arriver qu'il serait contraint à livrer la bataille et qu'il la perdrait.

BRUTUS. — Tu n'as donc jamais douté.

CÉSAR. — Jamais. J'ai la foi aux choses nécessaires.

BRUTUS. — Je ne comprends pas bien.

CÉSAR. — Je t'expliquerai cela une autrefois.

BRUTUS. — Je reprends mon plaidoyer. Moi je traiterai ce héros, comme il mérite de l'être. Je le ferai frapper immédiatement par la hache du licteur.

CÉSAR. — Impossible, je te l'ai déjà dit.

BRUTUS. — Le jeter en prison, l'y faire languir, le réserver pour le jour où tu triompheras à Rome, quand avec les complications actuelles de la politique Romaine, les dieux seuls savent quel jour tu pourras triompher, si ce sera dans un an ou dans dix, ce serait dur, ce serait cruel... et César ne l'est pas.

CÉSAR. — Non, je ne le suis pas. Et je ne me sens aucune aversion pour Vercingeto, bien qu'il ait en quelque sorte trahi mon amitie.

BRUTUS. — Pour son pays. Ah ! ces trahisons la sont plus qu'excusables.

CÉSAR. — Tu trouves toi ?

BRUTUS. — Certes... elles sont glorieuses.

CÉSAR, pensif. — L'amitié, la fidélité aux affections individuelles sont pourtant quelque chose. Enfin, ce n'est pas de cela qu'il s'agit. Mes raisons contre ce que tu me proposes sont simples mais péremptoires. Le jour incertain, éloigné, tant que tu voudras, où je triompherai dans Rome, quel vaincu suivra mon char si ce n'est Vercingeto? des chefs subalternes, de vulgaires soldats ? Rome toute entière cherchera des yeux le grand vaincu. En ne le voyant pas, elle sera profondément déçue dans toutes ses espérances, dans ses habitudes et ses traditions. Le peuple mécontent, irrité, dira « César a tué son ennemi, dans l'impatience de sa haine et nous sommes frustrés ! » Voilà comment ma générosité serait reconnue, et récompensée. Pourquoi me sacrifierai-je ? Je ne suis pas cruel ; mais je n'aime pas à être dupe.

BRUTUS. — Je vois un cavalier qui s'avance sur un grand cheval noir. C'est lui sans doute.

CÉSAR. — C'est lui. Je monte au tribunal.

Il s'élance avec vivacité. Mouvements d'attention et de curiosité parmi les soldats, qui chuchotent et plaisantent à demi-voix.

## SCÈNE III

CESAR, VERGINGETO, FIDUS, BRUTUS

César est assis à son tribunal. Vercingeto entre à cheval, du côté droit ; Fidus guide le cheval par la bride. Brutus se tient sur le devant de la scène à gauche. Vercingeto descend lentement de cheval. Sur un signe de César, des soldats viennent prendre le cheval. Vercingeto passe une dernière fois sa main sur le museau de la bête et, quand on l'amène, il se retourne à demi pour la suivre des yeux, mais on voit qu'il réprime son mouvement. César contemple le vaincu en silence. Les soldats continuent à chuchoter.

VERCINGETO, à demi-voix. — Marcia !... la langue que tu parlais !

CÉSAR, à un centurion. — Demandez-lui de vous rendre son épée.

Le centurion s'avance avec respect. Vercingeto lui tend son épée.

CÉSAR, montrant Fidus. — Ecartez ce jeune homme.

Deux soldats se placent à côté de Fidus, après l'avoir un peu éloigné de Vercingeto. Sur un signe de César, un clairon sonne. Les soldats font silence.

VERCINGETO. — César m'a demandé. Me voilà. Qu'il prenne ma vie et qu'il tienne ses promesses.

CÉSAR, après un silence, d'abord calme puis se laissant emporter peu à peu. — Tu t'es remis vivant entre mes mains ; je tiendrai mes promesses à l'égard de tes soldats. Ils ne mourront pas, Ils ne seront pas mutilés. Je ne les renverrai pas tous libres, car il faut que je récompense mes soldats à moi ; mais tous non plus ne seront pas esclaves... Quant à toi tu vivras assez longtemps pour voir la Gaule, cette Gaule que tu m'as forcé de vaincre, traitée avec toute l'équité et la clémence qui sont dans mon caractère. Tu m'as méconnu Vercingeto. Quand tu vivais dans ma familiarité, presque dans mon amitié ; je t'ai offert la souveraineté sur ton peuple, avec l'alliance de Rome. Tu as tout méprisé, et te voilà vaincu. Je ne puis t'épargner la peine des vaincus. Rome a vu Persée suivre le char triomphal de Paul-Emile ; toi aussi...

Fidus à ce moment enlève par surprise son épée à l'un des soldats qui le gardent et, s'élançant vers Vercingeto, la lui tend. Mais l'autre soldat le perce par derrière. Fidus lâche l'épée et tombe aux pieds de Vercingeto.

FIDUS, expirant. — Mon maître !... ma mère !

Vercingeto tressaille mais il ne fait aucun mouvement.

CÉSAR, vivement. — Ramassez donc cette épée. Enlevez ce corps.

Pendant qu'on enlève le corps. Vercingeto ne tourne pas un instant la tête, ses regards sont dirigés en haut, comme vers une vision.

CÉSAR. — Tu m'as entendu. Rome compte te voir, au jour de mon triomphe. Je ne puis tromper son espérance. (Appuyant.) Il te faudra peut-être attendre assez longtemps ce jour qui t'apportera la mort libératrice ; mais rien sans doute n'est au-dessus de ton courage, et il ne dépend pas de moi d'abréger ta destinée. Les circonstances, dont nul homme n'est maître, en décideront. Cependant, si tu as quelque chose à dire contre cet arrêt, je t'écoute : parle.

Vercingeto garde le silence.

CÉSAR, avec impatience. — Vercingeto n'a rien à dire.

VERCINGETO, abaissant ses regards sur César. — J'attendrai.

BRUTUS, avec un geste de dépit. — Allons! l'avantage reste au vaincu.

*PAUL LACOMBE*

LE

# SAC DE BÉZIERS

DRAME EN PROSE

EN CINQ ACTES ET HUIT TABLEAUX

## PERSONNAGES

JEAN, consul de Béziers.
PIERRE, consul de Béziers.
BERNARD, fils de Jean.
MONSEIGNEUR L'ÉVÊQUE DE BÉZIERS.
RAYMOND, chevalier.
SIMON DE MONTFORT, chef de la croisade.
TRENCAVEL, vicomte de Béziers.
ÉLÉONORE, fille de Pierre.
BOURGEOIS, BOURGEOISES.
HOMMES ET FEMMES DU PEUPLE
CAPITAINES ET SOLDATS.

# LE SAC DE BÉZIERS

## ACTE PREMIER

Le théâtre représente un carrefour dans l'intérieur de la ville et auprès des remparts ; au fond, une porte de ces remparts. Style roman.

### SCÈNE PREMIÈRE

(Jean et Pierre, en costume de consuls, au milieu de la scène. Des habitants de Béziers dans le fond, des deux côtés. Le devant du théâtre est libre. Groupe de bourgeois à gauche.)

PIERRE, à Jean. — L'évêque se fait attendre ; serait-il sorti par une autre porte ?

JEAN. — Non, j'y ai mis ordre.

PIERRE. — Espérez-vous fléchir l'obstination de ce prêtre ?

JEAN. — Nous devons au moins l'essayer.

PIERRE. — Il eût été plus prudent, peut-être, que je ne m'offrisse pas à ses regards, moi qui suis hérétique.

JEAN. — Vous êtes ici à votre place comme consul de Béziers. (Ils remontent vers le fond en se promenant.)

PREMIER BOURGEOIS. — Voyons, Mathieu, réponds à une question : parce que le légat du pape, Pierre de Castelnau, a été assassiné à trente lieues d'ici par un misérable, est-ce une raison, je te le demande, pour que notre saint père le pape soulève toute la chrétienté et nous la jette sur le dos, à nous autres bourgeois de Béziers, qui n'en pouvons mais ? Est-ce une raison pour qu'on prêche la croisade contre nous, comme si nous étions des Sarrazins ?

DEUXIÈME BOURGEOIS — Bon ! Il est certain que ce n'est pas nous qui avons tué le légat ; aussi, n'est ce qu'un prétexte, La véritable raison de la guerre qu'on nous fait, c'est que nous avons des hérétiques parmi nous ; n'est-ce pas vrai, que nous avons ici des hérétiques ? Voilà, par exemple, le consul Pierre qui l'est. Que répondras-tu à cela ?

PREMIER BOURGEOIS. — Eh bien, le consul Pierre est-il un malhonête homme ?

DEUXIÈME BOURGEOIS. — Je n'ai pas dit ça, tant s'en faut ; c'est le meilleur homme que je connaisse.

TROISIÈME BOURGEOIS. — Messieurs, avouons une chose entre nous, c'est que les hérétiques nous valent bien, nous autres catholiques.

DEUXIÈME BOURGEOIS. — Oh ! j'en conviens. Vous voyez, je ne suis pas de mauvaise foi. Mais enfin ils ne croient pas en notre sainte religion.

PREMIER BOURGEOIS. — Hé bien ! qu'on les convertisse.

DEUXIÈME BOURGEOIS. — Voilà dix ans que des moines blancs et noirs, des moines de toutes les couleurs, l'essaient inutilement, vous le savez bien.

QUATRIÈME BOURGEOIS. — Ce n'est, pourtant, pas bien difficile : si j'étais pape, moi, en un an, je voudrais avoir converti tout le monde.

DEUXIÈME BOURGEOIS. — Vous êtes si habile, vous !

QUATRIÈME BOURGEOIS. — Savez-vous ce que je ferais ?

PREMIER BOURGEOIS. — Voyons, dites.

QUATRIÈME BOURGEOIS. — Je réformerais le clergé, tout simplement. Ce sont les mauvais prêtres qui font les mauvais croyants. Voilà mon opinion.

TROISIÈME BOURGEOIS. — C'est vrai, il a raison.

PREMIER BOURGEOIS. — Il est une chose certaine : c'est que la croisade nous menace également tous, catholiques comme hérétiques. Est-ce juste ? Voyez notre seigneur Trencavel ; il est bon chrétien, personne n'en doute. Eh bien ! pour commencer, on médite de le déposséder de ses domaines, pourquoi? parce qu'il ne veut pas consentir à exterminer les hérétiques de ses Etats. Je les ferai prêcher, a-t-il répondu, tant que vous voudrez, mais pour les tuer, jamais. Que peut-on demander de plus? faut-il massacrer les gens pour les convaincre.

TOUS. — C'est vrai, c'est incontestable.

TROISIÈME BOURGEOIS. — Croyez-vous, messieurs, que nous soyons sérieusement menacés?

PREMIER BOURGEOIS. — Non.

QUATRIÈME BOURGEOIS. — Oh! les croisés sont encore bien loin d'ici.

DEUXIÈME BOURGEOIS. — Ils n'arriveront jamais jusqu'à nous. Notre seigneur Trencavel saura bien les en empêcher.

PREMIER BOURGEOIS. — Une seule chose m'inquiète; c'est la mine du consul Jean. Quand ce brave homme fronce les sourcils et baisse la tête, c'est qu'il n'y a rien de bon dans l'air, pour la ville.

TROISIÈME BOURGEOIS. — C'est vrai.

QUATRIÈME BOURGEOIS. — Le consul Pierre, tout hérétique qu'il est, n'est pas moins dévoué à nos intérêts. Mais il n'y a pas moyen de lire sur sa mine s'il craint ou s'il espère. Il a toujours cet air triste et inquiet.

TROISIÈME BOURGEOIS. — Notre évêque ne vient pas. Au fait, dites-moi, pourquoi voulons-nous l'empêcher de sortir de la ville? Quand il rejoindrait la croisade et qu'il y aurait un prêtre de plus parmi nos ennemis, cela serait-il bien grave?

DEUXIÈME BOURGEOIS. — Non sans doute. Mais enfin, messieurs, notre évêque va à la rencontre des croisés, pour quoi faire? pour les exciter contre nous. Nous ne voulons pas l'en empêcher par la force, parce que nous ne sommes pas des gens violents: mais nous désirons l'en dissuader, parce que ça peut faire du tort à la religion dans l'esprit du peuple, que les hérétiques travaillent déjà.

PREMIER BOURGEOIS. — Vous avez bien dit. C'est cela même. (Voix du peuple: l'évêque! l'évêque! Il entre par la droite, sur une mule richement caparaçonnée.)

## SCÈNE II

### LES PRÉCÉDENTS, L'ÉVÊQUE

(En voyant les consuls il s'arrête. Jean fait quelques pas et lui barre le chemin).

JEAN. — Où allez-vous, monseigneur?

L'ÉVÊQUE. — Vous le savez bien.

JEAN. — Je vous interroge sans insolence, monseigneur, répondez-moi sans colère.

L'ÉVÊQUE. — Je vais rejoindre l'armée des serviteurs de Dieu.

JEAN. — Vous allez rejoindre l'armée des croisés, qui viennent piller nos biens et nous massacrer, sous prétexte de religion. Vous êtes pourtant le pasteur de cette terre!

L'ÉVÊQUE. — Depuis longtemps je n'ai plus de troupeau. De ceux qui m'avaient été confiés, les uns ont renié Dieu pour rendre leur culte au démon; les autres, aussi coupables, disent comme Ponce-Pilate: Qu'y puis-je faire?

JEAN. — En effet, monseigneur, qu'y pouvons-nous?

L'ÉVÊQUE. — Dieu dit aux lévites: Que chacun tue son frère, son ami et celui qui lui est le plus proche (Murmures).

JEAN. — Monseigneur, je ne suis pas un théologien, je vous parlerai en homme. Avons-nous commis quelque offense contre vous?

L'ÉVÊQUE. — Je l'ignore; le serviteur de Dieu ne sent que les injures faites à son maître. Si vous pensez autrement de moi, vous avez tort.

JEAN. — Monseigneur, vous êtes né, vous avez grandi parmi nous. Ne vous en souvenez-vous pas? Avez-vous oublié que Béziers est votre patrie?

L'ÉVÊQUE. — Je n'ai d'autre patrie que l'Eglise.

JEAN. — Ainsi vous irez au-devant des croisés! Vous leur direz que nos remparts sont faibles, mal munis encore, qu'en se hâtant ils peuvent espérer une victoire facile. Vous les presserez, vous leur montrerez le chemin. Monseigneur, nos représentations sont restées inutiles jusqu'ici. Une dernière fois, je vous en supplie, considérez bien ce que vous allez faire ; regardez en face cette victoire que vous préparez : Béziers ruiné, détruit ; ces hommes égorgés sur les remparts ; ces femmes et ces enfants massacrés dans les rues ; voilà ce que vos vœux appellent et ce que votre départ commence d'accomplir. Monseigneur, au premier pas que vous allez faire dehors, vous nous tuez autant qu'il est en vous. (Murmures et cris.)

L'ÉVÊQUE. — Vous pouvez m'en empêcher.

VOIX DU PEUPLE. — Oui, oui, retenez-le !.. Qu'on le saisisse ! qu'on l'emprisonne !

UNE VOIX. — Qu'on le tue !

L'ÉVÊQUE, levant les yeux au ciel. — Mon Dieu ! si votre serviteur doit mourir...

JEAN, avec vivacité. — N'invoquez pas l'aide de Dieu, monseigneur, c'est inutile. Nous tous qui sommes ici, nous sommes menacés de mort ; vous seul, je le jure, vous seul ne risquez rien. Vous êtes défendu par la générosité du peuple.

VOIX DU PEUPLE. — Oui... oui... c'est vrai !... (Applaudissements.)

L'ÉVÊQUE, après un silence. — Et qui vous dit que je ne veux pas faire la paix entre les croisés et vous !

JEAN. — A quelle condition, monseigneur ?

L'ÉVÊQUE. — D'abandonner les hérétiques à la justice de l'Église.

JEAN, s'effaçant. — Passez monseigneur.

VOIX DU PEUPLE. — Non... non... Si... s...

UNE VOIX. — Bon voyage, monseigneur... (On rit, la foule s'ouvre et laisse passer l'évêque.)

## SCENE III

LES PRÉCÉDENTS, moins L'ÉVÊQUE.

JEAN, au peuple. — Mes amis, il s'agit de réparer nos anciennes murailles et d'en élever de nouvelles, au besoin. Voici l'ordre de vos consuls : Que tous les métiers cessent de battre ; que les travaux privés soient suspendus, et que les habitants se rendent aux remparts. Le capitaine de la ville fera distribuer les outils nécessaires ; il assignera à chacun son poste et sa tâche. Votre salut dépend de votre activité. Allez.

UN HOMME DU PEUPLE. — Monsieur, l'ordre est-il donné aussi pour les femmes ?

JEAN. — Pourquoi pas ?

PLUSIEURS VOIX. — Oui... oui... il nous faut les femmes !

UN AUTRE HOMME DU PEUPLE. — Ordonnez que les ménétriers et les joueurs d'instruments y viennent.

JEAN. — Ils y viendront, comme tout le monde.

PLUSIEURS VOIX. — Non... non... avec leurs instruments. — Et qu'ils jouent pendant que nous travaillerons. — On ne fait rien de bien, si l'on ne rit. — Triste maçon, triste muraille.

JEAN. — Soit, mes amis, c'est ordonné.

UNE VOIX. — Est-ce que la fête annoncée pour demain n'aura pas lieu ?

JEAN. — Et pourquoi pas ? Vous l'avez dit : la joie entretient le courage.

VOIX DU PEUPLE. — Vive nos joyeux consuls.

(Le peuple sort.)

## SCENE IV

JEAN, PIERRE.

PIERRE. — Croyez-vous que nous pourrons résister ?

JEAN. — Non, certes, s'ils arrivent ce soir ou demain. Mais ils viendront tard, s'ils viennent.

PIERRE. — Vous pensez donc que notre vaillant seigneur Trencavel les maintiendra loin de nous ?

JEAN. — Non, l'armée des croisés est énorme ; mais c'est la-dessus qu'il faut compter. La famine, les maladies, les dissensions suivent toujours les armées trop nombreuses ; puis ces gens-là viennent pour gagner les indulgences que le pape leur a promises, à condition de servir quarante jours contre nous.

Ce délai va expirer sans qu'ils aient rien fait, et déjà ils ne songent plus qu'à retourner chez eux. Vous verrez cette formidable armée se dissiper comme un orage du printemps. Vous ne le croyez pas ?

PIERRE. — Vos raisonnements me semblent justes, et cependent je crains...

JEAN. — On sait pour qui ; la tendresse d'un père s'alarme aisément.

PIERRE. — Mais pourtant si nous étions attaqués ? si Béziers était menacé de sa ruine, à causé de moi et de quelques autres hérétiques, tels que moi, que feriez-vous, vous autres catholiques ?

JEAN. — Vous le savez bien.

PIERRE. — Quoi ! vous nous défendriez au péril de votre vie ?

JEAN. — Sans doute !

PIERRE. — Au péril de votre âme ?

JEAN. — Oh ! pour cela, je n'en crois rien.

PIERRE. — Contre vos frères ?

JEAN, avec vivacité. — Nos frères, ces étrangers orgueilleux ? Mon frère, pour moi, c'est toi. Laisse-moi te tutoyer comme avant notre malheureux désaccord. Pierre, nos pères étaient amis ; nous le devînmes en naissant, cela se peut dire. Quel est le premier camarade avec qui j'ai joué ? toi. Et aujourd'hui que j'ai cinquante ans, quel est mon dernier, mon meilleur ami ? toi encore. Que de plaisirs, que de peines partagés, que de services échangés durant ces cinquante ans ! N'est-ce pas à toi que j'annonçai d'abord cette grande nouvelle ; un fils m'est né ? Qui est-ce qui a veillé la dernière nuit au chevet de ta pauvre femme mourante ? moi, Et quand je perdis la mienne, peu après, tu étais là, à ton tour. Tu m'aurais consolé si j'avais pu l'être. Il n'est pas un événement de ma vie, où tu n'aies ta part, pas un, dont je puisse me souvenir sans me rappeler aussitôt ton amitié constante ! Il faut que je t'aime, si je m'aime, et un barbare aventurier, venu de je ne sais où, sous prétexte de religion, prétendrait t'égorger à mes yeux, et n'avoir pas affaire à moi ? Oh ! non, non !

PIERRE, lui prenant les mains. — Oh ! merci, merci, mon ami, non pour moi, mais pour ma fille. Tu es catholique et, quoi qu'il arrive, tu seras épargné. Ma fille trouvera en toi un protecteur.

JEAN, avec tristesse. — Je suis vieux et mon fils jeune ; il serait pour elle un protecteur plus sûr.

PIERRE, d'un accent de reproche. — Tu m'avais promis de n'en plus parler.

JEAN. — Et le puis-je ? Ces enfants ont été élevés ensemble ; nous les destinions l'un à l'autre : ils le savaient ; toi-même le leur appris, et que trouvas-tu ce jour-là ? Qu'ils nous avaient prévenus, qu'ils s'aimaient déjà. Tu leur as depuis défendu tout entretien. Ils t'obéissent comme ils peuvent ; ils ne se parlent plus Mais nous sommes voisins, ils se voient à toute heure, et ils prennent à se regarder de loin un plaisir funeste. Mon fils dépérit ; il a perdu d'abord le goût du plaisir, ensuite celui du travail. C'est pour moi une tristesse inexprimable de le voir, jeune et bien doué comme il est, à charge à lui-même, inutile aux autres. Il ne peut cesser d'aimer : tu diras qu'il manque de force, soit ! Pierre aie pitié de mon fils.

PIERRE. — Jean, crois-tu que je me conduise ainsi sans raison ?

JEAN. — Je t'avais toujours connu juste et sensé.

PIERRE. — Ce n'est pas moi qui défends ce mariage, c'est Dieu même. Tu sauras...

JEAN. — Voici des travailleurs qui se dirigent de ce côté. Viens dans ma maison, viens.

PIERRE. — Mais je vois...

JEAN. — Quoi ? Qu'y a-t-il ?

PIERRE. — Ton fils et ma fille sont parmi eux.

JEAN, l'entraînant. — Et qu'importe ! ils ne s'aimeront pas plus.

## SCÈNE V

RAYMOND, BERNARD, ÉLÉONORE, DEUX FEMMES DU PEUPLE.

Tous portent quelque instrument de travail, ce qui constraste avec l'élégance de leurs vêtements : au fond, mouvement de travailleurs. La nuit tombe. On voit courir de toutes parts des flambeaux, on entend le son de divers instruments de musique.

PREMIÈRE FEMME, à Raymond. — Quoi ! vous n'avez pas toujours été ainsi ?

RAYMOND. — Non, il fut un temps ou je n'estimais que les exercices du corps, la guerre et la chasse. J'étais fier de mon petit castel, de ma force et de mon adresse. Je vivais avec quelques compagnons aussi brutaux que moi, nous chassions tout le jour, et nous nous enivrions le soir ; je méprisais tout le reste. Je m'ennuyais, mais fièrement. Je vins ici par hasard, dans l'intention d'y rester un jour, et j'y restai dix ans. Inutile de vous dire comment je perdis mon orgueil de barbare. Vous pensez bien qu'il y a une femme dans cette histoire. Et maintenant je suis fou de vers, j'en fais et je me persuade que j'enseigne aux autres à en faire, puisque je vous présente mon ami Bernard comme mon élève. Vous verrez que je ne m'en battrai pas moins bien. Nous ferons demain pour la dernière fois notre métier de poëte, n'est-ce pas Bernard ?

BERNARD. — Parlez pour vous, mon ami.

RAYMOND. — Mesdames, mon ami refuse de prendre part au combat poétique, qui doit avoir lieu demain, et cela parce qu'il souffre ; parce qu'il a un violent chagrin. Et quand donc ferez-vous de beaux vers, si ce n'est à présent ? Allez, vous êtes trop heureux d'être malheureux.

PREMIÈRE FEMME. — Vraiment, vous lui enviez ses peines ?

RAYMOND. — Sans doute, je l'envie ; moi je suis trop robuste de corps et d'âme. J'ai l'épiderme épais ; je ne sens rien. Mais lui, l'homme fortuné, sur sa peau fine, il sent le toucher de l'ombre. Mesdames, n'écoutez pas ces gens faibles, languissants, ne les plaignez pas surtout : avec leur air mélancolique, ce sont eux qui mènent le monde.

DEUXIÈME FEMME. — Monsieur ne s'est pas encore fait connaître.

RAYMOND. — Vous le connaîtrez demain, je l'espère, vous ferez la différence entre lui et moi.

BERNARD. — En tous cas vous l'emportez en générosité, mon ami, et le reste n'est rien.

PREMIÈRE FEMME. — Mais quel est donc le chagrin de M. Bernard ?

RAYMOND. — Et quel chagrin peut-il avoir à son âge, si ce n'est une peine d'amour ?

PREMIÈRE FEMME. — Dites, Bernard, répondez sans fausse galanterie, elle est donc bien belle ?

BERNARD. — Les autres femmes ne me paraissent belles qu'autant qu'elles lui ressemblent ?

DEUXIÈME FEMME. — Elle a l'esprit ingénieux sans doute, elle aime la poésie et le beau langage ?

BERNARD. — Sans cela ferais-je des vers ?

PREMIÈRE FEMME. — Mais elle est froide et cruelle, puisque vous souffrez ?

BERNARD, regardant Éléonore. — Sa bonté passe sa beauté. Il n'y a de cruel que le sort.

PREMIÈRE FEMME. — Il changera. Croyez-moi, Bernard, prenez part à la lutte, soyez éloquent demain. Si celle que vous aimez était ici, elle ne vous donnerait pas un autre conseil.

RAYMOND, à Éléonore avec intention. — N'est-ce pas votre avis, Éléonore ?

ÉLÉONORE, avec émotion. — Oui, certes. Soyez sûr, Bernard, que votre tristesse lui pèse comme un remords. (Bruit d'instruments).

RAYMOND. — Ah ! voilà les camarades qui se mettent à danser, c'est notre tour de travailler. Allons, allons. (Ils se dirigent tous vers le fond du théâtre, à l'exception de Bernard et d'Éléonore, qui restent en arrière.)

BERNARD, à demi-voix. — Éléonore, vous le voulez ?

ÉLÉONORE. — Oui, mon ami, je vous le commande.

BERNARD. — Hé bien ! cette nuit, à ta fenêtre, laisse-moi te voir un moment. Il y a si longtemps que j'ai soif de tes paroles. Que dis-tu ? Réponds-moi. Le voudras-tu ? Je t'en supplie.

ÉLÉONORE. — Oui. (A part.) Ce sera notre dernier entretien.

FIN DU PREMIER ACTE

## ACTE DEUXIÈME

Une place : Maisons à gauche parmi lesquelles la maison de Pierre, fenêtres basses et grillées. Léonore derrière une de ces fenêtres, un banc de pierre sur lequel est monté Bernard. — Il fait nuit.

### SCÈNE PREMIÈRE.

ÉLÉONORE, BERNARD

ÉLÉONORE. — La volonté de mon père est immuable. Jamais je ne serai ta femme, mon pauvre Bernard, renonce à moi.

BERNARD. — Grand Dieu ! que dis-tu ?

ÉLÉONORE. — Rien que de très-sensé. Tu languis, la tristesse te consume, tu fuis tes compagnons, tu vis seul, et ce qui me donne des remords, tu négliges ton art. Ton père avait mis en toi tant d'espérances ! ta Liénor plus encore peut-être, et il se trouve que c'est elle qui fait obstacle. Quitte-moi. Ce triste amour n'a déjà que trop duré. Ton père, tes amis m'accusent avec justice.

BERNARD. — Non, je te jure.

ÉLÉONORE. — Je ne dis pas devant toi, mais en secret.

BERNARD. — Liénor, écoute-moi.

ÉLÉONORE. — Écoute plutôt. Pourquoi aime-t-on les gens ? Pour les rendre heureux. Mais lorsqu'on leur nuit en les aimant, il n'y a plus de raison.

BERNARD. — Liénor !

ÉLÉONORE. — Laisse-moi parler. Crois-tu que je n'aie pas des yeux ? J'ai vu ton père se promener avec toi ; souvent, il te regarde à la dérobée, et en te regardant, il devient sombre, parce que tu as l'air malheureux, parce que tes yeux se sont éteints. Ah ! si mon amour te rendait plus entreprenant, plus actif, plus joyeux, alors il serait naturel, il serait permis ; mais il te nuit, il t'est funeste, je dois cesser de t'aimer. Ce serait de l'égoïsme, à la fin. Va, quitte-moi. Tu est bon, tu es doux, tu sais aimer, tout est sérieux pour toi. Il te faut une femme qui t'aime comme j'aurais pu le faire ; mais qui, au contraire de moi, soit forte, calme, patiente, une femme qui te fasse une existence bien ordonnée sans inquiétudes, sans alarmes. Voilà la bru que ton père demande. Il se fait vieux, et il craint de mourir avant d'avoir vu ses petits-fils. Rappelons notre raison, mon pauvre Bernard, et disons-nous adieu. Nous avons encore quelques heures pour laisser parler notre cœur. Maintenant, parle, je t'écoute. (Silence.) Bernard, réponds-moi ! Tu te tais, Bernard ; qu'as-tu ! Ah ! parle-moi. je t'en prie. Je ne vois pas ton visage. Ta main, donne ! Elle brûle. Dis, parle-moi donc. Tu souffres ?

BERNARD. — Ah ! tu ne m'aimes pas.

ÉLÉONORE. — Moi ?

BERNARD. — Je sens trop vivement, dis-tu, et c'est pour cela que tu veux m'arracher le cœur. Je suis triste, parce que j'ai passé quelques jours sans te voir, et toi tu me dis : ne nous revoyons jamais, cela te rendra plus joyeux. Ah ! si tu m'avais aimé, tu n'aurais pas prononcé ces mots ; tu ne l'aurais pas pu. Je ne dis pas que tu m'aies haï, non, je ne le crois pas, mais... Liénor, Liénor, tu pleures. Tes yeux, que je touche tes yeux.. (Il passe sa main sur le visage de Léonore.) Dieu ! elle pleure.

ÉLÉONORE. — Je ne t'ai jamais aimé ! je ne t'aime pas, toi, mon éternel souci. Quant il est là, je ne vois que lui ; et dès qu'il me quitte, je l'attends. Je n'ai pas une idée qui ne soit pour lui ; hélas ! Je t'ai dit · quitte-moi, séparons-nous ; j'ai pu le dire, je sentais que c'était impossible. Et cependant chacun de ces mots me perçait le cœur. J'ai voulu être raisonnable, et je ne le suis pas, et je suis folle. Ecoute plutôt ; je voyais que je te torturais et ta douleur me faisait mal, et en même temps je me sentais heureuse au fond, oh ! bien heureuse, me voyant aimée à ce point ; et si tu n'avais pas souffert, si tu n'avais pas été bien malheureux, tiens, Bernard, je crois que j'en serais morte. Voilà ma folie.

BERNARD. — Ah ! il y a plus de joie dans ces chagrins que dans tous les plaisirs de ce monde. A toi, ma Liénor, à toi pour toujours, que ton père le veuille, ou non.

ÉLÉONORE. — Hélas ! je te le répète,

sa volonté est immuable. Il faut te dire tout.

BERNARD. — Parle, je t'en supplie, ne me cache rien.

ÉLÉONORE. — Te rappelles-tu ma maladie ?

BERNARD. Oui, nous commencions de nous aimer, tu avais seize ans.

ÉLÉONORE. — Te souviens-tu d'un soir, j'étais au plus mal, on désespérait de ma vie.

BERNARD. — Je m'en souviens comme d'hier. Je vois encore ton père à ton chevet, mon père et moi debout au pied de ton lit. Tu avais perdu la force de parler, mais tu nous regardais pleurer silencieusement et il y avait dans tes yeux un effroi terrible.

ÉLÉONORE. — C'est que j'avais toute ma raison, et que je voyais clairement que j'allais mourir. J'était jeune, je t'aimais, je n'étais pas résignée, va !

BERNARD. — Et le lendemain matin, contre toute prévision, tu étais hors de danger.

ÉLÉONORE. — On t'avait éloigné, ainsi que ton père, dans la nuit, et quand tu me revis vivante, le lendemain matin, quand je te saluai d'une voix affaiblie, tu te laissas tomber sur le sol, et tu pleuras de bonheur. Tu ne te doutais pas que j'étais perdue pour toi.

BERNARD. — Comment perdue ?...

ÉLÉONORE. — Ecoute. Mon père avait employé inutilement les soins des médecins, les recettes des sorciers et les cérémonies de votre religion. Il eut recours au dieu que j'adore à présent. Il appela auprès de moi un prêtre, de ceux que vous nommez hérétiques, un parfait, comme nous les nommons, le vieux Thomas Alaman, qui demeure dans le faubourg. Il vint, il m'imposa les mains par trois fois sur le front. Il appela sur moi l'esprit saint. Il me donna enfin la *consolation* : c'est ainsi que nous appelons cette cérémonie. Son dieu, le nôtre qu'il priait pour moi, me fit grâce. Il me redonna la vie, mais pour la consacrer à son service. Ceux qui ont été ainsi consolés, sache-le, sont voués désormais à la vie de perfection ; il doivent être comme des purs esprits ; ils doivent mourir au monde, à ses intérêts, à ses passions, car le monde est l'œuvre de l'ange mauvais.

BERNARD. — Oui, je comprends, tu es engagée par des vœux, à peu près comme le sont nos religieuses ; tu es entrée dans les ordres, pour ainsi dire. Mais on se fait relever de toutes sortes de vœux dans ta religion comme dans la mienne, et l'on peut se sauver partout sans appartenir au clergé. Ton père n'est qu'un simple fidèle. il n'en aspire pas moins au salut. Ne m'as-tu donc rien promis ? Tu t'es fait aimer, n'est-ce pas un vœu qui te lie à moi ?

ELÉONORE. — Hélas ! apprends donc la fin de ce secret redoutable. Ma vie dépend de ma fidélité ; nos parfaits l'enseignent, et des exemples effrayants l'enseignent mieux encore. Va, on a vu des consolés qui manquaient à leurs vœux : sais-tu ce qu'ils sont devenus ? Bernard, mon pauvre Bernard, ils n'ont pas vécu longtemps.

BERNARD. — Ton Dieu est-il donc plus sévère que le mien ? Un amour légitime ne peut-il trouver grâce devant ses yeux ?

ÉLÉONORE. — Il n'y a pas d'amour légitime ; il n'y a rien d'innocent ici-bas, Bernard.

BERNARD. — Eléonore, peux-tu le croire ?...

ÉLÉONORE. — Oui, mon ami, toutes les affections de ce monde sont coupables, parce qu'elles nous attachent à cette terre que l'ange du mal a créée et qu'il gouverne méchamment.

BERNARD. — Ne vois-tu donc sur cette terre aucun signe de la bonté de Dieu ?

ÉLÉONORE. — Ouvre le yeux, mon ami, regarde autour de toi. Ce monde est funeste : tout nous abuse et tout nous perd. Ce qui nous sourit le mieux est ce qui nous nuit davantage Les rayons du soleil tuent comme des flèches ; l'eau qui coule doucement étouffe, Les fleurs, les fleurs si jolies empoisonnent. Je lève les yeux, les étoiles brillent, mais elles peuvent tomber : elles tiennent la mort suspendue sur ma tête. Ah ! la mort, la mort inévitable ! Est-ce qu'on mourrait avec cette soif de vivre, si le monde n'était pas l'œuvre d'un esprit barbare ? Ah ! j'ai peur.

BERNARD. — Quelle sombre croyance !

ÉLÉONORE. — Vois, Bernard, je t'aime cent fois plus que moi, tout ne m'est rien au prix de ta présence, et tu conspires contre mon salut, contre ma vie; tu es mon pire, mon plus implacable ennemi. Ah! nous sommes bien malheureux; (Bernard abandonne les mains d'Éleonore.)

BERNARD. — Quitte-moi, oh! quitte-moi! J'aime mieux ne te revoir jamais que d'empoisonner ta vie d'un doute si cruel.

ÉLÉONORE. — Ah! tu m'aimes généreusement!

BERNARD. — Adieu, adieu.

ÉLÉONORE. — Non, Bernard, je me suis fait aimer, tu l'as dit; c'est un vœu qui m'oblige envers toi.

BERNARD. — Non, non, oublie-moi; vis.

ÉLÉONORE. — Bernard, Bernard, si tu m'abandonne, je mourrai encore plus sûrement.

BERNARD, lui reprenant les mains et les lui baisant. — Éléonore; crois en mon Dieu et espère en lui.

ÉLÉONORE. — Pars, fuis, mon père s'éveille. (Il part; elle lui envoie un baiser. — Durant cette scène le jour a commencé à paraître.)

## SCÈNE II

PIERRE, seul. Il sort de sa maison et s'arrête sur le seuil de la porte. — J'ai n'ai pu dormir; l'idée du péril, quoique lointain, m'a tenu éveillé. Il est singulier que je n'aie pas du tout pensé à ma fille; non, je ne songeais qu'à ce peuple que j'ai vu hier se préparer au combat en chantant. Serait-il destiné à périr? Je crois que la mort est la délivrance du mal; je l'accepte pour moi, et je ne puis l'accepter pour les autres. Quelle contradiction! Quoi donc! j'ai pleuré sur la ville même, sur ces pierres inertes et sans vie. Qu'est-ce que cela? Je pensais ne tenir à la terre que par ma fille; je me trompais! mon Dieu, pardonnez-moi! j'aime encore mon pays.

## SCÈNE III

PIERRE, ÉLÉONORE, sortant de la maison.

ÉLÉONORE. — Où allez-vous si matin, mon père?

PIERRE. — Aux remparts. Les consuls doivent au peuple l'exemple de l'activité.

ÉLÉONORE. — J'ai à vous parler, mon père. Rappelez-vous mon enfance. J'ai été élevée avec Bernard comme avec un frère, (A demi-voix.) et ce n'était pas mon frère.

PIERRE. — Tu l'aimes, hélas? ne le sais-je pas? Ne sais-tu pas aussi que votre mariage est impossible? Pourquoi revenir sur ce sujet douloureux?

ÉLÉONORE. — J'ai vu Bernard ce matin. Je lui ai tout raconté.

PIERRE. — Ah! voilà qui est mal.

ÉLÉONORE, se mettant à genoux. — Mon père, consentez à notre union.

PIERRE, la relevant. — Cruelle enfant, tu veux donc mourir?

ÉLÉONORE. — Il dépérit, mon père; le chagrin le tue. Ne voyez-vous pas comme il est pâle. Chaque fois que je le vois, je me dis: C'est mon ouvrage. Si je le haïssais, lui ferais-je plus de mal! Il perd ses forces dans la tristesse; pourtant il est jeune et son génie lui promettait un brillant avenir.

PIERRE. — Et toi, ma fille, n'es-tu pas jeune aussi, n'es-tu pas belle? n'es-tu pas tendrement chérie? Je t'aime comme ton père et comme la mère que tu as perdue; à tes soins, à tes caresses, j'avais cru que tu m'aimais aussi doublement. Tu me rendais heureux ma fille; n'est-ce pas assez pour t'attacher à l'existence?

ÉLÉONORE. — Je crains de mourir, au contraire, et l'effroi me consume.

PIERRE. — Quel effroi?

ÉLÉONORE. — Ne suis-je pas, dans le cœur, infidèle à ce Dieu sévère à qui vous m'avez vouée? mon amour, que je ne puis vaincre, l'offense à toute heure. Je redoute sa juste colère; et vous-même, mon père, ne me regardez-vous pas sans cesse avec des yeux inquiets? Vous me faites sentir que ma vie ne tient à rien; ah! cette crainte continuelle est insupportable. Ne vaut-il pas mieux s'abandonner une fois? Peut-être y a-t-il au ciel plus de miséricorde que nous ne pensons. Mon père accordez-moi à Bernard; que lui du moins soit heureux ne fût-ce qu'une année, ne fût-ce qu'un jour!

PIERRE. — Et moi, moi que deviendrais-je? réponds.

ÉLÉONORE. — Hélas!

PIERRE. — Tu ne sais pas ce que c'est qu'un père! moi te perdre...

ÉLÉONORE, rentrant. — Vous me perdrez peut-être, malgré tout.

## SCÈNE IV

PIERRE, seul. — Malheureuse qu'a-t-elle dit? Ah! ce Bernard, je devrais le haïr... N'est-ce pas lui encore que je vois? Il cherche, sans doute, l'occasion d'un second entretien. Il faut que cela finisse. Bernard! (il fait quelques pas vers le fond du théâtre), il essaie de se dérober. Bernard! Bernard!

## SCÈNE V

BERNARD, PIERRE

BERNARD. — Que me voulez-vous, monsieur?

PIERRE, avec fermeté. — Écoutez, Bernard je gardais mon secret par une prudence que les événements justifient trop. Je prévoyais cette persécution qui commence, mais Léonore vous a tout dit: ainsi vous le savez; vous donner ma fille serait la donner à la mort.

BERNARD. -- Je ne le crois pas.

PIERRE, avec force. — Soit, mais moi je le crois. Comprenez donc que mon refus est irrévocable.

BERNARD, du même ton — Je ne puis discuter votre volonté, sans blesser votre religion; tout ce que je puis vous dire, c'est que mon amour est inébranlable. Ma vie est plus fragile, par bonheur.

(Un moment de silence).

PIERRE, d'un ton persuasif. — Ayez pitié mon ami, des souffrances d'un père. Léonore était là, tout à l'heure, à genoux devant moi, devant moi, son père.

BERNARD.— Et pourquoi à vos genoux, monsieur?

PIERRE.— Elle me suppliait. « qu'il soit heureux, me disait-elle, une année, un jour, et que je meure. »

PIERRE, avec vivacité. — Non, qu'elle vive, et que je sois malheureux éternellement.

PIERRE, lui prenant les mains. — Oh! mon ami, suivez votre naturel généreux. Ecoutez votre cœur; si vous ne croyez pas à la colère de notre Dieu, vous savez du moins que les craintes de ma fille sont véritables, elle pense épouser la mort en vous épousant. N'y a-t-il pas là un danger sérieux?

BERNARD.— Oui, monsieur, je l'avoue.

PIERRE. — Elle vivrait entre vos bras comme une mourante, voilà le bonheur qu'elle vous offre, voulez-vous l'accpter?

BERNARD. — Que faire, mon Dieu! que faire?

PIERRE. — Vous éloigner.

BERNARD. — Quand Béziers est menacé!

PIERRE. — C'est vrai; mais promettez-moi que plus tard, après le siège...

BERNARD. — Moi qui ne puis vivre un seul jour sans la voir! Ah! monsieur, la douleur d'un père est plus respectable, peut-être, à coup sûr elle n'est pas si poignante.

PIERRE. — Nous sommes tous deux malheureux; mon ami, vous que j'ai appelé autrefois mon fils, croyez au moins que je vous plains. Voilà votre père, votre compagnon, ils raffermiront, j'en suis sûr, votre résolution généreuse.

(Il remonte au fond du théâtre et sort par la droite.)

## SCÈNE VI

JEAN, BERNARD, RAYMOND

BERNARD.— Ah! mon père, je viens de recevoir le coup de grâce... Un secret funeste, un préjugé terrible...

JEAN. — Je le sais.

BERNARD. — J'ai consenti à mon arrêt; j'ai moi-même juré mon malheur.

JEAN, le prenant dans ses bras. — Mon fils, sois un homme!

RAYMOND. — Bernard, le peuple se rassemble déjà dans l'amphithéâtre; tout s'apprête pour les jeux, pour ta victoire. Déjà, selon la coutume, on a choisi, pour présider l'assemblée, la plus belle d'entre nos femmes. Viens voir celle qui te couronnera.

BERNARD.— Et que m'importe! je ne m'intéresse plus à moi.

JEAN.— Que dis-tu, mon fils? Ne me dois-tu rien? Tente la gloire, si ce n'est pas pour toi, du moins pour ton père...

BERNARD. — Vous avez raison ; mais le courage me manque. Je vous afflige, mon père?

RAYMOND. — Tu m'affliges aussi, moi.

BERNARD, leur pressant les mains. — Pardonnez-moi tous deux, entre un père, un ami tels que vous, j'ai tort d'être malheureux, mais... je le suis bien.

## SCÈNE VII

LES PRÉCÉDENTS, HOMMES ET FEMMES DU PEUPLE, UNE BOURGEOISE, UNE FEMME DE LA CAMPAGNE, portant un enfant endormi.

(Bernard et Raymond se dirigent vers un banc sur le côté droit de la place; Bernard s'assied, Raymond reste debout devant lui. Ils s'entretiennent à voix basse).

JEAN, se retournant vers ceux qui sont entrés. — Qu'est-ce, qu'y a-t-il?

LA BOURGEOISE. — Monsieur, une vingtaine d'hommes et de femmes viennent d'arriver dans Béziers, faits comme des vagabonds. Ils disent qu'ils ont été chassés de leur village par les ennemis. On s'est disputé à qui les logerait; moi j'emmène cette femme chez moi. Elle doit avoir besoin de repos.

JEAN. — Les croisés ont pris votre village, ma bonne?

LA PAYSANNE. — Oui, monsieur, et même brûlé. Nous avons marché toute la nuit, bien éclairés, allez !

JEAN. — Toute la nuit, d'où êtes-vous donc?

LA PAYSANNE. — De Montagnac.

JEAN, étonné. — De Montagnac! Montagnac... à sept lieues d'ici?

LA PAYSANNE. — Oui, mon bon monsieur.

JEAN, (avec vivacité). — C'était, sans doute, quelque troupe d'avant-garde, néanmoins cela m'étonne.

LA PAYSANNE. — C'était bien toute une armée, je vous assure.

JEAN. — C'est impossible, ma pauvre femme.

LA PAYSANNE. — Je dirai comme vous voudrez, mon bon monsieur.

JEAN. — La frayeur multiplie les objets. Où est votre mari? Il nous dira... (la paysanne pleure). Est-ce qu'il a été tué?

LA PAYSANNE, pleurant. — Je ne sais pas.

JEAN. — Ne pleurez pas, ma bonne femme, il se sera sauvé d'un autre côté. Allez vous reposer; ce pauvre petit enfant doit avoir faim. (A part.) Serait-ce vrai? Serions-nous perdus? (Haut.) Que quelqu'un de vous m'aille chercher le consul Pierre.

UN HOMME DU PEUPLE. — Je sais où il est. (Il sort; Jean se promène avec agitation sur le devant du théâtre.)

LA BOURGEOISE, à la paysanne. — Vous aurez plaisir à manger une bonne soupe, n'est-ce pas?

LA PAYSANNE. — Hélas! oui, ma bonne dame.

LA BOURGEOISE. — A propos, de quelle religion êtes-vous?

LA PAYSANNE. — Excusez-moi, ma bonne dame.

LA BOURGOISE. — Quoi? Que voulez-vous dire?

LA PAYSANNE. — Je suis encore si émue de cette nuit, ma bonne dame; j'ai pas l'esprit pour vous répondre.

Ce n'est pas bien difficile. Êtes-vous catholique? Non, vous êtes hérétique, alors?

LA PAYSANNE, timidement. — Si ça vous plait à dire comme ça.

LA BOURGEOISE. — Je vous demande ça, parce que vous autres, hérétiques, vous ne mangez pas de viande. Bon, c'est bien ; je vais vous acheter du poisson. Venez, ma pauvre... (En marchant.) Comment trouvez-vous Béziers? C'est une fameuse ville, hein? (Elles sortent.)

## SCÈNE VIII.

JEAN, PIERRE.

PIERRE. — Vous me demandez, moi je vous cherchais. (L'attirant sur le devant. à gauche.) Notre seigneur Trencavel est ici.

JEAN. — Incognito !

PIERRE. — Et seul. Il veut vous entretenir en secret avant que le peuple soit instruit de son arrivée.

JEAN. — Cela n'annonce rien de bon.

Pourquoi a-t-il quitté son armée? A-t-il été battu, défait?

PIERRE. — Je n'en sais rien. Je n'ai vu que son messager.

JEAN. — Et où est-il, ce messager?

PIERRE. — Au consulat.

JEAN. — Et les jeux qui vont commencer! Il faut nous rendre au théâtre, mais quand les jeux seront ouverts, quand l'attention publique sera fixée, nous nous déroberons aisément, vous et moi. Je suis d'avis que monseigneur nous attende dans ce couloir ruiné qui est sur la droite, de l'amphithéâtre. Allons, venez, renvoyons-lui son messager. Quelles nouvelles allons-nous apprendre! (Ils sortent.)

## SCÈNE IX.

(Le peuple se précipite sur la scène. Il crie : « Place, place, voici la reine de beauté, voici la reine des jeux! » Deux jeunes hommes et un vieillard forment groupe au milieu du théâtre.)

PREMIER JEUNE HOMME, au deuxième qui cause avec le vieillard. — Dis, mais dis donc, qui est la reine de beauté?

DEUXIÈME JEUNE HOMME. — Je te l'ai déjà dit, c'est Alison.

PREMIER JEUNE HOMME. — Quoi! Alison, la petite mercière?

DEUXIÈME JEUNE HOMME. — Mercière ou non, en connais-tu de plus jolie?

PREMIER JEUNE HOMME. — Non pas, ma foi. Mais quelle mine fait-elle sur sa belle haquenée?

DEUXIÈME JEUNE HOMME. — Oh! elle rougit bien fort, et elle est cent fois plus jolie. Au reste, tu vas la voir. (Cris : « Place, place, la voici, vive la princesse Alison! » On voit passer dans le fond la reine de beauté à cheval. Cortège de seigneurs et de grandes dames. Bernard se lève et se découvre. Raymond salue et crie : Vive la beauté!)

PREMIER JEUNE HOMME. — Oh! la reine sans royaume!

LE VIEILLARD. — Mais non pas sans sujets. Saluez donc, jeune homme!

PREMIER JEUNE HOMME. — Je le veux bien mais pourquoi?

LE VIEILLARD. — Vous honorez bien les reines, parce qu'elles peuvent vous donner quelque chose, des titres ou des terres. Eh bien, celle-là, elle peut donner sa personne. Est-ce que vous ne seriez pas bien heureux si elle vous offrait ce soir son anneau de mariage?

PREMIER JEUNE HOMME. — Par ma foi, si.

LE VIEILLARD. — Et mêmement est-ce qu'elle ne vous fait pas plaisir seulement à la voir. Pour vous faire une grâce, elle n'a qu'à se montrer. Quand vous serez de mon âge, vous sentirez que la jeunesse et la beauté sont le plus beau des royaumes. Entendez-vous, jeune homme, voilà la vraie reine : les autres sont les reines pour rire. C'est moi qui vous le dis.

PREMIER JEUNE HOMME. — Vive la reine Alison! (Le cortège achève de passer, tout le monde le suit, excepté Bernard et Raymond.)

## SCÈNE X

BERNARD, RAYMOND.

RAYMOND. — Dans quelques heures, tu seras sorti du rang des hommes; tu seras devenu immortel comme un dieu. Quoi! cela ne te tente point?

BERNARD. — Non.

RAYMOND. — Il y a dans ce peuple qui se réunit au théâtre des hommes venus de tous les points de la Provence. Ils répandront partout le nom du vainqueur de nos jeux. La Provence l'emporte sur l'Italie et sur l'Espagne dans l'art du chant; Béziers, sur toutes les autres villes de la Provence. Le vainqueur de Béziers sera le prince des poëtes. Allons, viens! La réputation, le bruit suivent désormais tous tes pas. Les hommes se retournent sur ton passage et disent : C'est lui. Parais-tu dans une fête, c'est pour toi qu'elle se donne.

Entres-tu dans une assemblée, aussitôt tu es le roi, y eût-il un roi. Et la joie, la joie suprême de voir les belles femmes, fières pour tous, timides auprès de toi! Quel enivrement?

BERNARD. — Comme tu aimes la gloire! Toi aussi, tu la brigues, et me croyant fait pour l'emporter, tu me presses cependant de combattre. Oh! magnanime amitié! Tu me fais rougir de l'amour; j'ai envie d'aller à ces jeux pour y raconter cette noble action.

RAYMOND. — Quelle folie! viens,

mais pour y prononcer ton éloge de Béziers. Que le patriotisme t'inspire à défaut de l'ambition. Viens parler pour Béziers menacé et lui susciter des soldats. Chanter la patrie, c'est combattre les ennemis de la patrie. La parole a des traits qui portent au loin. Viens! c'est à toi de commencer cette juste guerre.

BERNARD, après un instant de silence. — C'est vrai, allons. (Il se lève.)

FIN DU DEUXIEME ACTE

---

## ACTE TROISIÈME

Le théâtre représente une chambre ruinée : à droite et à gauche, reste de couloirs ; on voit le ciel par leurs ouvertures.

### SCÈNE PREMIÈRE

TRENCAVEL, JEAN, PIERRE.

TRENCAVEL. — Il m'était impossible de tenir la campagne contre une armée si nombreuse, avec les troupes dont je dispose. J'ai donc pris le parti de disséminer mes soldats dans les villes et dans les châteaux. J'offre à l'ennemi, qui se confiait dans sa multitude et prétendait tout emporter en courant, une guerre de siéges, longue, ennuyeuse et meurtrière. Il en sera bientôt las. Pour moi, je vous l'ai dit : je me rends à Carcassonne. Je défendrai moi-même la capitale de mon comté.

JEAN. — J'approuve votre plan. Mais est-il possible que l'armée des croisés soit si proche ?

TRENCAVEL. — Je la précède à peine. Elle sera sous vos murs dans quelques heures. Quoi donc ! ne l'attendiez-vous pas ?

PIERRE. — Monseigneur, nous avons travaillé à relever nos murs dès les premiers bruits de guerre.

JEAN. — Mais nous avions compté naturellement, que vous arrêteriez la croisade un bon mois. Vous avez décidé que vous lui livreriez les champs et ne défendriez que les places fortes ; vous l'avez décidé dis-je, et bien décidé. La résolution est bonne pour tous les pays, funeste seulement pour Béziers. N'importe. Nous avons craint un instant que vous n'eussiez été défait. Il n'en est rien ; Dieu soit loué !

TRENCAVEL. — Voilà qui est bien. Mais il s'agit de vous, de votre salut. Écoutez : j'ai fait le tour de la ville, à l'extérieur, avant d'entrer. Vos murs ont vingt endroits abordables ; vous êtes tout ouverts.

JEAN. — Les meilleurs remparts sont les hommes.

TRENCAVEL. — Oui, vous êtes vaillants, mais que peut la vaillance contre une armée pareille ? Vous serez submergés, noyés en un instant ; dès ce soir peut-être.

JEAN. — Nous ne traiterons pourtant jamais aux conditions qu'on nous voudra faire.

TRENCAVEL. — Je crois que vous n'aurez pas la peine de les refuser. Ceci n'est pas une guerre ordinaire. On n'accepte pas de rançon pour les prisonniers, on les pend ; pas de capitulation pour les villes, on les brûle. (On entend les applaudissements du peuple, Pierre se retourne.) Qu'est-ce ?

PIERRE. — C'est quelque pensée généreuse que le peuple applaudit pour la dernière fois,

TRENCAVEL. — Non, non, cela ne sera pas. Écoutez mon avis. Quittez tous la ville, et suivez-moi à Carcassonne. Là dans une forte assiette et derrière de puissantes murailles, nous pourrons braver l'immense armée de la croisade. Vous secouez la tête ?

JEAN. — Monseigneur, un peuple avec ses enfants et ses femmes, ne se met pas aux champs comme une armée. Les croisés sont proches ; ils nous atteindront dans notre retraite tumultueuse et nous détruiront aisément.

TRENCAVEL. — Il faudra sacrifier des hommes, sans doute, mais la plus grande partie de ce peuple, j'en réponds, arrivera à Carcassonne.

JEAN. — Et que ferions-nous à Carcassonne ? Nous vous affamerions, monseigneur.

TRENCAVEL. — Vous nous aideriez à nous défendre.

JEAN. — Nous vous amènerions plus de bouches que de bras : non, monseigneur, non, puisqu'il faut mourir, mourons sans entraîner les autres dans la ruine. Béziers tombera comme une sentinelle perdue qui se dévoue au salut de l'armée.

TRENCAVEL. — Et moi je vous réponds : il faut triompher ou mourir ensemble.

JEAN. — Ce que vous proposez n'est pas seulement dangereux, c'est impossible. Songez que vous n'avez que quelques instants pour inspirer à ce peuple une résolution si extraordinaire. Quitter Béziers, monseigneur, c'est se vouer à la misère, à l'exil, à toutes sortes de maux.

TRENCAVEL, — Mais la mort est le plus grand des maux.

JEAN. — Nous avons des vieillards, des enfants, des infirmes ; faudra-t-il les abandonner à la rage de nos ennemis ?

TRENCAVEL. — On les emportera.

JEAN, avec violence. — Et emportera-t-on aussi nos murs, notre sol, la colline sur laquelle s'élève Béziers ? Ne savons-nous pas que si nous revenons jamais, nous ne retrouverons plus la patrie ; les murs auront été rasés, et la colline ne sera plus qu'une colline semblable aux autres. Mieux vaut les défendre, au risque de périr.

TRENCAVEL. — Mais vous périrez, vous périrez, je vous le répète, c'est certain.

JEAN. — Je vous crois, monseigneur, mais le peuple ne vous croira pas.

TRENCAVEL. — Il faut toujours le lui proposer.

JEAN. — Non, monseigneur, je m'y oppose.

TRENCAVEL. — Vous prenez sur vous une terrible responsabllité.

JEAN. — Pas plus terrible que celle dont vous voulez vous charger.

TRENCAVEL. — Comment cela ?

JEAN. — Vous allez effrayer le peuple, pas assez pour la fuite et trop pour la défense. Vous ne parviendrez pas à nous tirer d'ici. monseigneur, nous sommes enracinés à ce sol comme des chênes. Nous ne vous suivrons pas. Cependant vous aurez ébranlé notre confiance. Vous nous aurez ôté avec la certitude de vaincre, la moitié de notre âme. Vous aurez rendu impossible ces miracles de l'héroïsme, qui, plus d'une fois, ont sauvé des peuples perdus en apparence, et déjà condammés comme nous.

TRENCAVEL, à Pierre. — Et vous, quel est votre avis ?

PIERRE. — Je pense que la résistance est impossible peut-être ; mais que la fuite l'est certainement.

TRENCAVEL. — C'est bien. Je reste.

JEAN. — Vous voulez mourir ?

TRENCAVEL. — Vous le voulez bien.

JEAN. — Songez, monseigneur, que vous êtes le chef de cette terre, la tête et le cœur du pays. En vous, nous sommes vulnérables et mortels. Couvrez-vous, au-contraire, d'une triple cuirasse, monseigneur, et défendez votre existence comme celle d'une nation.

TRENCAVEL. — Quoi ! que je monte à cheval et que je m'en aille paisiblement. laissant derrière moi tout un peuple voué à la destruction, un peuple de sujets fidèles, que dis-je, un peuple d'amis ! Cette idée m'est insupportable.

JEAN. — Ah ! seigneur que vous méritiez bien leur fidélité.

TRENCAVEL. — Mais vous, vous au moins, échappez à une mort certaine, suivez-moi.

PIERRE simplement. — Monseigneur, nous sommes consuls de la ville pour six mois encore.

TRENCAVEL. — Vous êtes de braves gens.

JEAN, avec force. Oui monseigneur.

TRENCAVEL. — Et je ne vous connaissais pas, et la première fois que je vous parle est aussi la dernière !

JEAN. — Vous êtes jeune, monseigneur.

TRENCAVEL. — Oui, mais j'ai pris part à plus d'un combat. J'ai vu tomber plus d'un ami sur le champ de bataille ; je n'ai jamais ressenti une émotion pareille.

JEAN. — Si vous étiez à notre place, vous seriez moins ému. Allons monseigneur, parlez. La nouvelle de votre arrivée peut se répandre. Le peuple voudrait, peut-être, vous retenir. Partez, il le faut.

TRENCAVEL. — Je ne puis me résoudre à vous dire adieu.

JEAN, souriant. — Nous ne pouvons pourtant pas nous dire : au revoir. Je vous en supplie, monseigneur, partez. Il y va de l'intérêt du pays. C'est au nom de votre devoir que je vous parle.

TRENCAVEL. — Mes amis, mes chers amis, sachez-le, vous vivrez éternellement là. (Il met sa main sur sa poitrine.)

JEAN. Vous ne songez qu'à nous deux. (Il le conduit à droite.) Monseigneur, ici, tenez, on embrasse d'un coup d'œil toute la ville. Voyez comme le soleil la flatte à sa dernière heure.

TRENCAVEL, levant la main vers le ciel. Je crois vous comprendre. Ah ! vous serez cruellement vengés, je vous jure. (Il embrasse les deux consuls et sort précipitemment.)

## SCÈNE II

LES MÊMES, moins TRENCAVEL

PIERRE. — Et nous, allons dire à ce peuple que le temps des discours est passé.

JEAN. — A quoi bon ! La fête est près de finir. Ne troublons pas ses nobles émotions. Il n'en agira que mieux : il est là à l'école du courage.

PIERRE. — Allons donc écouter votre fils, c'est lui qui va parler.

## PREMIER TABLEAU

## SCÈNE III

BERNARD, PIERRE, JEAN.

(Une vaste chambre à moitié ruinée : une large ouverture dans le mur du fond, permet d'apercevoir dans le lointain des gradins chargés de peuple, et plus près, dans une sorte de tribune, Bernard posé de profil ; banc dans un coin à gauche, entrées à droite et à gauche. Au moment où Jean et Pierre entrent, par la gauche, on entend le murmure de la foule. Le silence se fait peu à peu. Pendant que Bernard parle, des instruments à corde lui font une sorte d'accompagnement très-faible.)

BERNARD. — Connaissez-vous la cité dont les blanches maisons couronnent une ample colline ; qui, assise parmi les vignes et les oliviers, respire la saine amertume de la mer, et voit palpiter au loin la voile des vaisseaux : c'est la ville gracieuse, la noble ville de Béziers.

La ceinture des hautes tours l'environne, où les martinets volent par troupes, et se jouent infatigables à cause de la pureté de l'air. Elle reçoit, l'heureuse cité, les premiers et les derniers regards du soleil.

Des souffles humides y rafraîchissent l'air sans cesse durant les rigueurs de l'été. Une douce lumière, de tièdes rayons y égayent l'hiver même et les jours où règne le vent du nord. Mais quelle beauté naturelle égala jamais son printemps ?

Une rivière coule inépuisable au pied de la colline. Les aulnes et les saules, d'un bord à l'autre, se cherchent et croisent leur feuillage sur les eaux profondes. L'alcyon y file comme la flèche. Oh ! mes amis, c'est là qu'il fait bon parler d'amour. (Une pause.) Pourquoi faut-il que de hautes tours, que d'épais remparts nous protégent ? Celui qui ne hait personne devrait-il avoir à craindre la haine ?

JEAN, à demi-voix. — Oui, oui, c'est cela, c'est notre pensée à tous.

BERNARD. — Je ne vois autour de moi que des amis vrais, des femmes sincères, des hommes généreux aux mains ouvertes. La noble cité est aussi la cité hospitalière. Si vous êtes riche, venez à Béziers, quittez vos donjons orgueilleux : venez, vous trouverez parmi nous la joie humaine, les fêtes où l'on récompense les nobles propos, où les poëtes luttent d'images brillantes et de pensers généreux, où le vaincu sans envie couronne le vainqueur.

Si vous êtes pauvre, venez encore, nul ne vous fera honte des rigueurs de la fortune. L'amitié, les plaisants entretiens ne s'achètent pas ; l'amour même ici ne craint pas la pauvreté.

Venez, si vous êtes joyeux, venez apprendre le bonheur bienfaisant qui profite aux autres, et les générosités de l'esprit qui justifient la joie. Venez, si vous êtes malheureux, venez chercher ici un protecteur qui soit votre ami, une amante fidèle. L'amour même ne craint pas la pauvreté.

Combien sont venus pour un jour et sont demeurés des années ! D'autres passaient et s'arrêtèrent jusqu'à la mort. Qui s'en va, aspire au retour. Qui en entend seulement parler, languit loin de nous. Venez, venez tous, on élargira la ceinture des tours, on bâtira de nouvelles maisons au bord du fleuve. Béziers vous convie, il y a place pour les nations dans la cité hospitalière ! Oh ! vous, qui habitez des terres inconnues, des pays lointains, si l'amour du sol natal vous retient, si nous ne devons jamais être unis par les liens de la bienveillance et de l'amitié, du moins ne nous haïssez pas sans nous connaître. Si l'on vous dit du mal de nous, oh ! ne le croyez pas.

JEAN, à demi-voix. — Oui, Béziers parle par ta voix. Oh ! si nos ennemis pouvaient, s'ils voulaient t'entendre.

BERNARD. — Béziers ne vous envie pas les bontés de Dieu. Nous ne le prions pas pour qu'il diminue vos prospérités, non (Avec émotion,) qu'il garde seulement notre doux pays et qu'il préserve de tous maux la cité hospitalière.

JEAN. — Sa voix s'affaiblit, il chancelle. Mon fils ! (Il s'élance dans l'amphithéâtre. On voit Bernard s'affaiser. Cris et applaudissements, tout à la fois.)

## SCÈNE IV

BERNARD, RAYMOND, PIERRE, JEAN. (Bernard entre par la droite, soutenu par Raymond et par Jean.)

BERNARD, s'asseyant sur une pierre au fond, à droite.) — Ce n'est rien, n'ayez pas de crainte. La joie, la peur... je ne sais quels pressentiments funestes. La force m'a tout-à-coup manqué, et j'ai pensé m'évanouir. (On entend crier, vive Bernard ! vive Béziers !)

RAYMOND. — Écoute ces clameurs, écoute, elles rappelleraient un mort à la vie. C'est le peuple qui proclame ta victoire. Tu l'emportes sur nous tous. (lui posant la main sur la tête.) Ici le vaincu sans envie, couronne le vainqueur. (Bernard se jette dans ses bras. Jean et Pierre descendent la scène.)

PIERRE à Jean. — Sois béni, toi dont le fils glorifie si magnifiquement la patrie. (Jean lui presse les mains, Pierre avec un soupir.) Il est heureux, celui qui peut ainsi concilier tous ses amours.

JEAN. — Oui, (D'un air sombre.) Et avec tout cela il faut mourir.

## SCÈNE V

LES MÊMES, ÉLÉONORE, entrant par la gauche.

PIERRE. — Ah ! ceci me déplaît, que viens-tu faire ici, ma fille ?

ÉLÉONORE. — Il a fallu l'emporter, m'a-t-on dit, il est malade, mourant peut-être, laissez-moi le voir, soyez humain, mon père.

PIERRE. — Non, ce n'est rien, une faiblesse causée par une émotion trop vive.

## SCÈNE VI

LES MÊMES, UN MESSAGER qui entre

JEAN. — Quelle nouvelle ? qu'y a-t-il ?

PIERRE, à Éléonore. Retire-toi ma fille. (Éléonore se retire, mais elle reste sur la gauche du théâtre. )

LE MESSAGER, à demi-voix. — Messeigneurs, le veilleur que vous avez placé dans le clocher vous fait dire qu'un danger menace peut-être la ville.

JEAN. — Voyons, explique-toi promptement.

LE MESSAGER. — Il ne voit rien distinctement encore ; mais il aperçoit à deux lieues à peu près, sur la route d'Avignon, une grande poussière. Est-ce un immense troupeau de bœufs, ou une chevalerie nombreuse qui s'avance ? il ne sait.

JEAN. — C'est bien ; que les trompettes du consulat parcourent la ville, et ordonnent au peuple de s'armer sur-le-champ.

RAYMOND, venant vers eux. — Qu'est-ce ? puis-je le savoir ?

JEAN. — Pierre vous le dira. (Il va rejoindre Bernard.)

PIERRE. — Le veilleur aperçoit à l'horizon un grand nuage de poussière.

RAYMOND, avec inquiétude. — Il n'est pas possible que ce soit l'armée de la croisade, n'est-ce pas ?

PIERRE, froidement. — C'est elle.

RAYMOND. — Qui vous fait penser ?

PIERRE. — C'est inutile à dire. Mais

nous avons eu des messages certains. Ce sont les croisés.

RAYMOND, à part. — Nous sommes perdus !

PIERRE. — Que dites-vous ?

RAYMOND. — Ne pensez-vous pas qu'il serait prudent de faire sortir Éléonore de la ville, pendant qu'il en est temps encore ?

PIERRE, avec intention. — Vous croyez donc que la ville sera prise ?

RAYMOND. — Il faut tout prévoir. Si les croisés triomphent, la perte de votre fille est assurée. Votre rang dans Béziers, votre zèle pour la religion albigeoise, sa propre réputation la désignent à la mort, aux plus cruels tourments peut-être. Vous pâlissez ?

PIERRE. — Quel père ne pâlirait ?

RAYMOND. — Ah ! croyez-moi, je ne parle pas pour le plaisir de vous désespérer. Il faut tout vous dire. Je suis un homme de guerre, je me connais en fortifications, Béziers n'est pas tenable. Les habitants sont courageux, mais indisciplinés. Vous vous abusez en comptant sur une résistance sérieuse. Vous serez forcés, je vous le répète. Ce que je vous dis ne vous émeut pas ; vous ne voulez pas me croire quand j'avance que Béziers cédera au premier assaut ?

PIERRE. — Je sais cela depuis longtemps. Nous espérions seulement, Jean et moi, que les croisés ne viendraient pas, ou nous donneraient le temps de fortifier la ville.

RAYMOND. — C'était aussi ma pensée. Mais maintenant tout est fini, selon moi.

PIERRE. — Et selon moi aussi.

RAYMOND. — Sauvez donc votre fille !

PIERRE, avec impatience. — Et comment ?

RAYMOND. — Donnez-la à Bernard, qu'il l'épouse et qu'il l'emmène en lieu sûr. (Pierre se détourne sans répondre, et va rejoindre sa fille. — A part.) Cœur barbare, endurci par une religion cruelle ! Voilà le fanatisme !

ÉLÉONORE, à Pierre. — Mon père, Bernard ne se remet pas, rendez-vous à mes prières.

PIERRE, brusquement. — Tu veux voir Bernard ?

ÉLÉONORE. — Oui, mon père, je vous en supplie.

PIERRE, brusquement. — Eh bien ! va... (Il la pousse vers Bernard. — A part.) On ne contrarie pas les mourants. (On entend sonner des trompettes : une près, d'autres de plus en plus loin. — Jean et Raymond sont redescendus auprès de Pierre.)

## SCÈNE VII

LES MÊMES, SECOND MESSAGER

LE DEUXIÈME MESSAGER. — Monseigneur l'évêque de Béziers vient d'arriver aux portes de la ville. Il fait demander aux consuls un sauf-conduit pour entrer ; il ne s'explique pas sur les motifs de son retour.

JEAN, étonné. — Monseigneur ici, en ce moment ? Raymond, allez à sa rencontre, et dites-lui qu'il peut entrer sans crainte. (Raymond sort avec le messager.)

## SCÈNE VIII

LES PRÉCÉDENTS, moins RAYMOND et LE MESSAGER

JEAN. — Une lueur d'espoir passe devant mes yeux.

PIERRE — Moi, je n'espère plus.

JEAN. — Il ne vient pas sans raison.

PIERRE. — Oui, mais laquelle ? Croyez-vous qu'il vienne s'enfermer avec nous, pour nous protéger de sa présence ?

JEAN. — Ah ! ce serait un beau rôle à jouer !

PIERRE. — Ce qu'il y a de plus probable, c'est qu'il apporte des propositions.

JEAN. — Eh bien, peut-être serontelles acceptables. C'est une dernière chance

PIERRE. — Dieu vous entende ! Allons au consulat réunir les conseillers de la ville.

## SCÈNE IX.

ÉLÉONORE, BERNARD

BERNARD, prenant les mains d'Éléonore. — Seuls !... enfin !

ÉLÉONORE, avec étonnement. — Seuls ! Il se passe quelque chose de grave.

BERNARD. — Que nous importe ?

ÉLÉONORE. — Oui, que nous importe ?

BERNARD. — Seuls !... Éléonore, seuls ! comprends-tu !...

ÉLÉONORE, lui présentant son front. — Je comprends... (Bernard l'embrasse au front : ils descendent lentement le théâtre, en se tenant par les mains.) Bernard, je ne sais pas bien ce qu'il faut faire ni ce que je ferai ; mais, je te le jure, je serai à toi, à toi pour toujours, pour la vie !...

BERNARD, du même ton. — A toi... pour toujours, pour la vie !

FIN DU TROISIÈME ACTE

---

# ACTE QUATRIÈME

La scène se passe dans une salle du consulat : une table sur la droite, autour de laquelle sont assis cinq conseillers de la commune ; au fond, deux grandes fenêtres à double baie avec colonnette romane, sans châssis et sans vitres. L'évêque est debout à gauche, la main appuyée sur un fauteuil ; entre les conseillers et lui, un peu plus au fond, Jean debout. Pierre fait face à l'évêque, on entend les murmures du peuple sous les fenêtres du consulat.

---

## SCÈNE PREMIÈRE

JEAN. — Eh bien, monseigneur, quelles conditions nous apportez-vous ? Le peuple a hâte de les connaître.

L'ÉVÊQUE. — Ouvrez vos portes à l'armée de la religion. Il ne sera fait aucun mal aux catholiques.

JEAN. — Mais quel sera le sort de ceux que vous appelez les hérétiques ?

L'ÉVÊQUE, avec fermeté. — On les ôtera d'au milieu de vous, comme on arrache l'ivraie d'entre le bon grain.

JEAN, vivement. — Jamais !

L'ÉVÊQUE. — C'est votre avis ; mais souffrez que les autres parlent à leur tour. J'ajoute que les biens des criminels seront distribués aux chrétiens fidèles.

JEAN. — Ah ! voilà qui est tentant.

L'ÉVÊQUE. — Laissez donc les conseillers de la commune décider librement. Vous n'avez pas le droit d'imposer votre volonté à toute une ville.

JEAN, à part. — Il a raison. O Dieu ! chasse du cœur de ces hommes les honteuses pensées, la cupidité et la crainte.

PREMIER CONSEILLER. — Monseigneur, je ferai d'abord cette question : Qu'arrivera-t-il si nous refusons vos conditions ?

L'ÉVÊQUE. — Nous prendrons votre ville avec l'aide de Dieu, et nous vous détruirons. N'attendez de la croisade ni trêve, ni composition, ni merci.

DEUXIÈME CONSEILLER. — C'est donc une guerre à mort ?

L'ÉVÊQUE. — C'est la guerre contre les Amalécites. Sachez que l'armée de la religion est aussi nombreuse que celle de Sennachérib ; et, cette fois, les anges exterminateurs marchent à ses côtés. Votre perte est certaine.

DEUXIÈME CONSEILLER. — Qu'en pensez-vous, Jean ?

JEAN, étonné. — Moi ?

DEUXIÈME CONSEILLER. — Oui, vous qui connaissez mieux que personne l'état des choses et les forces de la ville.

TROISIÈME CONSEILLER. — Est-ce votre avis que notre défaite est certaine !

JEAN, avec effort. — C'est mon avis ! (Moment de silence.)

PREMIER CONSEILLER. — Voyons, monseigneur, parlez sans figure. Si nous nous rendons, quel sort attend les hérétiques ?

L'ÉVÊQUE. — La mort.

PREMIER CONSEILLIER, se levant et s'avançant. — Je suis un bon homme, monseigneur, je trouve cela dur de mourir.

JEAN, inquiet, à part. — Que va-t-il dire ?

PREMIER CONSEILLER. — Je ne suis pas un héros, moi ; mais c'est égal, s'il dépend de moi, vous n'aurez pas nos frères les hérétiques.

JEAN, s'avançant et lui frappant sur l'épaule. — Tu es un héros, mon ami.

TOUS LES CONSEILLERS, se levant. — Non, non, vous ne les aurez pas !

UN CONSEILLER. — Entre vous et nous, Dieu, que vous invoquez, jugera !

PIERRE, qui est resté jusque-là assis en face de l'évêque, calme et silencieux, se lève et parle lentement. — Mes amis, si par notre union, nous avions quelque chance de vaincre, si, en combattant ensemble, nous assurions le salut commun, votre résolution serait sage ; mais nous sommes dans une situation telle qu'il faut que tous ou quelques-uns périssent. Il n'y a pas à hésiter ; tous ne peuvent pas mourir inutilement, tandis que le sacrifice de quelques-uns sauve les autres. Acceptez les conditions qui vous sont offertes, je vous y engage au nom de tous mes corréligionnaires. Ce n'est pas vous qui nous livrez, c'est nous qui nous dévouons. Je suis témoin que vous avez voulu partager notre sort ; c'est assez. En expirant, nous ne vous accuserons pas... Les plus heureux ne sont pas toujours ceux qui survivent !

LES CONSEILLERS. — Non ! non ! non !

JEAN, à Pierre. — Nous n'acceptons pas votre sacrifice.

PIERRE. — Nous n'acceptons pas que toute la ville périsse à cause de nous. C'est un bienfait funeste que vous n'avez pas le droit de nous imposer.

JEAN. — Et vous, avez-vous le droit de nous imposer une infamie ?

LES CONSEILLERS, debout. — Non !... Jamais !... C'est fini !... c'est délibéré !...

PREMIER CONSEILLER, à Pierre. — Soumettez-vous à l'avis de la majorité.

JEAN, à l'évêque. — Monseigneur, vous avez entendu notre réponse. Vous pouvez vous retirer.

L'ÉVÊQUE. — Ma mission n'est pas encore finie. Je vous somme de consulter le peuple : vous ne pouvez le condamner à mourir sans l'entendre.

JEAN. — C'est juste. (Il se dirige vers la fenêtre).

L'ÉVÊQUE. — Vous allez le prévenir en faveur de votre opinion.

JEAN. — Croyez-vous donc que je songe à mon opinion particulière en ce moment ?

JEAN, élevant la voix. — Mes amis !

VOIX DU PEUPLE. — Écoutez !... écoutez !... Silence !

JEAN. — Monseigneur nous apporte des propositions de paix.

VOIX DU PEUPLE. — Parlez !... parlez !... Silence !

JEAN. — Sachez d'abord l'état des choses. L'armée des croisés est immense.

UNE VOIX. — C'est connu.

JEAN. — Elle se compose dee chevaliers les plus vaillants, des soldats les plus aguerris de la chrétienté.

VOIX DE RAYMOND. — On le verra bien.

JEAN. — Béziers est faible, mal muni d'armes et de vivres, parce que le temps nous a manqué. Vous êtes courageux, mais vous n'êtes pas aguerris. Nos remparts, sur des points, sont difficiles à défendre...

PLUSIEURS VOIX. — C'est faux ! c'est faux !

JEAN, avec force. J'affirme sur l'honneur que c'est la vérité (Silence.)

PLUSIEURS VOIX. — La condition ! la condition !

JEAN. — La voici : Si nons ouvrons nos portes à la croisade, les catholiques n'ont rien à en craindre. Quant aux hérétiques, ils seront à la merci du vainqueur.

VOIX DE RAYMOND. — Mais le vainqueur fera-t-il merci ?

JEAN, avec force. — Non. (Explosion de cris et de murmures : « non ! non ! on se battra ! malheur aux croisés ! »

JEAN, fait signe qu'on se taise, le silence, se rétablit peu à peu !) J'ai encore un mot à dire. On fait aux catholiques un avantage sérieux. Ils auront les biens des victimes. (Cris plus violents : « A bas l'évêque ! à bas ! » Sifflets et huées. Jean quittant la fenêtre et s'approchant de de l'évêque !) Monseigneur. pensez-vous que ce peuple mérite la mort ? (Le tumulte qui s'était calmé recommence, on entend les cris : Les voilà, les voilà, à mort l'évêque ! à mort ! à mort ! Jean, étonné.) Qu'est-ce donc ?

## SCÈNE II

Les Précédents, Un Sergent entrant

LE SERGENT. — L'avant-garde des croisés est en vue de la ville. Déjà elle a pris position dans la vallée. C'est ce qui rend le peuple furieux.

JEAN, avec douleur. — Monseigneur ne croyez pas qu'il y ait un danger véritable. Ce sont de vaines menaces. Ce peuple n'est pas cruel. Laissez passer le premier mouvement d'un colère excusable, après tout. Dans une heure vous pourrez partir.

L'ÉVÊQUE, a part. — Si telle était, ô mon Dieu, votre volonté, que par le sacrifice de ma vie, je rachetasse ce peuple de l'aveuglement et de la mort !

(Haut à Jean). Je n'ai plus rien à faire ici ; pourquoi attendrais-je?

JEAN. — Monseigneur, je vous en supplie.

L'ÉVÊQUE. — Voyez mes cheveux blancs. Il n'est au pouvoir de personne de m'ôter un grand nombre de jours.

JEAN. – Attendez au moins que je leur parle. (Il court vers la fenêtre).

UN CONSEILLER, voulant le retenir. — Ne compromettez pas votre popularité. Elle importe à la défense et au salut de la ville.

JEAN, au peuple. — Qu'est ce donc ? qu'y a-t-il ? (Le silence se rétablit par degrés.) j'entends ces cris, « les voilà, les voilà. » Hé ! oui sans doute ils sont là les ennemis que nous attendions. Aviez-vous pensé qu'en venant toujours, ils n'arriveraient jamais ? Cependant vous êtes tous remplis d'étonnement et de fureur, et vous restez là immobiles à crier comme des femmes. Est-ce le moment ? Allez donc où vous devriez être, aux remparts ! aux remparts ! (On n'entend qu'un vague murmure. Moment d'attente et de silence, Jean, se retournant.) Le peuple se retire... monseigneur, vous pouvez partir. (A part) Je protégerai d'ici sa retraite. (L'évêque salue et se retire.)

## SCÈNE II

LES PRÉCÉDENTS, moins L'ÉVÊQUE

JEAN, de la fenêtre, aux conseillers. — La place est presque vide déjà... il n'y reste plus que quelques femmes ; monseigneur passe au milieu d'elles en toute sécurité... Oh ! ciel ! (On entend des cris lointains : A mort ! à mort !) Ah ! malheureux ! (Jean sort précipitamment par la porte de gauche

---

# DEUXIÈME TABLEAU

## SCÈNE III

JEAN, HOMMES ET FEMMES DU PEUPLE

Une petite place ; l'Évêque à gauche est debout, adossé contre une maison ; auprès de lui son cheval est gisant. Un groupe de femmes et quelques hommes l'entourent en voci érant. Jean s'élance au milieu d'eux et se place à côté de l'Évêque.

JEAN. — Que faites-vous, malheureux ? (La bande recule) Que voulez-vous ?

UNE FEMME. — Le retenir comme ôtage.

PLUSIEURS VOIX. — Oui, oui qu'il nous serve d'ôtage.

JEAN, d'une voix calme. — Fort bien, nous allons donc le garder comme ôtage. Croyez-vous que cela empêchera les croisés de commencer l'attaque ?

PLUSIEURS VOIX. — Oui, oui sans doute.

JEAN. — Pensez-vous que les chefs de la croisade n'aient pas prévu ce que vous faites ? Cependant ils ont laissé partir ce vieillard, qui est entré dans notre ville résigné à tout. Les croisés nous attaqueront donc, en dépit de votre ôtage. Que ferons-nous alors ?

UNE VOIX. — Hé bien, on le tuera.

PLUSIEURS VOIX. — Oui, oui, c'est juste.

JEAN, s'avançant. — Et qui le tuera ? Que le brave qui se charge d'assassiner ce vieillard inoffensif sorte des rangs. (Tous restent immobiles et muets.)

UNE VOIX D'HOMME. — Nous périrons donc sans vengeance !

JEAN. — Non. Il vous en faut une, mais une vengeance extraordinaire, illustre, digne de vous, enfin. Je vais vous l'enseigner. Reconduisez ce vieillard jusqu'à nos portes en silence et avec les respects qu'on doit à son âge... Peut-être des furieux l'attaqueront en chemin... Mais vous serez là pour le défendre. Allez, je vous le confie ! (A l'évêque, à haute voix, avec intention.) Partez avec eux sans crainte, monseigneur, vous êtes en sûreté sous leur garde.

PLUSIEURS VOIX, (Après quelque hésitation.) — Oui, oui.

JEAN, à l'évêque, à demie-voix. Excusez-nous, monseigneur ; pardonnez-nous un peu d'impatience devant la mort. (L'évêque bénit Jean de la main et s'éloigne en silence. La foule le suit.)

## SCÈNE IV

JEAN, PIERRE, RAYMOND

PIERRE, avec inquiétude. — Hé bien ?

JEAN. — Quelques mots ont suffi pour conjurer le péril. Et croyez bien que ce n'est pas l'œuvre de mon éloquence, c'est l'effet de la douceur naturelle de ce peuple. Il s'agit maintenant de prendre nos dernières dispositions. (A Pierre.) Que deviendra ta fille ?

PIERRE. — Ce que deviendra ton fils.

JEAN. — Mon fils est un homme. Il mourra les armes à la main, en faisant son métier d'homme. Mais il faut sauver ta fille.

PIERRE. — Et comment ?

JEAN. — La ville n'est pas entièrement investie. Elle peut encore sortir.

PIERRE. — Les champs sont couverts de ses ennemis. Où irait-elle seule, sans guide et sans protecteur ?

RAYMOND. — Je vous ai dit mon avis. Il est bon, mais vous l'avez repoussé,

PIERRE. — O Dieu ! voici le moment que mon inquiétude constante, inexplicable, pressentait sans doute ! Vous rappelez-vous, mes amis, la maladie de ma fille ? Avant, je n'avais jamais songé qu'elle pût mourir, tant les hommes sont déraisonnables. Depuis, je n'ai jamais cru qu'elle dût vivre. Je n'ai pas eu un instant de sécurité. J'épiais à tous moments sur son visage les signes d'une rechute mortelle. Je l'aimais sans cesse comme on aime ceux qu'on va perdre. Je l'embrassais toujours comme pour la dernière fois. Hélas ! à quoi m'ont servi les soins, les craintes, les jours anxieux et les nuits sans sommeil ? Je vois venir la mort du côté où je l'attendais le moins !

JEAN, lui serrant les mains, avec un soupir. — Je suis fait pour comprendre ta douleur.

PIERRE, avec tristesse. — Mes amis, je vous fais voir une étrange contradiction : ma religion me prescrit d'aimer la mort comme un bienfait, comme la délivrance, et le commencement de la véritable vie ; et je ne puis soutenir l'idée de voir mourir ma fille. Ne jugez pas mes correligionnaires sur moi, je vous prie. Je suis un pauvre témoin de notre foi !

JEAN. — Et moi, suis-je moins faible ! Sais-tu ce que je me dis en ce moment ? Quelles pensées j'agite en mon esprit ? Je me dis : la perte de mon fils ne sauvera pas Béziers : que fait un bras de plus ou de moins, là où des milliers de bras ne peuvent pas repousser la destruction ?

RAYMOND. — Eh ! sans doute, il faut que Bernard parte, qu'il s'échappe quand il en est temps encore.

JEAN. — Non, mon ami, ce sont les sophismes de l'amour paternel. La loi de la justice règne jusque dans la mort. Mon fils est comme un second bras que la nature m'a donné, et que mon devoir m'ordonne de consacrer à la défense de la patrie. Et de quel front oserais-je commander à nos jeunes gens le sacrifice de leur vie, si je commence par mettre mon fils en sûreté ?

RAYMOND, avec vivacité. — Vous parlez de sophismes, en voilà un. Que la guerre dévore en un instant des milliers de soldats, c'est bien, la nature en refait autant en un jour. Mais des hommes comme Bernard, elle n'en produit pas volontiers. Est-ce qu'on dépense l'or pur comme le cuivre sans valeur. Et dans ces chasses meurtrières, où l'on détruit sans pitié les hôtes des bois par centaines, est-ce qu'on tue le rossignol ? Non, Bernard, c'est l'oiseau rare. Il a reçu de la destinée le don redoutable du chant. Sa parole est de celles qui portent bien loin au delà de l'horizon. Qu'il vive, et qu'il nous venge. Un chant léger échappé de ses lèvres peut devenir comme l'âme nouvelle d'un peuple, et agiter contre nos assassins les pierres mêmes de ce pays !

PIERRE. — C'est vrai.

JEAN, brusquement. — Mais vous qui parlez, pourquoi êtes-vous encore ici ?

RAYMOND, étonné. — Moi ?

JEAN, Vous n'êtes pas de Béziers, vous pouvez partir.

RAYMOND. — J'étais de Béziers, quand il y avait des fêtes à Béziers ; et je n'en serais pas quand il y a des batailles ? Allez, vous ne savez pas ce que vous dites.

JEAN. — Vous aussi, vous êtes poète.

RAYMOND. — Oui, autrefois, avant l'avènement de Bernard. Mais maintenant je ne suis plus qu'un chevalier, Je compte que vous me donnerez une bonne place sur vos murs. Au reste, je saurai bien la trouver.

JEAN. — Que mon fils se sauve et que vous vous perdiez, c'est le comble de l'injustice et de la déraison. A votre tour, vous ne savez ce que vous dites.

PIERRE, avec effort. — Écoutez-moi, mes

amis; écoute, Jean. L'intérêt de la patrie demande que ton fils vive. Donne-le moi pour protéger ma fille, qu'ils partent ensemble, qu'il l'épouse... et qu'il la conserve.

RAYMOND. — Ah ! voilà la vraie solution !

JEAN. — Ta résolution m'étonne.

PIERRE. — Il est certain que je périrai. Eh bien, j'espère... je crois... une voix secrète me dit : que Dieu prendra ma vie pour celle de ma fille.

RAYMOND. — Et moi, je me battrai pour votre fils. Que Béziers, dont ils seront les seuls restes, refleurisse en eux !

JEAN. — Pierre, Raymond, je ne puis vous le cacher, je suis ébranlé, vaincu. Vous me commandez au nom de la patrie, de l'amitié, de l'humanité, une chose que mon cœur désire avec une force déjà presque invincible. Hélas ! puis-je résister ? Mon fils vivra pour venger ses concitoyens, pour conserver une autre vie. Peut-être est-ce assez pour me justifier de son existence !

## SCÈNE V

LES MÊMES, BERNARD, ÉLÉONORE

RAYMOND. — Les voilà.

ÉLÉONORE, courant à son père et cachant sa tête dans ses bras avec embarras. — Nous vous cherchions, mon père.

PIERRE. — Ma fille, tu vas quitter la ville avec Bernard ; qu'il t'épouse devant le premier prêtre de sa religion que vous rencontrerez, et qu'il te conduise en lieu sûr.

ÉLÉONORE, embrassant son père. — Ah ! mon père.

BERNARD. — Mon père, car vous l'êtes à présent, votre rigueur fléchit enfin.

PIERRE. — Bernard, mon fils, aviez-vous pensé que je vous haïssais ?

BERNARD, embrassant sa main. — Non, croyez-le, je vous rendais mieux justice.

ÉLÉONORE. — Mais, mon père, pourquoi quitter Béziers ? En ce moment, la place d'une femme est auprès de son mari, celle d'une fille auprès de son père,

PIERRE. — Ce n'est pas notre avis. Que les femmes s'en aillent, ce sont des bouches inutiles.

ÉLÉONORE. — C'est donc un ordre général.

PIERRE. — Oui. Va, obéis à ton père, à ton consul. (A part.) Qu'est-ce que je dis ! (Haut) Embrasse-moi.

ÉLÉONORE, l'embrassant, à demi-voix. — Vous ne craignez donc plus pour ma vie ?

PIERRE, avec intention. — Je suis sûr que Dieu prendra la mienne plutôt.

BERNARD, à Jean. — Mais moi, mon père, puis-je partir quand le combat est près de commencer ?

JEAN. — Crois-tu donc qu'il sera fini ce soir ! va, tu auras le temps de montrer ta vaillance au retour.

PIERRE. — Partez, partez, la fuite à chaque instant devient plus chanceuse.

BERNARD, prenant le bras d'Éléonore. — C'est vrai. Allons, viens. (Il l'entraîne.)

JEAN, l'arrêtant. — Comme tu marches vite !

BERNARD. — Mon père, ne pressiez-vous pas mon départ tout-à-l'heure ?

JEAN. — C'est vrai. (Comme se parlant à lui-même). D'ailleurs tu suis la loi de nature. Adieu donc. (Ils s'embrassent, Bernard fait quelques pas.) — Ecoute, encore un mot. (Bernard s'arrête.) Bernard, souviens-toi toujours de mon amitié !

RAYMOND. — Bernard, sois implacable contre nos ennemis ! Lance-leur quelque sirvente terrible qui nous venge, ce sera le prix de mes leçons et de mon amitié. Au demeurant, sois heureux !

BERNARD, revenant. — Qu'est-ce à dire ? Mon père, mon ami, vous me parlez comme si nous ne devions plus nous revoir.

JEAN. — Hé non, mon ami ! un jour de mariage on fait de ces recommandations solennelles. Nous ne te disons ici que ce que nous ne pourrons pas te dire là-bas, quand tu te marieras, car nous n'y serons point. Ton père est malheureux de ne pas voir un événement qu'il a tant souhaité, voilà tout.

BERNARD, avec vivacité — Je serai ici demain soir, pour combattre à vos côtés.

RAYMOND. — Va, ne te hâte pas de revenir. Adieu. (Éléonore et Bernard sortent.)

## SCÈNE VI

LES PRÉCÉDENTS, moins BERNARD et ÉLÉONORE

JEAN. — Mes yeux vu pour la dernière fois.

PIERRE. — Seigneur, mon Dieu, exaucez ma prière !

FIN DU QUATRIÈME ACTE

---

# ACTE CINQUIÈME

Grande place : au fond, la cathédrale de Béziers. des soldats rangés devant les trois portes de la cathédrale. Le capitaine seul ; en avant Jean seul au milieu de la place ; il se promène à grands pas. On voit des femmes et des vieillards se glisser derrière les soldats et entrer dans la cathédrale.

## SCÈNE PREMIÈRE

JEAN, LE CAPITAINE

LE CAPITAINE, s'avançant vers Jean. — Vos ordres ?

JEAN. — Attendez encore. Tout dépend de la diversion que le consul Pierre et le chevalier Raymond tentent en ce moment. Je ne suis pas moins inquiet que vous. Qu'est-ce que ce corps qui a été rejeté dans la ville ? que cet autre qui s'est mal à propos porté à son secours ? et cette mêlée, cette confusion qui s'en est suivie ? Pierre et Raymond sont-ils là ou ailleurs ? Nous n'en savons rien ; toutes les nouvelles que je reçois sont vagues et obscures.

LE CAPITAINE. — Je pourrais envoyer...

JEAN. — Un homme ou deux seulement ; il n'y a déjà que trop de monde à cette porte, puisque les combattants s'empêchent les uns les autres.

LE CAPITAINE. — C'est inutile, les voici.

## SCÈNE II

LES PRÉCÉDENTS, PIERRE, le bras en écharpe, RAYMOND

JEAN, s'avance vivement vers Pierre. — Eh bien ?

PIERRE. — Vaincus.

JEAN. — Blessé ?

PIERRE. — Oh ! légèrement.

LE CAPITAINE. — Monsieur, à quelle porte dois-je me rendre ?

PIERRE. — Il n'y a plus de portes, les croisés sont dans la ville.

JEAN, à demi-voix. — Alors, nous sommes perdus.

PIERRE, avec sang-froid. — Parfaitement. Les croisés, après nous avoir repoussés, sont entrés avec nous dans la grand'rue. Là, comme on a dû vous le dire, un corps de troupes qui s'est avancé pour nous soutenir n'a fait que paralyser notre retraite. Cependant, après des pertes énormes, j'ai pu me retirer derrière les troupes de secours, mais en les perçant, en les mettant en désordre. Quand elles se sont trouvées devant l'ennemi, elles étaient déjà à moitié débandées. Je les ai vues reculer lentement et en disputant le terrain pied à pied, mais enfin elles reculent.

JEAN, au capitaine. — Prenez tous vos hommes et portez-vous à l'angle de la rue. Arrêtez les fuyards, rangez-les autour de vous, ne cédez pas la place, mourez. Il me faut une heure pour réunir dans la cathédrale les femmes, les vieillards et les enfants. (Le capitaine fait faire des mouvements à sa troupe.)

PIERRE. — A quoi bon ?

JEAN. — Vous le saurez tout à l'heure.

RAYMOND. — Il vous faut une heure, dites-vous. Je vous la garantis. Je rejoins le capitaine. (Il fait quelques pas vers la troupe.)

JEAN. — Raymond !

RAYMOND. — Quoi ?

JEAN. — Voulez-vous me permettre de vous embrasser ?

RAYMOND, souriant. — Volontiers. Mais est-ce que nous avons encore des corps ? Je pensais que nous n'étions plus déjà que des âmes immortelles. (Ils s'embrassent.) Les amoureux vont vite. Les nôtres doivent être loin.

JEAN. — Je me reprocherais de songer à eux en ce moment. (Appelant le capitaine.) Attendez, donnez-moi un homme. (Le capitaine fait signe à un soldat, qui sort des rangs, et s'approche du consul. — Jean regarde défiler les troupes, qui le saluent de l'épée, en silence.)

## SCÈNE III

JEAN, PIERRE, Le Soldat

LE SOLDAT. — Que faut-il faire, monsieur ?

JEAN. — Monter au clocher, et sonner, sonner toujours.

LE SOLDAT. — Comment sonnerai-je, monsieur ?

JEAN. — Je ne t'entends point. Que veux-tu dire ?

LE SOLDAT. — Oui, quelle sonnerie ? Comment sonnerai-je enfin ?

JEAN. — Comme pour les morts, naturellement. (Le soldat sort.)

## SCÈNE IV

JEAN, PIERRE, au milieu de la place, deux Femmes

PREMIÈRE FEMME. — La ville est prise.

DEUXIÈME FEMME. — Nous sommes perdus !

PREMIÈRE FEMME, à Jean, en pleurant — Ah ! seigneur, qu'allons-nous devenir ?

JEAN. — Femmes, si vous voulez périr sûrement, vous n'avez qu'à crier. Les prières, les plaintes, ne sont bonnes qu'à irriter la furie des soldats.

PREMIÈRE FEMME, plus doucement. — Que faire, mon bon seigneur ? Sauvez-moi ! Oh ! je vous en supplie, sauvez-moi !

JEAN. — Je vais l'essayer, Allez à l'église, et priez en silence.

PREMIÈRE FEMME, en s'en allant, à la seconde. — Je te détestais, mon amie ; ah ! comme je t'aimerai, si je vis.

(Elles entrent dans l'église.)

## SCÈNE V

Les Précédents, deux Femmes

UNE VIEILLE DAME, appuyée sur le bras de sa bonne. — Marthe, pourquoi m'appelles-tu toujours madame ? Il n'y a plus de madame ; nous sommes tous égaux, à présent,

MARTHE. — Moi, j'ai presque pas peur. J'étais si pauvre !

LA DAME. — Etais-tu donc assez malheureuse pour ne pas aimer la vie ? Ah ! si je l'avais su.

MARTHE. — Maintenant, c'est trop tard. Mais je vous en sais gré tout de même. (Elles entrent dans l'église.)

## SCÈNE VI

Les Précédents, une jeune Femme

JEUNE FEMME, portant un enfant. — Monsieur, monsieur, sauvez mon petit, ça m'est égal de mourir, pourvu qu'il vive !

JEAN. — J'y ferai ce que je pourrai.

LA FEMME, pleurant. — Vous devez pouvoir. Vous êtes notre consul, vous avez pris la charge de défendre mon enfant, comme ceux des autres. Moi, je n'y puis rien, je m'en remets sur vous. (Elle se dirige vers l'église.)

JEAN. — Oh ! Dieu tout puissant ! je m'en remets sur toi.

## SCÈNE VII

PIERRE, JEAN

JEAN, à Pierre. — Vous le voyez, suivant l'ordre que j'ai donné, les femmes et les vieillards se rassemblent dans la cathédrale.

PIERRE. — Qu'espérez-vous de cette mesure ?

JEAN. — S'il reste une chance de les sauver, c'est celle-là ; que ces barbares, qui viennent au nom du Christ, nous trouvent réunis autour de l'autel du Christ ! Quant à moi, je les attendrai seul, devant la porte ; je leur présenterai un visage assuré. Ils entendront quelques paroles d'homme.

PIERRE. — Ils vous tueront sans vous écouter.

JEAN. — Je crois à l'ascendant du courage. N'avez-vous jamais fait cette observation ? On hésite à frapper un homme imperturbable.

PIERRE. — Je reste avec vous.

JEAN. — Non, mon ami, vous êtes hérétique, vous. On n'aurait qu'à vous reconnaître.

PIERRE. — Vous avez raison, et je puis être utile là (Montrant l'église.) pour maintenir l'ordre. Adieu. (Ils se serrent la main, Pierre fait quelques pas et revient ) Oh ! Jean, pourquoi n'as-tu pas été d'avis qu'on nous livrât ? C'était le salut de Béziers !

JEAN. — Je ne le regrette pas... et dans un instant, quand je verrai l'épée levée sur ma tête, je ne le regretterai pas... et quand je tomberai, en exhalant mon dernier souffle, je ne le regretterai pas. Au prix où l'on nous met la vie, j'appelle, j'embrasse la mort. Ce que je demande à Dieu, à cette heure suprême, ce n'est pas un salut impossible ; c'est qu'il envoie à mes frères l'esprit de dévouement et de sacrifice ; que chacun d'eux consente à sa mort, sachant ce qu'il fait, et qu'il vaut mieux être ici dans cette ville où l'on meurt, que là-bas, dans la sécurité de ce camp, où l'on vit pour tuer. Au reste, j'en appelle à Dieu de ses défenseurs.

## SCÈNE VIII

LES PRÉCÉDENTS, UN SOLDAT BLESSÉ

LE SOLDAT. — Monsieur, vous n'avez plus que peu d'instants, Raymond vient d'être tué.

JEAN. — Lui aussi avait le don du chant. Ils ont tué le rossignol.

PIERRE. — C'était un homme rare.

JEAN. — On sent la perte d'un tel homme, même dans la mort de tout un peuple. Pierre, aidez ce brave soldat à se traîner jusqu'à l'église. (Le soldat et Pierre se dirigent vers la cathédrale. Une vieille femme entre dans la place en chancelant, Jean va à sa rencontre.)

## SCÈNE IX

JEAN, UNE VIEILLE FEMME

LA VIEILLE. — Sauvez-moi, au nom de Dieu, sauvez-moi !

JEAN, lui donnant le bras. — Prenez mon bras, ma bonne, je vous conduirai à l'église.

LA VIEILLE. — Je ne veux pas aller à l'église, je veux sortir de la ville.

JEAN, en marchant. — Impossible. Elle est cernée de toutes parts.

LA VIEILLE. — Quoi ! il n'y a pas moyen de fuir la mort. Oh ! par pitié, que je ne meure pas. Une cave, un trou : je ne veux pas mourir.

JEAN. — Tu es la Simonne, n'est-ce pas ?

LA VIEILLE. — D'où me connaissez-vous ?

JEAN. — Un consul connaît tout le monde. Tu as perdu ton mari et quatre enfants ?

LA VIEILLE. — Oui, il y a longtemps de cela.

JEAN. — Et c'est Jeanne Périé qui t'a recueillie, par bonté d'âme, car tu n'as rien. Je l'ai souvent admirée. Chaque jour elle te portait sur le seuil de sa porte et t'asseyait au soleil. C'est pour cela que tu vivais, et tu as peur de mourir ?

LA VIEILLE. — Ne me parlez pas de mourir, je ne veux pas aller sous terre. Vous êtes mon consul, vous devez me défendre.

JEAN, regardant le ciel. — Tu as raison. Il est doux de vivre, de voir la lumière.

LA VIEILLE. — Vous me sauverez ?

JEAN. — Oui, oui. Rassurez-vous ma pauvre vieille.

LA VIEILLE. — Et comment ?

JEAN. — C'est mon secret. Par quelques paroles.

LA VIEILLE. — Des paroles magiques, alors ?

JEAN. — Oui, magiques. Entrez, ma bonne, et priez Dieu qu'il m'accorde son aide. (La vieille entre dans l'église. On entend plusieurs femmes crier du dedans : « Fermez les portes, fermez les portes ! »

## SCÈNE X

PIERRE, JEAN

PIERRE, sortant de l'église. — Vous l'entendez, cette foule tremblante exige que je ferme les portes.

JEAN. — Cédez. Mais quand je verrai venir les soldats, je frapperai un coup. Ouvrez alors, ouvrez les trois portes ; que l'ennemi ne rencontre aucun obstacle ; qu'il voie que nous sommes désarmés, inoffensifs. Montrons-lui toute notre faiblesse, c'est la seule force qui nous reste.

## SCENE XI

(Pierre rentre. On ferme les portes.)

JEAN, seul devant l'église. — Je n'espère pas beaucoup en leur pitié... mais je compte sur leur étonnement... Sauver tout un peuple avec un peu de courage et quelques paroles de raison, (Silence.) ah ! ce serait beau ! (Silence.) Les voilà !

## SCÈNE XII

JEAN, LES SOLDATS

(Quelques soldats entrent; ils s'arrêtent étonnés. Jean frappe un coup à la porte du milieu, les trois portes s'ouvrent. On voit les femmes agenouillées dans l'église.)

JEAN, s'avançant vers les soldats. — Êtes-vous des hommes ?

UN SOLDAT, le frappant. — Tiens, en voilà la preuve !

JEAN, tombant. — Bernard !

PREMIER SOLDAT. — Je ne vois là-dedans que des femmes.

DEUXIÈME SOLDAT. — C'est peut-être un piège.

TROISIÈME SOLDAT. — Un piège !... lâche !

DEUXIÈME SOLDAT. — Lâche ! suis-moi donc ! (Il se précipite vers l'église, les autres le suivent. Quand le premier soldat entre dans l'église, le peuple pousse une immense clameur.)

---

# TROISIÈME TABLEAU

## SCÈNE XIII

(Une éminence. Au fond, dans le lointain, Béziers sur une colline plus haute. Bois à gauche.)

---

ÉLÉONORE, BERNARD, assis sur un tronc d'arbre.

ÉLÉONORE. — M'aimeras-tu toujours ?

BERNARD. — Quelle question ! Toujours.

ÉLÉONORE. — Et dans trente ans ?

BERNARD. — Dans trente ans comme aujourd'hui.

ÉLÉONORE, souriant. — Mes cheveux seront gris.

BERNARD. — Qu'importe; tu es gravée là (Frappant sa poitrine.) avec ta jeunesse et avec ta beauté. Je te verrai toujours telle que tu es à présent.

ÉLÉONORE. — Quelle folie !

BERNARD. — Non. Et la preuve, c'est que lorsque je veux te bien voir, je ferme les yeux.

ÉLÉONORE. — Parlons sérieusement. Tu aimeras en moi, ta jeunesse, tes souvenirs.

BERNARD. — Et la mère de mes enfants.

ÉLÉONORE. — Chut !

BERNARD. — Pourquoi ?

ÉLÉONORE. — Je n'aime encore que toi. (Elle se lève.)

BERNARD. — Où vas-tu ?

ÉLÉONORE. — Je suis reposée. Partons.

BERNARD. — Tu n'a plus peur ?

ÉLÉONORE. — De quoi ? de la mort ? Ah ! si fait, un peu. Mais je suis comme les enfants qui marchent dans l'obscurité. Si leur père les tient par la main, les voilà rassurés. Prends-moi par la main. (Bruit de tambours.) Ah ! j'ai peur. (Elle se presse contre Bernard.)

## SCÈNE XIV

LES PRÉCÉDENTS, UN CAPITAINE ET DES SOLDATS

LE CAPITAINE. — Qui est là ? Qui êtes-vous ?

BERNARD. — Nous sommes des habitants de Foix. Nous retournons dans notre pays.

LE CAPITAINE. — A d'autres ! Pourquoi quittez-vous Béziers en vous cachant ? Avez-vous un sauf conduit ?

BERNARD. — Non.

LE CAPITAINE — Pourquoi ne vous êtes-vous pas présentés à notre général pour en avoir un ?

BERNARD. — Je ne croyais pas que ce fût nécessaire ; ma femme et moi étant catholiques.

LE CAPITAINE. — Parbleu ! je te crois bien. Tu n'as pas d'intérêt à mentir.

Soldat ! qu'on les attache. (Les soldats entraînent Bernard et Éléonore vers la gauche. Ils les lient chacun à un arbre. Bernard se debat.)

ÉLÉONORE. — Bernard ! Bernard ! tu ne me laisseras pas tuer, au moins.

LE CAPITAINE, à Bernard. — Voici monseigneur de Béziers qui arrive avec notre brave général, Simon de Montfort. Il nous dira qui tu es. Si tu m'as trompé, gare !

## SCÈNE XV

LES PRÉCÉDENTS, SOLDATS, SIMON, L'ÉVÊQUE

(Tambours et trompettes. Des soldats défilent sur la scène. Ils se rangent à gauche derrière les prisonniers. Simon et l'Évêque entrent à cheval.)

SIMON, à l'Évêque. — Ici, nous sommes en vue. Les courriers ne peuvent pas s'égarer en nous cherchant.

LE CAPITAINE, à l'Évêque. — Monseigneur, voici un homme qui dit être de Foix, et qui sans doute est de Béziers. Venez, je vous prie, le reconnaître. (L'Évêque s'approche de Bernard : il le regarde en silence).

SIMON. — Eh bien ! monseigneur ?

L'ÉVÊQUE, après un moment de silence. — Je ne connais pas cet homme. (A part.) Seigneur, pardonnez-moi ce mensonge. (Il retourne auprès de Simon.)

LE CAPITAINE, à Simon. — Faut-il les délivrer ?

SIMON, d'un air préoccupé. — C'est inutile. Il sera toujours temps. Je ne comprends rien aux mouvements de l'avant-garde. Voyez, monseigneur, déjà plusieurs milliers de soldats ont disparu derrière ce pli de terrain. Y a-t-il là une vallée profonde qui puisse les recevoir et les cacher ?

L'ÉVÊQUE. — Non. Il faut qu'ils soient entrés dans la ville.

SIMON. — Que dites-vous là ? C'est impossible, on n'emporte pas d'un premier assaut une ville comme Béziers. C'est fort étonnant. (On entend la cloche de Béziers.)

L'ÉVÊQUE. — Ecoutez ces sons lugubres. Il se passe à coup sûr quelque chose de terrible dans Béziers.

## SCÈNE XVI

LES PRÉCÉDENTS, UN SOLDAT. La cloche continue de se faire entendre

LE SOLDAT, les vêtements en désordre, l'épée nue. — Le général ? où est le général ?

LE CAPITAINE, montrant Simon. — Le voilà.

SIMON. — Qu'est-ce ? qu'y a-t-il ?

LE SOLDAT. — Victoire ! monseigneur ! victoire ! La ville est prise... ou presque prise !

SIMON. — Comment cela ?

LE SOLDAT, d'une voix rapide et succadée. — Comment ? Oh ! bien simplement. Nous nous étions approchés à la portée du trait, quand les mécréants ont fait une sortie et sont tombés sur nous. Ah ! ma foi, ils frappent pour tout de bon ; mais nous frappons mieux encore. Ils cèdent ; nous les suivons jusqu'à leur porte, toujours battant. Ils entrent, nous entrons avec eux, pèle et mêle. Nous voilà dans une grande rue ; un renfort venait à leur secours, des gens pesamment armés. Des charrettes coupaient la rue pour la défense ; elles l'empêchent. Les deux troupes se nuisent, se gênent, remplissent tout l'espace, s'étouffent, les uns voulant se retirer, les autres avancer ; ils se poussent, s'écrasent. Quels cris ! Ah ! monseigneur, c'est alors qu'il aurait fallu nous voir travailler ! Nous attaquons cette masse à coups d'épées, piques et haches. Comme on fouillait avec l'épée dans le tas ! jamais on n'a tué si commodément, si gaiement. Mais l'épée n'y fait rien ; les morts serrés restent debout. On prend la hache et on démolit. Ah ! monseigneur, quand nous les avons eu éclaircis, quand ils ont pu fuir, ils se sont précipités et nous après... ou plutôt les autres ; moi, on m'a envoyé ici raconter la chose. Monseigneur, faites-moi donner un verre de vin, je meurs de soif. (Un soldat lui tend sa gourde. Il boit.) J'ai tué de ma main, ou peu s'en faut, un grand coquin en robe longue, un consul.

BERNARD et ÉLÉONORE, à la fois. — Mon père !

LE CAPITAINE, levant son épée. — Ah ! scélérat, c'etait ton père.

BERNARD. — Oui, c'était mon père ! frappe, barbare !

LE CAPITAINE, le frappant. — Meurs donc !

ÉLÉONORE, se débattant. — Bernard ! Bernard ! (D'une voix plus faible.) Bernard !

L'ÉVÊQUE, poussant son cheval sur le capitaine. — Misérable ! (Le capitaine reste immobile et le regarde fièrement. L'évêque lui lance un geste de malédiction. Se retournant vers Simon.) Seigneur, punissez l'assassin.

SIMON DE MONTFORT.— Pourquoi ? il a accompli la loi de cette guerre : pas de prisonniers. D'ailleurs, c'est un bon soldat.

## SCÈNE XVII

LES PRÉCÉDENTS, UN SECOND MESSAGER

LE DEUXIÈME MESSAGER. — Le général?

SIMON DE MONTFORT. — C'est moi.

LE DEUXIÈME MESSAGER, d'un air effrayé. — Seigneur, on ne se bat plus qu'à l'entrée de la grande place. Là, un jeune homme, avec quelques soldats, repousse nos assauts furieux. Pardonnez-moi, jamais je n'ai rien vu de si beau. Dans le reste de la ville ce n'est qu'un massacre. En bas, en haut, dans les rues, sur les toits, on fuit et on poursuit. Celui qui échappe ici est frappé quelques pas plus loin. On force les maisons, on les pille ; on jette les hommes par les fenêtres ; seigneur, je les ai vus tomber et rebondir sur le pavé comme des sacs. Et du sang ! du sang ! c'est incroyable que le sang puisse former de véritables ruisseaux !

ÉLÉONORE, faiblement. — Oh ! fermez-moi les oreilles, ou tuez-moi.

L'ÉVÊQUE à haute voix et en se frappant la poitrine. — *Mea culpa, mea, Domine, culpa.*

SIMON DE MONTFORT. — Que faites-vous ?

L'ÉVÊQUE, avec un soupir. — Et moi aussi j'étais de Béziers.

SIMON DE MONTFORT. — Je vous dirai ce que Moïse dit aux lévites : Vous avez consacré vos mains au Seigneur, en tuant votre fils et votre frère, afin que la bénédiction de Dieu vous fût donnée.

L'ÉVÊQUE. — Hélas ! hélas ! *mea culpa, mea culpa.*

La cloche cesse de sonner.

LES SOLDATS ENTRE EUX. — La cloche ! Elle a cessé.
Bonsoir les sonneurs !
Voyez ! voyez ! voyez !
C'est le feu.
Oui, oui.
Et là.
Ici encore. Le feu est en plus de vingt endroits à présent.

SIMON, avec inquiétude. — Qu'est-ce que cela ?

## SCÈNE XVIII

LES PRÉCÉDENTS, UN OFFICIER

SIMON, à l'officier. — Hé bien ! monsieur, sont-ce nos ennemis ou nos soldats qui ont allumé l'incendie ?

L'OFFICIER, d'une voix sourde. — Ce sont nos soldats, monseigneur ; quelques pillards, en se battant pour le butin, ont mis le feu par mégarde. D'autres, en le voyant de loin, ont cru que c'était par votre ordre. Ils ne se sont que trop hâtés d'obéir. Cependant nous forcions l'entrée de la grande place, et nos soldats se précipitaient vers la cathédrale. Là, une foule d'enfants, de femmes et de vieillards étaient entassés. En nous apercevant ils s'efforcent de fuir dans cet espace trop étroit. Quand un des soldats a frappé le premier coup sur cette foule inoffensive et donné le signal du meurtre, je ne vous dirai pas quel cri s'est élevé ; je l'ai encore dans les oreilles. Je suis sorti ; je n'ai pu voir la fin, mais je sais que tout a été massacré. En venant ici, je n'ai pas rencontré un être vivant, et j'ai traversé toute la ville ; elle paraît immense. Maintenant nos soldats reculent devant les flammes qui ne connaissent ni vaincus, ni vainqueurs. Demain, on cherchera la place où fut Béziers.

SIMON DE MONTFORT. — Vous tremblez, monsieur ?

L'OFFICIER, relevant la tête. — Ce n'est pas de peur. Mais on n'a jamais vu sous le ciel un événement si grand ni si teribble.

LES SOLDATS. — Regardez !
Voyez !
Le clocher de l'église...
Il penche.
Il croule.
As-tu entendu ?
On l'a entendu jusqu'ici.
C'est que le vent vient de ce côté.

ÉLÉONORE. — Oh ! faites-moi mourir, je vous en supplie, par pitié, tuez-moi, je suis hérétique, tuez-moi par bonté.

UN SOLDAT, la perçant. — Tiens, en voilà de la bonté.

L'EVÊQUE. — *Consummatum est.* (Il pleure en silence.)

SIMON DE MONTFORT descend de cheval, et s'agenouille au milieu du théâtre et prie silencieusement.

(1864)

# UNE FAMILLE

# SOUS NAPOLÉON Ier

DRAME EN CINQ ACTES

## PERSONNAGES

BERTEREAU, 60 ans.
LE GÉNÉRAL HUGONNET, 50 ans.
JEAN HUGONNET, 25 ans.
JACQUES HUGONNET, 22 ans.
HENRI HUGONNET, 15 ans.
M. DE SALIS, 30 ans.
MOUILLAR, 60 ans.
PONS, 35 ans.
DESCOMBES.
NAPOLÉON.
BERTHIER.
UN MÉDECIN MILITAIRE.

LE PRINCE D'ASPAR.
NARCISSE.
RÉSÉDA.
LAFON.
MADAME HUGONNET, mère, 45 ans.
MADAME DE SALIS, 20 ans.
MADAME JEAN HUGONNET, 19 ans.
CLAIRE HUGONNET, 18 ans.
LOUISE MOUILLAR, 20 ans.
MIETTE, 60 ans.
PLUSIEURS DAMES.

Deux Lieutenants — Un huissier — Messieurs

Au premier et au 2e acte, la scène est à Paris, chez Bertereau.
Au troisième acte, la scène est à Créteil, chez le Général.
Au quatrième acte, la scène est à Dresde, palais Marcolini.
Au cinquième acte, la scène est à Créteil.

# UNE FAMILLE SOUS NAPOLÉON Ier

## ACTE PREMIER

### CHEZ BERTEREAU

Un salon avec table, canapé, fauteuils, chaises, style empire. Au premier plan, à droite, une épinette. Même plan à gauche, un paravent derrière lequel une porte visible seulement pour le spectateur. Au fond, à gauche, porte donnant sur le dehors. A droite, grande porte à deux battants sur la salle à manger. Lustre allumé. Feu dans la cheminée sur le second plan à gauche.

### SCÈNE PREMIÈRE

(Au lever du rideau la scène est vide. Puis la grande porte s'ouvre et entrent.)

Madame HUGONNET, PONS, puis successivement Madame JEAN HUGONNET, Madame DE SALIS, MOUILLAR, LOUISE, JACQUES, CLAIRE, BERTEREAU, JEAN HUGONNET, Monsieur DE SALIS.

MADAME HUGONNET, entrant au bras de Pons et continuant une conversation commencée. — Oui, je l'ai, ce cher enfant, mon Jacques. J'ai pu le couver des yeux pendant le dîner. Je sais que cette nuit il dormira sous le même toit que moi, dans une chambre toute voisine de la mienne... Mais déjà je ne jouis plus de sa présence. Je le vois partant, parti, car il a peu de temps à demeurer. Et il m'est arrivé, il y a six jours. Le bon moment a été quand j'ai reçu sa lettre. Depuis un mois, j'étais sans nouvelles, quelle joie ! A ce moment-là, je n'ai pensé qu'une chose, il vit et je vais l'embrasser. Je ne me suis pas dit : On l'envoie de l'armée d'Espagne à l'armée d'Allemagne, il ne fera que passer ! Est-ce que nos enfants font maintenant autre chose que passer chez leur mère de loin en loin ? Ils partent, reviennent... et repartent. (Douloureusement.) Jusqu'à ce qu'ils ne reviennent plus.

PONS, avec un peu d'emphase. — Mais, chère madame, ils sont notre gloire !

MADAME HUGONNET, s'asseyant. — Mon cher monsieur Pons, ne parlez pas de gloire à nous autres, femmes. C'est la gloire qui nous fait les nuits sans sommeil et les cheveux gris avant l'âge ! Voyez où j'en suis... Rassurée sur mon fils... momentanément, je tremble pour mon mari qui est là-bas, dans un hôpital de Berlin, blessé, mourant peut-être.

PONS, embarrassé. — Je parierais bien que le général Hugonnet aura bientôt fait de se remettre sur ses jambes.

(Il se retire en saluant.)

JACQUES, en costume d'officier d'artillerie entrant avec Madame Jean à son bras — Ma chère belle-sœur, vous ne ferez pas reculer l'artillerie.

MADAME JEAN. — Ce qui veut dire ?

JACQUES, à demi-voix. — Que j'avoue mon penchant pour mademoiselle Louise Mouillar.

MADAME JEAN. — Prenez garde... Il y a des obstacles.

JACQUES. — Oui... Les Mouillar sont riches, de plus sénateur et les Hugonnet... ne sont pas riches.

MADAME JEAN. — D'abord çà... Et puis il y a un obstacle dans Louise même. Demandez à votre sœur Claire. (Madame Jean quitte le bras de Jacques et va causer avec Madame Hugonnet. Pendant ce temps, Claire est entrée au bras de M. Mouillar. Suivent M. de Salis, Jean Hugonnet conduisant Madame de Salis. Les femmes, moins Louise et Claire, se groupent autour de Madame Hugonnet. Les hommes, moins Jacques, se groupent autour de la table. Jean Hugonnet boite visiblement. Pendant que Madame Bertereau offre des liqueurs dans des petits verres, Louise et Claire se dirigent vers l'épinette. Jacques va les rejoindre.)

JACQUES, à Louise. — Vous allez tout à l'heure nous jouer quelque chose.

LOUISE. — Non. Ces messieurs veulent causer, ces dames aussi. Est-ce vrai ce qu'on m'a dit sur votre compte ?

JACQUES, regardant sa sœur. — Qu'est-ce qu'on vous a dit ?

LOUISE. — Que vous faisiez des vers.

JACQUES. — Quelquefois.

LOUISE. — C'est rare, un militaire qui fait des vers en temps de guerre.

JACQUES. — Pas si rare que vous croyez. Moi je fais des vers quand je peux. D'autres dessinent ou jouent du violon,comme mon beau-frère Descombes, quand ils peuvent.

CLAIRE, subitement attristée. — Oui, quand ils peuvent... qui sait ce que fait mon mari à cette heure... et où il est... si même... (Elle n'achève pas.)

JACQUES. — Nous sommes un tas de jeunes gens enlevés à nos inclinations et à nos aptitudes naturelles.

LOUISE. — C'est bien regrettable.

JACQUES. — Savez-vous ce qu'on m'a dit, à moi ? que vous n'aimiez pas les militaires.

LOUISE. — Je n'aime pas la profession, voilà tout.

JACQUES. — Moi non plus, je n'aime pas le métier.

LOUISE. — Vous le quitteriez volontiers.

JACQUES. — Cela dépend.

LOUISE. — De quoi ?

MOUILLAR, qui depuis un moment observe les deux jeunes gens. — Louise !

LOUISE. — Mon père ! (Elle se dirige vers Mouillar qui lui parle tout bas.)

CLAIRE, toujours triste et préoccupée, à Jacques. — Le père Mouillar t'a déjà pris en grippe, mon pauvre Jacques ; écoute un conseil, mon cher petit frère, n'aime pas Louise : très aimable, mais très résolue, elle n'épousera jamais un militaire. (Claire quitte son frère et rejoint le groupe des dames, Jacques revient vers les hommes.)

BERTEREAU, à Mouillar. — Sénateur, je devine que vous voulez aller au billard.

MOUILLAR. — C'est vrai !

BERTEREAU. — Qui est-ce qui veut fumer ?

PONS. — Je ne fume jamais.

JACQUES. — Ni moi.

JEAN. — Moi si...

BERTEREAU, à Jean. — Toi, tu fais tout ce que font les militaires, moins la guerre, ce qui te fâche.

JEAN, montrant sa jambe. — Si je la faisais, ce serait que...

DE SALIS — Moi, j'abhorre l'odeur du tabac et je ne quitte jamais les dames. Je suis ancien régime, mon oncle.

BERTEREAU. — Vous, mon cher de Salis, vous l'auriez inventé, s'il l'avait fallu. Au reste, il avait du bon, ce temps où j'étais jeune.

MADAME HUGONNET. — On aimait alors ses enfants, son mari avec sécurité.

(Mouillar, Jacques, Jean sont sortis pour aller au billard, par la porte qui est derrière le massif.)

LOUISE. — On pouvait songer à se marier sans être d'une imprudence folle.

BERTEREAU, menaçant Louise du doigt. — Louise, Louise, si votre père vous entendait.

LOUISE. — Mon père est plus habitué à l'opposition que vous ne pensez.

BERTEREAU. — Pas au Sénat, du moins.

LOUISE, souriant. — Oh non... mais ailleurs.

DE SALIS. — On était bien élevé, mieux que poli avec les femmes.

MADAME DE SALIS. — On ne leur disait pas de brutalités.

BERTEREAU. — Quelquefois des fadaises ou des fadeurs.

DE SALIS. — Elles en étaient quittes pour s'éventer.

MADAME DE SALIS. — Aujourd'hui, on ne fait de nous aucun compte.

MADAME HUGONNET. — Dis plutôt qu'on nous compte pour supputer ce que nous pouvons fournir d'enfants.

DE SALIS. — A la consommation.

BERTEREAU. — Qui est effroyable.

PONS, à demi-voix, à Bertereau. — A ce propos, vous savez qu'il circule de méchants bruits.

MADAME HUGONNET, qui a entendu. — Monsieur Pons. (Avec inquiétude.) Qu'y a-t-il ? Qu'avez-vous appris ?

PONS. — Mon Dieu, madame, je disais qu'il circule de méchants bruits, on parle de pertes considérables, d'une retraite désastreuse, mais je n'y crois pas, sans cela, vous comprenez, je n'en parlerais pas.

MADAME HUGONNET. — Je vous en supplie, messieurs... tâchons d'oublier la politique, pendant que nous sommes réunis; gardons, chacun pour soi, nos inquiétudes et nos angoisses intimes.

(Moment de silence très significatif.)

PONS. — Vous vous plaignez, mesdames; mais vous avez des compensations... les réunions, les fêtes de la cour... plus magnifiques que celles de Louis quatorze.

DE SALIS. — Ah! oui, parlons-en de la cour.

MADAME DE SALIS. — Le maître est si aimable! Savez-vous, la dernière fois que j'y suis allée, ce que je l'ai entendu dire à une dame.

PONS. — Laquelle?

MADAME DE SALIS. — Vous voulez un nom... vous l'aurez. (A Louise qui s'est rapprochée avec Claire.) Justement, çà n'est pas pour les demoiselles. Retournez là-bas, s'il vous plaît. (Claire et Louise s'éloignent en riant.) L'empereur, passait les dames en revue. Vous savez que c'est le mot juste. Arrivé en face de madame de Bellegarde : « Hé bien, madame, lui dit-il, à haute voix, aimez-vous toujours les hommes? » — « Oui, Sire,... quand ils sont polis. »

DE SALIS, très simplement. — Voilà ce qui s'appelle un Empereur remis à sa place...

(Au moment où Madame de Salis rapportait le propos de l'Empereur, Madame Hugonnet s'est levée et est sortie par la porte de droite, allant au jardin.

MADAME JEAN, à demi-voix, à Madame de Salis — Quand on conte une de ces algarades de l'Empereur, ma belle-mère sort invariablement.

MADAME DE SALIS, de même. — Elle a ses raisons.

MADAME JEAN. — Peut-on les savoir?

MADAME DE SALIS. — Demandez à l'oncle Bertereau.

BERTEREAU, qui a entendu son nom. — Que me voulez-vous?

MADAME JEAN, à demi-voix. — Pourquoi, lorsqu'on conte une algarade de l'Empereur, votre sœur sort-elle?

BERTEREAU, il parle à mi-voix. — Ma sœur étant au-dessus de tout soupçon, je puis bien vous raconter... mais il faut que je remonte un peu haut. Un soir, en 1803, il y avait grande réception chez le premier consul. Quantité d'hommes... presque autant de femmes... les hommes en rang d'un côté, les femmes en ligne de l'autre. Napoléon, déjà, procédait comme aujourd'hui, faisant subir aux femmes de même qu'aux hommes, l'examen d'un général qui passe en revue ses troupes. A chacune de ces dames, il posait invariablement trois questions et dans le même ordre : le nom de votre mari? ses fonctions? Combien avez-vous d'enfants? Ma sœur était jeune alors, et gaie et malicieuse. Elle avait entendu les questions faites à voix haute et les réponses faites, par des voix que naturellement, la timidité étranglait. Un certain désir de venger son sexe s'empare d'elle, et comme le consul arrivait se planter devant elle, la voilà qui prévient les questions, et qui, affectant la brièveté militaire, dit d'une voix très nette. « Hugonnet, général, cinq. » Le consul comprit l'intention, toisa ma sœur, passa. Il y a six ans, en 1807, ma sœur se retrouva en sa présence, dans une réception à peu près ordonnée comme celle de 1803. Le général Hugonnet était absent, cantonné avec sa division dans je ne sais quelle petite ville de la Prusse. Ma sœur recevait chez elle des officiers en rapport de service ou d'amitié avec son mari. Quelque jaloux ou jalouse avait incriminé les relations de ma sœur avec l'un de ces visiteurs. L'Empereur, vous le savez, aime les cancans, et s'en sert sans scrupule. Bref, ce soir-là il aborde madame Hugonnet, et d'un accent railleur devant cette brillante assistance... « N'est-ce pas, madame, que Paris est bien plus agréable à habiter et offre plus de plaisirs, quand les maris sont absents. » Et il passe.

MADAME JEAN, indignée. — Une pauvre femme et lui le maître du monde... C'est un duel qui ne lui fait pas honneur...

MADAME DE SALIS. — Mon oncle, ne croyez-vous pas que l'Empereur s'est rappelé la scène de 1803 et qu'il a voulu se venger.

BERTEREAU. — Je ne le crois pas. Il n'est pas vindicatif, mais taquin, brouillon et jaloux. Il ne lui déplaît pas de mettre la discorde entre époux, entre amis, afin que ses serviteurs, ses fidèles s'attachent uniquement à lui.

(Bertereau s'éloigne ; il rejoint Pons et de Salis.)

MADAME JEAN, à Madame de Salis. — L'algarade de l'Empereur a dû faire causer.

MADAME DE SALIS. — Je vous en réponds.

MADAME JEAN. — Est-ce qu'on n'a nommé personne.

MADAME DE SALIS. — Si... l'ami le plus intime de mon père, un familier de la maison.

MADAME JEAN. — Bien entendu.

MADAME DE SALIS. — Le colonel Lafon.

MADAME JEAN. — Est-ce celui qui a été mêlé à la conspiration du général Malet ?

MADAME DE SALIS. — Et qu'on recherche depuis plus d'un mois... lui-même,

MADAME JEAN. — Votre père a-t-il su la scène ?

MADAME DE SALIS. — Il y a toujours des amis zélés qui vous apprennent ces choses-là.

MADAME JEAN. — Heureusement votre père n'a pas ajouté foi.

MADAME DE SALIS. — Hélas !... Vous êtes entrée récemment dans notre famille, ma chère sœur, vous n'avez pas encore vu mon père... absent avant votre mariage et qui n'est pas venu pour y assister... Il se passe chez nous des choses bien tristes,... mon bon, mon brave père, voyez-vous, n'a qu'un défaut — mais il l'a bien — c'est une vénération, une foi sans bornes en Napoléon...

MADAME JEAN. — Alors ?

MADAME DE SALIS. — Alors... Père et mère, malgré vingt ans de mariage, s'adoraient comme de jeunes époux avant cette histoire... Après, çà a été fini. Mon père s'est mis avec ma mère sur un pied très convenable, très irréprochable, mais d'un froid cruel pour la pauvre femme... et cherchant toujours des missions, des fonctions au loin... Tenez, en ce moment vous le savez, notre père est à l'hôpital de Berlin, malade d'une blessure au pied qui n'en finit pas de guérir. Hé bien ! il écrit de loin en loin un mot sec à notre mère... toujours le même : « Je ne vais pas mal, il n'y a qu'à prendre patience. » ...Ma mère a voulu partir pour aller le soigner... Mon père a prévu et prévenu son intention .. et il a signifié qu'il n'avait besoin de personne... Ah ! ma mère n'est pas heureuse.

MADAME JEAN. — Je comprends çà. (Plus bas.) Votre père s'est donc laissé aller à des soupçons...

MADAME DE SALIS, tristement. — Vraisemblablement... (Un silence.) et il n'y a pas que le père... dans notre famille même.

MADAME JEAN. — Qui donc ?

MADAME DE SALIS. — Tenez, mon beau-frère Descombes. Celui-là croit en mon père, comme mon père croit en l'Empereur... Et je ne suis pas sûre que Descombes n'ait pas communiqué quelque chose de sa défiance à ma sœur Claire... Çà fait dans la famille une division sourde... bien pénible.

MADAME JEAN. — Comme une mauvaise parole étend son ravage.

BERTEREAU, qui s'est rapproché et qui depuis quelques minutes écoute ces dames. — Plus loin encore que vous ne pensez. Hugonnet et moi sommes à peu près brouillés.

MADAME JEAN. — Comment cela ?

BERTEREAU. — Je n'ai pas commis la maladresse de mettre, comme on dit, le doigt entre l'arbre et l'écorce... Je n'ai pas demandé à mon beau-frère d'explications sur sa conduite avec ma sœur... mais je lui ai fait sentir mon mécontentement. Il y a répondu en m'évitant, me fuyant, en me tenant à distance.

MADAME JEAN. — Et Lafon... Comment l'a-t-il traité ?

MADAME DE SALIS. — Avec froideur d'abord... Il voulait évidemment ne pas faire d'éclat. Puis, un beau jour, sur un futile prétexte, il lui a cherché querelle.

BERTEREAU. — Démentant ainsi tout son passé. Car Hugonnet, sachez-le, a été dans sa jeunesse un philosophe comme moi, un disciple de Voltaire, de

Rousseau surtout. Il avait toujours montré une grande aversion pour le duel; jamais il n'avait eu d'affaire.

MADAME JEAN. — Ils se sont battus...

BERTEREAU. — Non, grâce à l'intervention de l'Empereur.

MADAME DE SALIS. — Le prétexte de la querelle n'a trompé personne, ni notre entourage, ni Lafon.

BERTEREAU. — C'est un brave garçon que Lafon... un caractère sérieux. Il a été profondément blessé qu'on le soupçonnât d'avoir commis une trahison envers son ami le plus intime, et depuis il a montré, assez imprudemment d'ailleurs, des sentiments hostiles à l'égard de l'Empereur... Ce qui fait que, pris, il serait immanquablement fusillé. On ne voudrait jamais croire qu'il ait été, non le complice de Malet, mais sa dupe, ce qui est pourtant la vérité.

MADAME JEAN. — Mon mari ne m'avait rien dit de tout cela.

MADAME DE SALIS. — Mon frère Jean adore sa mère, il vénère l'Empereur. Il n'aime pas à parler d'une affaire qui met aux prises ses sentiments les plus chers.

PONS, à Mouillar qui rentre avec Jean et Jacques et Madame Hugonnet. — De quoi avez-vous causé là-bas ?

MADAME HUGONNET. — Pons, je vous en prie, ne ramenez pas de sujet triste.

MOUILLAR. — Soyez tranquille, pas plus que vous, je ne me soucie d'entendre parler Russie, Moscou, retraite, etc... (A Pons.) Nous avons causé de la conspiration Malet. On peut bien en parler puisqu'elle n'a pas réussi.

DE SALIS. — On a fusillé pour çà au moins dix militaires qui ont cru obéir régulièrement à leur chef.

PONS. — Il est curieux que la police, depuis plus d'un mois qu'elle le cherche, n'ait pas encore découvert le colonel Lafon.

DE SALIS. — On dit qu'il a réussi à passer en Angleterre.

MOUILLAR. — Cela doit être... sans quoi, croyez-le bien, la police l'aurait pincé.

MADAME HUGONNET, à Pons. — Pons ? Vous revenez de la Champagne, comment vont vos vignes ?

PONS. — Assez mal, chère dame. On ne les a pas travaillées du tout. Mon coquin d'intendant prétend qu'il n'a pas trouvé d'ouvriers.

BERTEREAU. — Votre intendant dit vrai... N'en doutez pas.

DE SALIS. — A moins que les champenois n'aient le don de l'ubiquité !

(A Pons qui n'a pas l'air de comprendre).

Ce que je dis est bien simple. Etant en Russie, ils peuvent malaisément être à la même heure en Champagne dans vos vignes.

MOUILLAR, grognon. — De Salis, vous mordez toujours sur la politique de l'Empereur. Comprenez donc une fois qu'il faut des soldats, si l'on veut se défendre,

BERTEREAU, souriant. — De ceux qu'on a attaqués.

MOUILLAR, vivement. — Qu'on a attaqués... en apparence... Au fond, c'est eux qui sont les agresseurs. L'Empereur, heureusement, devine leurs projets et les prévient. Voilà la vérité.

JACQUES, timidement. — Monsieur le Sénateur, voulez-vous permettre un mot.

MOUILLAR, surpris. — Je permets.

MADAME HUGONNET. — On va parler guerre, je me sauve. (Aux dames.) Venez que je vous montre un joli Girodet, la dernière acquisition de mon frère.

MADAME JEAN ET MADAME DE SALIS. — Volontiers.

MOUILLAR, à ces dames qui sortent par la porte de la salle à manger. — Habillez-vous pour partir. Je vous reconduirai dans ma voiture.

TOUTES DEUX. — Entendu.

(Louise, qui a fait signe à Claire, l'entraîne derrière le paravent, comme si elle voulait sortir par la porte qui se trouve là. Claire veut en effet sortir. Louise fait signe qu'elle veut rester. Claire sort.)

## SCÈNE IV

JACQUES, JEAN HUGONNET, DE SALIS, BERTEREAU, PONS, MOUILLAR, LOUISE cachée derrière le massif.

MOUILLAR, à Jacques. — Vous disiez donc, mon lieutenant ?

JACQUES. — Il y a au moins un pays qui ne nous a pas attaqués.

MOUILLAR. — Lequel ?

JACQUES. — L'Espagne.

MOUILLAR. — L'Espagne... l'Espagne ! Pays de moines, nation arriérée, mal gouvernée, mal administrée... nous lui rendons service, en lui donnant un souverain, de bons administrateurs, des lois et des règlements au niveau de notre époque... Ce peuple ignorant ou plutôt fanatisé a repoussé la main secourable que nous lui tendions.

DE SALIS. — Je crois même qu'il l'a quelque peu mordue.

JACQUES. — Les espagnols veulent faire leur bonheur eux-mêmes, à leur mode et être maîtres chez eux. C'est l'instinct naturel et utile.

MOUILLAR. — Vous les approuvez ?

JACQUES. — Complètement.

MOUILLAR. — Vous qui venez de vous battre avec eux.

JACQUES. — C'est justement pour çà.

MOUILLAR. — Ils ont voulu vous tuer.

JACQUES. — C'est ce que j'essayais de leur faire. Je n'avais qu'à ne pas y aller.

MOUILLAR. — Vous avez été forcé.

JACQUES. — Sans doute, mais les espagnols étaient bien obligés de s'en prendre à moi et à mes camarades.

MOUILLAR. — Ils vous faisaient une guerre de bandits.

JACQUES. — Nous leur en rendions quelque chose. Vous ne savez pas tout ce qui se passe en Espagne.

BERTEREAU. — Hé bien ! dis-le, mon lieutenant.

JACQUES. — C'est tellement triste.

MOUILLAR. — N'est-il pas vrai qu'ils massacrent les prisonniers et même qu'ils leur font subir d'atroces tortures ?

JACQUES. — Trop vrai.

MOUILLAR. — Vous avouez donc que c'est un peuple féroce.

JACQUES. — Tout féroce qu'il soit, il n'est pas venu nous chercher. Or, c'est là la question. Et puis, ne croyez pas à la férocité générale des espagnols. Il y a chez tous les peuples des natures portées à la cruauté. S'il s'en est manifesté ici plus qu'ailleurs peut-être, cela s'explique par les circonstances. Et puis enfin, si nous ne torturons pas les prisonniers, nous, sachez que nous les fusillons très bien.

MOUILLAR. — Ce n'est de notre part qu'une réplique.

JACQUES. — Qui tombe souvent sur un héros.

MOUILLAR. — Je me demande qui vous plaignez. Est-ce l'ennemi ? est-ce nos soldats ?

JACQUES. — Les deux... Et nos soldats je les plains deux fois. Quand on les massacre prisonniers, je les plains, et je les plains quand eux-mêmes fusillent leurs prisonniers par ordre, pour se conformer à une de ces règles de la guerre qu'il serait peut-être naïf de ne pas pratiquer, mais qui démontrent d'autant mieux quelle chose inévitablement horrible c'est que la guerre.

BERTEREAU. — Tu veux parler des exécutions de guérilleros ?

JACQUES. — Tout guérillero pris est, sitôt après le combat, abattu comme un chien enragé. Artilleur, mon arme m'a dispensé heureusement de prendre une part effective à ces tueries. Mais je les ai vues... C'était un supplice sur le moment ; un pénible cauchemar longtemps après.

MOUILLAR. — Pour vous !...

JACQUES. — Pour moi et pour beaucoup d'autres.

BERTEREAU. — Tu as vu cette chose là souvent ?

JACQUES. — Cinq fois, j'en sais le compte, va !

MOUILLAR. — A vous entendre, j'aurais cru que c'était chose journalière.

JACQUES. — En effet... pour certains officiers moins chanceux que moi.

BERTEREAU. — Ces troupes de guérilleros, ainsi exécutées, étaient nombreuses.

JACQUES. — Je me rappelle pour l'une d'elles le chiffre exact : quatre-vingt-deux hommes.

MOUILLAR. — Quatre-vingt-deux :... ce n'est pas beaucoup.

JACQUES. — Je vous jure... que sur place, c'était trop.

MOUILLAR. — Mais... enfin, il faut se rappeler que ces hommes étaient des bandits.

JACQUES. — Comme dans toutes les troupes de partisans, il y avait du mélange ; cependant les braves gens étaient traités comme les autres.

MOUILLAR. — Est-ce qu'on pouvait distinguer ?

JACQUES. — Non, j'en conviens. Telle est l'inévitable solidarité de la guerre ; et c'est encore une raison pour laquelle la guerre est odieuse. (Jacques qui, à un moment, a retourné sa chaise et s'est mis dessus à cheval, prend sur la table un baguier et le manie fiévreusement. Mouillar lui retire le baguier, moment de silence. Jacques comme se parlant à lui-même, amèrement). En bataille, on tue, c'est vrai, mais on risque d'être tué. on agit dans la fièvre. Mais après le combat, à l'heure où le péril, la fièvre, le bruit et la fumée sont tombés, voir une file d'hommes garottés, qu'on amène et qu'on range silencieusement devant d'autres hommes armés de fusils, penser que ces hommes robustes, jeunes, bien vivants, qui se sont bravement battus et souvent vous regardent fièrement dans les yeux, seront morts dans une minute; voir les canons de fusils s'abaisser à cinq mètres de leur poitrine, attendre le commandement de... (Il se lève brusquement.) Ah ! non, pas çà ! C'est une angoisse intolérable ! (Un silence.)

BERTEREAU. — Voyons, en revanche, est-ce que tu n'as pas été l'objet de quelque tentative d'assassinat ?

JACQUES. — Si... En allant de Callahora à Vittoria, mon escadron fit étape à la petite ville de Briones. Moi et D.., — je ne le nommerai pas autrement, — fûmes logés hors ville dans une maison isolée à la lisière d'un petit bois de châtaigniers. Il y avait là un ménage encore jeune, le mari, jardinier de son état, sa femme et leur fillette. La femme, très brune, avait dû être fort jolie ou plutôt fort belle, car sa physionomie était du genre grave et passionné... des yeux superbes, mais les traits déjà fatigués. La fillette, qui pouvait avoir de dix à douze ans, reproduisait le type, un peu tragique de sa mère, et promettait beaucoup. Le logis était étroit, nos gens plutôt pauvres. Ils n'affectèrent pas de nous héberger avec plaisir. Toutes leurs façons, sans être offensantes, disaient clairement leur antipathie à notre endroit. Je ne leur en voulais pas, mais D..., bon garçon à l'ordinaire, donnait parfois des signes d'impatience. Avec cela, D..., regardait trop souvent, à mon avis, notre hôtesse d'un œil fort expressif. Le mari s'en était parfaitement aperçu. Nous l'avions entendu grommeler, ce que D... avait trouvé fort plaisant. Notre séjour dura une après-midi et une nuit. Le matin de notre départ, nous étions bride en main, prêts à enfourcher nos chevaux. La petite famille était là, regardant nos apprêts, avec la mine de gens que notre départ ne désolait pas... Mon camarade, le premier, met le pied à l'étrier, mais voilà qu'au moment de s'enlever il a l'idée malheureuse de se tourner vers la femme et de lui envoyer de la main un baiser bruyant. Ce fut comme on dit la goutte d'eau qui fait déborder le vase. Je vois l'homme, d'une fourche à remuer le foin, qu'il tenait à la main, frapper mon camarade à l'épaule, d'un coup qui, par un effet bizarre, le met en selle. Je veux crier, ma voix s'arrête... Je venais de sentir dans le flanc comme un violent coup de poing, et je tombe à terre. La femme m'avait donné un coup de couteau. Cependant l'homme voyant qu'il n'avait pas tué mon camarade s'enfuyait. D... furieux, sabre en main, le poursuivait au galop de son cheval. L'homme, sentant qu'il allait être rattrapé, se mit à tourner autour d'un gros tronc de châtaignier. La femme courant après le cheval, lui jetait des pierres dans les jambes. Soulevé sur mon coude, je voyais tout cela dans un mutisme angoissé. Un coup de sabre abattit l'homme. Intrépidement, la femme alla de ses deux poings attaquer les flancs du cavalier. Un coup de revers la jeta par terre à son tour. Les cris de la fillette devinrent perçants, effroyables. Je vis alors D..., débarrassé des parents, galoper droit sur la petite fille... Elle se jette à genoux, les deux bras croisés au-dessus de sa tête, les yeux fermés... D..., lève son sabre...

(Louise derrière le massif pousse un cri involontaire et se laisse tomber sur une chaise. Pendant que les autres personnages se lèvent étonnés, Jacques s'est précipité. Claire entr'ouvre la porte derrière Louise.)

JACQUES. — Vous là !

LOUISE, vivement. — Il l'a tuée.

JACQUES. — Non.

LOUISE. — Dites-vous bien vrai ?
JACQUES. — Très vrai.
LOUISE. — Vous n'êtes pas un militaire comme les autres.

(Louise et Jacques remontent vers les autres personnages.)

MOUILLAR, à Louise, d'un ton grognon — Très émouvante l'éloquence des militaires... mais va te préparer. (Il se lève.) Moi, je donne l'ordre au cocher d'atteler.

(Il se dirige avec Louise et Claire vers la porte de la salle à manger.)

DE SALIS, à Jean. — Allons nous voir si nos femmes sont prêtes ?

(M. de Salis sort suivi de Jean.)

JACQUES, resté seul, pensif à demi-voix. — Vous n'êtes pas un militaire, comme les autres.

RIDEAU

---

## ACTE DEUXIEME

Le cabinet de travail de Bertereau, deux portes à droite, l'une sur le premier plan, l'autre au fond, une porte à gauche et au milieu.
Il est environ neuf heures du soir en Janvier 1813.
Les trois hommes sont assis auprès de la cheminée où brûle un grand feu.
Ils sont mornes et la conversation est coupée de silences.

---

### SCÈNE PREMIÈRE

BERTEREAU, MOUILLAR, PONS

PONS. — Je crois, moi, qu'on exagère beaucoup.
MOUILLAR, grognon. — Pons, mon ami, vous nous dites ça pour la vingtième fois au moins.
PONS. — Que voulez-vous, je le crois comme çà.
MOUILLAR. — Il ne s'agit pas de croire, il s'agit de savoir. Vous êtes d'un optimisme désespérant.
BERTEREAU. — Le bulletin de l'empereur est là, ami Pons. Les pertes que l'empereur avoue dans ce 29e bulletin constituent déjà un assez beau désastre. Vous ne pensez pas, j'imagine, que l'empereur se soit avisé d'exagérer ses pertes.
PONS. — Oh non ! j'admire sa noble et courageuse franchise.
MOUILLAR, amer. — Ça nous fait la jambe belle, sa franchise.
BERTEREAU. — Or, depuis que l'empereur a quitté l'armée, nous savons que la retraite de nos soldats à travers la Russie s'est continuée dans des conditions encore plus cruelles, plus destructives qu'auparavant. Il est presque certain que nous sommes en présence d'un désastre comparable à ce que l'histoire offre de plus énorme en cet aimable genre...
PONS. — Oh !
BERTEREAU. — Dites oh tant que vous voudrez. Une incomparable armée de 500.000 hommes existe en Octobre 1812, et, en décembre, disparue, évanouie. Il n'en reste rien.... qu'une poignée de revenants, hâves, exténués, dépenaillés, presque nus. Il est vrai que derrière eux, on peut retrouver 400.000 cadavres d'hommes semés pêle-mêle, avec les carcasses de 60.000 chevaux, sur une longue route blanchie par la neige... voilà... (Il se lève.) l'ouvrage d'un génie sans égal !
PONS. — Bertereau, déplorez tant que vous voudrez, mais respectez ce génie, en effet, sans égal... Il n'a pas été vaincu par les hommes, il ne l'a été que par la nature. Que vouliez-vous qu'il fit contre l'hiver ?
BERTEREAU. — Qu'il n'allât pas le chercher. Cette guerre contre la Russie, cette expédition gigantesque, lancée de Paris jusqu'à Moscou, je n'étais pas le seul à en craindre les suites, voilà Mouillar... tout Sénateur qu'il est, il m'a exprimé alors ses appréhensions.
MOUILLAR. — C'est vrai ; mais je n'en ai parlé qu'à vous !
BERTEREAU. — Oui, vous ne communiquez vos défiances qu'aux gens parfaitement sûrs.
MOUILLAR. — J'ai une situation à sauvegarder.
BERTEREAU. — Ce qui n'empêche pas de craindre...

MOUILLAR. — Au contraire.

BERTEREAU. — Tandis que Pons, lui, ne craint jamais... avant.

PONS. — Je me confie au génie de l'empereur...

BERTEREAU. — Il se contente de regretter après ; ainsi je suis sûr que Pons, ne s'inquiète pas de la coalition des puissances contre nous.

PONS. — Comment voulez-vous que je m'inquiète ? L'empereur est là, et vous savez... jamais il ne s'est si bien porté.., son génie.

MOUILLAR, *avec un peu d'impatience.* — Oui, nous savons, le génie, c'est accordé. Cependant nous allons avoir sur les bras la Prusse, la Russie, la Suède, et tout à l'heure peut-être l'Autriche. C'est beaucoup.

PONS. — Eh bien ! moi, ces gens-là, d'avance je sais ce qui les attend et je les plains...

BERTEREAU. — Demandez à Mouillar s'il est ausssi apitoyé que vous.

MOUILLAR. — Je rencontre partout des gens qui prédisent la catastrophe finale, et ce sont des personnes comme moi attachées à l'empire par des liens solides.

BERTEREAU, *à part.* — Dam... En métal...

MOUILLAR. — Je conviens que çà m'impressionne... Je ne le dis qu'à vous...

BERTEREAU. — Bien entendu.

PONS. — Tous ces gens-là, qu'est-ce qu'ils font alors du génie de l'empereur ?

BERTEREAU. — Ami Pons, pensez donc une fois que le génie de l'empereur ne peut pas se tirer d'affaire tout seul. Il faut y ajouter quelque chose comme des centaines de mille hommes. Le Sénat, dont est M. Mouillar ci-présent, a livré à l'empereur dans ces six derniers mois 700.000 hommes. L'empereur en demandera bientôt, je le sais, 180.000 de plus. Jamais l'espèce humaine... n'a été saignée de la sorte...

PONS. — Donc ces hommes, dont le génie impérial a besoin, on les a trouvés.

BERTEREAU. — Attendez... Là-dessus, il y a déjà 80.000 réfractaires que les gendarmes poursuivent. Les ateliers, les champs, les magasins sont à moitié vides... les filles n'ont plus que des bossus et des boiteux à épouser...

MOUILLAR, *impatient et ironique.* — Admettons tont ça, je réponds : c'est votre faute !

BERTEREAU, *étonné.* — Ma faute !...

MOUILLAR. — Pourquoi avez-vous conduit le général Bonaparte chez Barras.

BERTEREAU, *riant.* — Ah ! bien ; vous voulez vous sauver par une plaisanterie.

PONS. — Je ne comprends pas.

MOUILLAR. — Comment, Pons, vous ne savez pas que notre ami Bertereau a présenté jadis le général Bonaparte au directeur Barras, tout puissant alors ; et que la fortune de l'Empereur a eu là incontestablement son point de départ.

PONS, *à Bertereau.* — Est-ce vrai ?

BERTEREAU. — J'ai en effet recommandé Bonaparte à Barras.

PONS. — Et pour ce service, vous n'avez rien obtenu ?

BERTEREAU. — Je n'ai rien demandé... mon passé...

PONS. — C'est vrai que vous avez été député à la Constituante et même à la Convention.

MOUILLAR. — La belle raison ! D'anciens Constituants, d'anciens Conventionnels comme Bertereau figurent parmi les hauts fonctionnaires de l'Empire, et moi-même...

(Un silence.)

PONS, *tirant sa montre.* — Votre hussard se fait attendre.

BERTEREAU, *tirant à son tour sa montre.* — Il n'est que 8 heures 1/2. Descombes et sa femme sont allés dîner chez le vieux père Descombes, qui se couche de bonne heure et par conséquent dîne tôt. Vous n'avez plus longtemps à attendre.

PONS. — Descombes, est-il homme à ne pas exagérer ?

BERTEREAU. — Le mari de ma nièce Claire est un flegmatique. Il a la bravoure froide. Il nous servira la vérité vraie.

MOUILLAR. — Vous avez déjà causé ensemble ?

BERTEREAU. — Comment voulez-vous... Il arrive ici il y a deux jours pensant loger chez nous avec Claire. Il n'y avait pas de quoi les loger convenablement... Nous avons renvoyé à Créteil, dans la maison vide du général, ces jeunes époux enchantés de s'en aller en tête à tête recommencer leur lune de miel... car, vous vous rappelez. Descombes était à peine marié depuis quinze jours quand il a dû partir pour l'armée de Russie.

PONS. — On sonne.

BERTEREAU. — Ce sont eux. (Ecoutant.) Ils vont au salon. On nous renverra sûrement Descombes.

(Silence).

## SCÈNE II

LES MÊMES, JACQUES et ROBERT DESCOMBES (Jacques et Robert entrent ensemble par la porte de gauche. Félicitations. Poignées de mains).

BERTEREAU, à Robert lui offrant un fauteuil. — Mon lieutenant.

DESCOMBES. — Voulez-vous me permettre de rester debout près de la cheminée. Figurez-vous que je me mettrais dans le feu... Je ne suis pas encore dégelé.

PONS, avec hâte. — Monsieur Descombes, parlez-nous d'abord du passage de la Bérésina. On en dit tant d'horreurs, on doit fortement exagérer.

DESCOMBES. — Je doute qu'on le puisse.

PONS. — Vous y étiez ?

DESCOMBES. — J'y étais. J'ai vu des horreurs en effet. Ce fut un drame affreux, mais court; ce n'est qu'un épisode.

MOUILLAR. — Il y a donc pis ?

DESCOMBES. — Il y a toute la retraite, parbleu.

BERTEREAU. — Laissons parler Monsieur, qu'il nous dise ce qu'il a éprouvé personnellement, ce sera plus précis, plus probant.

DESCOMBES. — J'aurai beau être précis, je ne vous donnerai qu'une faible idée de ce que nous avons souffert... Ce fut un supplice constant, monotone... et prolongé; fait de tourments physiques, faim, froid, fatigues et de désespérance intime. Il faut y avoir passé...

(On comprend qu'en parlant ainsi lentement, avec effort, Descombes voit surgir dans sa mémoire de pénibles images... Un silence.)

Représentez-vous une plaine infinie... toute blanche, se perdant de tous côtés dans une brume noirâtre... Au milieu, une route dont la chaussée disparaît sous la neige... là chemine une colonne d'hommes épaisse et serrée couvrant toute la largeur de la chaussée et cette colonne mouvante se prolonge en avant, en arrière, jusqu'aux deux bouts de l'horizon. Ces hommes se hâtent, marchent aussi vite qu'on le peut quand on est très serré: mais en réalité, avec lenteur... Ça fait penser à un immense, à un infini troupeau de moutons que des chiens pressent par derrière. Et, en effet, il y a des chiens... ce sont les Russes. Cette comparaison m'est venue alors bien souvent.

PONS. — Quoi ! les soldats de la grande Armée un troupeau de moutons !

DESCOMBES. — Parfaitement. Pas de rangs... aucun ordre... côte à côte des soldats de tous les régiments... même de toutes les armes... cohue complète.

MOUILLAR. — Comment a-t-on pu tomber dans un tel désordre ?

DESCOMBES. — D'abord, parce qu'un moment est venu où chacun sentant dans le froid et la faim portés à ce degré terrible des ennemis meurtriers et invincibles, chacun a prononcé le mot ordinaire de toutes les déroutes : « Sauve qui peut ! »

MOUILLAR. — Mais la voix des chefs.

DESCOMBES, avec un geste. — Oh ! la voix des chefs... Un homme assis près de son feu, l'estomac plein, en parle à son aise. Il y a des conjonctures où la nature humaine n'entend qu'une voix, celle de l'instinct...

BERTEREAU. — Et il n'y a pas à lui en vouloir... Mais n'interrompez-pas.

DESCOMBES, reprenant. Voyez-vous, tous ces hommes... couverts; mal couverts de vêtements sales, déchirés, en loques, étrangement disparates : ici un habit de fantassin avec une coiffure de dragon, là un grenadier en chapeau de général, un sapeur avec une robe de femme, un autre dont la coiffure n'est qu'un paquet de linges ensanglantés, ce cavalier qui a passé sa tête dans la couverture trouée de son cheval. Regardez ces visages hâves, terreux... ces yeux creusés, ces regards éteints ou fiévreux... (Une pause.) Nous marchions tous uniformément la tête basse... Mais le plus saisissant c'était (étant donné la masse d'hommes) un silence étrange... La neige amortissait le bruit des pas... Personne ne parlait à ses voisins, d'ailleurs inconnus. On pouvait se croire dans un rêve, dans une procession de fantômes. (Un silence.) Parfois le bruit d'une querelle, des coups frappés par un fort sur un faible, pour lui arracher un vêtement ou un morceau de cheval... puis le retour de ce silence lugubre, énorme, formidable ..

PONS. — Mais vous, vos aventures personnelles...

ROBERT. — De bonne heure, je me suis trouvé séparé de mes camarades.

BERTEREAU. — Voilà ce que je ne comprends pas.

DESCOMBES. — Vous allez comprendre : s'il n'y avait eu qu'à marcher droit devant soi, les amis auraient pu peut-être, à la rigueur, se tenir ensemble ; mais songez qu'il n'y avait plus de distributions de vivres, alors chacun, à son heure, selon ses besoins ou sa hardiesse s'écartait à la recherche d'une maison de paysan...

BERTEREAU. — Bien... bien !...

DESCOMBES. — Ce n'est pas tout. Dans la cavalerie, par exemple, moi j'ai perdu mon cheval plutôt que tel autre. La fatigue, le besoin l'ont abattu sous moi... A peine était-il tombé pantelant sur le sol que je l'ai vu égorgé et dépecé par vingt affamés... à grand peine, j'en ai obtenu un morceau... j'ai donc suivi à pied. Or, chacun marchait du matin au soir de toutes ses forces et les forces étaient inégales. Personne n'attendait personne ; on se trouvait donc tantôt ici, tantôt là dans la colonne ; le plus souvent avec des inconnus ; bien rarement et par hasard avec une ancienne connaissance, c'est ainsi qu'un des premiers jours de la retraite, j'ai eu pour voisin un petit tambour de 15 ans, parisien, engagé volontaire... Un regard de compassion qu'il aperçut dans mes yeux, l'attacha à moi ; il s'efforça de me suivre... moi je ralentissais mon pas pour l'attendre. Il m'a peut-être sauvé la vie...

BERTEREAU. — Comment ça ?

DESCOMBES. — Il m'a distrait de moi, m'a donné envie de vivre pour lui, en même temps que pour moi. Et le fait est que, lui parti, j'ai failli me laisser mourir...

PONS. — Comment parti ?

DESCOMBES. — Un jour un remous de la colonne nous sépara ; nous ne nous sommes jamais rejoints.

(Silence.)

BERTEREAU, doucement. — Et vous avez failli vous laisser mourir ?

DESCOMBES. — Oui, un jour, je m'assis au bord de la route, excédé de corps et d'âme; résolu à ne pas aller plus loin. Déjà, quelques-uns de ceux qui passaient devant moi, venaient me regarder sous le nez, voir si j'étais assez bas, pour qu'on put m'enlever mes habits ou ma bourse... tentés, aussi, peut-être de m'achever. Par un hasard extraordinaire, Henri Grandville passe. me reconnaît, me verse une goutte d'eau-de-vie, et m'entraînant par la main me fait courir de force... Je me suis repris à la vie...

BERTEREAU. — Comment en arrive-t-on à ce point de dépression morale, de renoncement à soi ?...

DESCOMBES. — Par des souffrances qui, en se prolongeant, épuisent tout l'être, force corporelle, force morale, élan de volonté, envie de vivre; c'est une lassitude du cerveau vidé par la faim ; c'est une lassitude horrible des membres... c'est l'estomac tordu par les crampes ; ce sont les pieds et les mains brûlés de froid... quant aux souffrances morales... comprenez... On est parti dès la pointe du jour déjà fatigué... A midi on n'en peut plus... Cependant le fond de la plaine, terme supposé du voyage paraît aussi loin... l'étendue monotone a reculé à mesure qu'on avançait... On s'efforce, on se traîne... Le soir approche, mais voici l'angoisse journalière ; où coucherai-je ? Pourrai-je me chauffer ? M'admettra-t-on auprès du feu ? Serai-je accepté ou repoussé ? Les hommes, sauf des exceptions bien rares, sont, dans ces affreuses circonstances, durs, impitoyables... c'est terrible, allez, de sentir que la société humaine n'existe plus, de rencontrer, sur le visage d'un ami, l'expression d'une insensibilité de pierre, parfois le regard hostile et sauvage d'un adversaire...

L'idée fixe de se reposer à tout prix, vous entre dans l'esprit, en même temps que le froid et la faiblesse vous suggèrent une invincible envie de dormir... on tombe dans la stupeur et on s'arrête. Tout-à-coup un soubresaut; l'instinct de la conservation s'est réveillé et vous dit : « mais c'est la mort ! » On a une lueur de bon sens... Des images surgissent devant vous : c'est le pays natal, c'est le visage de la mère ou de la fiancée. On se refuse à mourir... A grand effort on se lève, on repart; mais trop souvent c'est pour se coucher de nouveau au bord de la route et cette fois on ne repart pas...

(Un long silence).

BERTEREAU. — Et pour quel grand dessein s'il vous plaît ces horribles souffrances infligées à tant de braves gens ? Pour ramener, de force, dans sa clientèle de rois, un czar échappé !

PONS. — Vous avez beau dire : c'est la gloire ! et nous autres Français, restons associés à cette gloire.

BERTEREAU. — Vous avez de la gloire, vous, Pons ?

PONS. — Sans doute : comme Français.

BERTEREAU. — Alors, on peut acquérir de la gloire, en reposant bien chaudement dans son lit comme vous l'avez fait... ainsi que moi, d'ailleurs... pendant cette funèbre campagne. Ma concierge a mis au monde hier soir un petit... lequel est donc déjà pourvu de gloire... puisqu'il s'est donné la peine de naître en France...

PONS. — Permettez... J'ai fait plus, moi, je l'ai un peu payée ma gloire.

BERTEREAU. — Qu'est-ce qu'elle vous a coûté ?

PONS. — Hé ! Hé ! pas mal d'argent.

BERTEREAU. — Au marché de la gloire, l'argent n'a pas cours... Tout s'achète avec du sang.

PONS. — Ah ! mais alors, que m'importe la gloire militaire, si je n'en tire aucun avantage...

MOUILLAR, se levant. — Moi, je ne fais pas fi de la gloire, mais je préfère la stabilité.

BERTEREAU, se levant à son tour. — Si nous allions au salon rejoindre ces dames ?

(Ils sortent par la porte de gauche.)

## SCÈNE III

JACQUES, PUIS CLAIRE ET LOUISE, PUIS MIETTE

JACQUES, est demeuré en faisant signe qu'il allait arranger le feu, il tisonne d'un air triste. — Que de victimes... (Un silence). et que de veuves... que de veuves... elle a raison... en tout cas, il y a là de quoi lui fournir contre moi un terrible argument.

CLAIRE, entrant. — Je viens te chercher.

JACQUES. — Pour ?

CLAIRE. — Pour t'empêcher de broyer du noir quand moi je nage dans le rose.

JACQUES. — Bonne sœur. (Il l'attire et l'embrasse). Quel prétexte as-tu donné à Louise pour la quitter ?

CLAIRE. — Aucun. J'ai dit ce que je viens de te dire. Je n'ai pas à lui apprendre, n'est-ce pas, que tu l'aimes ?

JACQUES. — Evidemment. Je le lui ai assez témoigné.

CLAIRE. — Si elle ne veut pas y répondre...

LOUISE, qu'on ne voit pas. — Je vous avertis loyalement que je suis là.

CLAIRE, se retournant. — Tu m'as suivi ?

LOUISE, entrant. — Tu vois... Je me suis rappelé que j'avais un livre à réclamer ici.

JACQUES. — C'est vrai. Vous me l'avez déjà demandé plusieurs fois.

LOUISE. — C'est à croire que vous l'avez perdu ou que vous ne voulez pas le rendre.

JACQUES. — En êtes-vous bien pressée ?

LOUISE. — Mais oui. On me l'a prêté.

JACQUES. — Il ne vous appartient donc pas ?

LOUISE. — Mais non.

JACQUES, il va prendre un livre au bout de la table. — En ce cas, je vous le rends tout de suite.

CLAIRE, souriant. — Est-ce que tu n'as pas un volume, à toi, bien à toi, que tu lui prêterais, en consolation.

LOUISE. — Je n'en ai pas pour cet usage.

CLAIRE, demi sérieuse. — Tu es implacable.

LOUISE, d'un ton ferme et franc. — Voyons Claire, tu sais bien que je n'ai ni manège ni coquetterie. J'ai établi une fois pour toutes, les rapports que je veux avoir avec M. Jacques... rapports amicaux... mais très résolument je ne veux pas me marier.

CLAIRE. — Tant que l'Empereur sera là ?

LOUISE. — Tant que l'on sera perpétuellement en état de guerre.

CLAIRE, souriant. — C'est de l'opposition systématique au gouvernement. Tu feras destituer papa Mouillar.

LOUISE, même ton. — Je réclame le droit d'avoir ma ligne politique.

CLAIRE. — Quelle indépendante !

LOUISE. — Sérieusement. Si nous vivions dans un temps où il fut raisonnable de se marier, je dirais volontiers à M. Jacques : « Autant vous qu'un autre. »

CLAIRE. — Oh ! tu es cruelle.

LOUISE. — Tu trouves... en ce cas, mon expression a trahi mon intention. Je dirais volontiers à M. Jacques : « Mieux vous encore qu'un autre. »

(Mouvement de Jacques.)

CLAIRE. — A la bonne heure.

LOUISE. — Monsieur Jacques, ne vous trompez pas sur la portée de ma déclaration. J'ai pour vous beaucoup d'estime...

CLAIRE. — Au diable l'estime !

LOUISE. — ...et, une bonne amitié, comme de camarade à camarade... Voulez-vous m'accepter sur ce pied là ?

JACQUES. — Certes... Votre amitié c'est déjà beaucoup... mais je ne suis pas le maître de ne pas désirer plus... à mon tour je vous avertis loyalement.

LOUISE. — Nous n'aurons donc réciproquement aucun reproche à nous faire.

(Miette entre et vient parler à l'oreille de Jacques.)

CLAIRE. — Qu'y a-t-il ?

JACQUES. — Un mendiant honteux probablement. Peut-être un de mes camarades en détresse.

LOUISE, entraînant Claire. — Allons-nous en.

(Elles sortent).

JACQUES. — Ce monsieur n'a pas voulu dire son nom ?

MIETTE. — Non.

JACQUES. — Et vous ne le connaissez pas.

MIETTE. — Il me semble l'avoir vu autrefois, mais je ne le remets pas.

JACQUES. — Priez-le d'entrer.

## SCÈNE IV

JACQUES, LAFON, puis MOUILLAR et BERTEREAU

LAFON, en entrant rabat son collet et relève son chapeau qu'il portait enfoncé sur les yeux. — Tu ne me reconnais pas.

JACQUES, avec saisissement. — Vous, vous ici ! (Il va vivement tirer la targette qui ferme la porte de gauche.)

LAFON. — Forcé, mon cher filleul,... J'ai dû quitter la retraite qu'un ami m'avait procurée... j'y étais éventé. La police commençait à roder autour. J'en suis parti à la nuit vaguant par les rues, ne sachant plus où aller... cherchant dans ma mémoire à qui je pourrais me confier.

JACQUES. — Et vous avez pensé à nous ?

LAFON. — Oui, à Bertereau... Je ne te croyais pas ici.

JACQUES. — Ma mère y est également.

LAFON. — Ah !

JACQUES. — Ma sœur Claire et son mari Descombes.

LAFON. — C'est trop de personnes à compromettre. Je m'en vais.

JACQUES. — Et où voulez-vous aller ? Errer toute la nuit dans les rues et par ce temps affreux, vous serez arrêté comme vagabond et bientôt après reconnu pour celui que vous êtes... et c'est la mort sous quelques heures. Je ne vous laisserai pas aller à une mort certaine, vous, mon parrain, le premier confident de mes malheurs et de mes bonheurs d'enfant car vous vous faisiez petit enfant pour converser avec moi, pour jouer avec moi ; et vous avez été mon premier camarade comme mon premier précepteur. Et tant que je pourrai... (Bruit d'une clé dans la porte à gauche.) (A voix basse.) Sauvez-vous là, dans la chambre à coucher.

VOIX DE BERTEREAU. — Qui a donc mis la targette ?

(Jacques va vers la porte et l'ouvre.)
(Bertereau entre avec Mouillar.)

BERTEREAU. — Quelle idée as-tu eu de t'enfermer ?

JACQUES. — Vous aviez laissé la porte ouverte. Je suis allé la fermer. J'étais distrait...

BERTEREAU. — En effet je l'ai remarqué.

JACQUES. — J'ai dû tirer la targette, machinalement.

BERTEREAU. — Mouillar a laissé ici sa canne.

(Mouillar cherche aux coins de la cheminée. Bertereau autour des meubles.)

BERTEREAU, s'approchant ainsi peu à peu de la porte de droite. — Dire qu'avec Mouillar, çà arrive toujours. Il a un don pour rendre sa canne invisible. Vous n'auriez pas eu l'idée saugrenue de la porter dans ma chambre à coucher.

MOUILLAR. — C'est peu probable.

(Comme Bertereau semble vouloir ouvrir la porte, Jacques qui le surveille le tire vivement par la manche.)

BERTEREAU, se retournant. — Hein ?

(Jacques sans répondre le regarde avec des yeux fixes et met un doigt sur sa bouche. Ce jeu de scène est inaperçu de Mouillar qui tourne le dos. Bertereau immobile regarde à son tour Jacques d'un air interrogateur.)

MOUILLAR. — Bon, je marche dessus, elle s'était étalée par terre, elle n'en fait jamais d'autres ; à présent, mes amis, (Ramassant sa canne.) je me sauve.

BERTEREAU. — Je vous accompagne.

MOUILLAR. — Inutile, vous avez déjà fait vos adieux à Louise.

JACQUES. — Pas moi.

MOUILLAR. — Alors, venez-vous ?

(Jacques hésite, puis le suit).

BERTEREAU, seul. — Qu'est-ce que çà veut dire ?... (Il réfléchit.) Parbleu... il y a quelqu'un là. (Montrant sa chambre à coucher. Il hésite, puis va ouvrir la porte.) Qui que vous soyez, je vous prie de sortir.

(Entrée de Lafon).

BERTEREAU. — Vous ?

LAFON. — Moi. Voulez-vous que je m'en aille. (Il fait quelques pas vers la porte.)

BERTEREAU. — Restez ! (Un peu impatient.) Mais vous compromettez bien des gens.

LAFON. — C'est ce que je disais tout à l'heure à Jacques, et c'est pourquoi je voulais m'en aller.

BERTEREAU. — Non, puisque vous êtes venu, restez... il fallait ne pas venir.

LAFON. — Je vous croyais seul dans votre logement. Je ne pouvais deviner la présence de Jacques, de madame Hugonnet, des Descombes.

BERTEREAU. — C'est vrai... oubliez ce que je viens de dire... vous comptiez me trouver seul... et par conséquent ne compromettre que moi.

LAFON. — Vous compromettre vous, je l'avoue, je n'ai pas hésité à le faire. Comme je passais devant votre porte, me sentant poursuivi, je suis entré, avec l'instinct irréfléchi de la bête traquée.

BERTEREAU. — Je ne vous demande ni explication, ni excuse.

LAFON. — Je m'en irai.

BERTEREAU. — Vous me feriez là une cruelle injure. Nous quitterons ensemble le plus tôt possible cette maison ; je vous conduirai. Il n'y aura donc que moi de hasardé.

LAFON. — C'est beaucoup, si ce n'est trop.

BERTEREAU, avec un peu d'insouciance feinte. — Pas si hasardé peut-être que vous l'imaginez. J'ai rendu jadis un signalé service à Bonaparte. Il est homme, je crois, à en tenir compte... C'est entendu, nous allons partir... mais laissez... encore faut-il que je réfléchisse un peu.

(Rentrée de Jacques.)

JACQUES. — Mon oncle, vous m'excuserez ; je ne pouvais pas...

BERTEREAU. — Tais-toi... laisse-moi réfléchir... (Se parlant à lui-même.) Il n'y a que çà de possible ou de pratique... le réfugier dans la maison d'Hugonnet, à Créteil... Diable ! nous avons besoin du concours de Descombes. (Mouvement de Lafon.)... (A Lafon.) Ne vous inquiétez pas... (A Jacques.) va au salon, envoie-moi Descombes. Mais vous... il faut que vous rentriez là... et porte close.

LAFON. — Je vous obéis.

BERTEREAU, à Jacques. — A présent, sors, va te promener dans les rues avoisinantes et si tu peux y reconnaître la présence de la police, reviens vite m'en avertir.

(Jacques sort par la porte de droite au fond.)

BERTEREAU, seul. — Me voilà revenu à certains jours de la révolution où je risquais... çà me rajeunit... Oui, Descombes; indispensable de l'avertir... mais le pire c'est que je suis tenu d'avertir ma sœur... je ne puis pas, je ne veux pas lui prendre sa maison... pour cet usage, sans son consentement.

(Entrée de Descombes).

## SCÈNE V

BERTEREAU, DESCOMBES, puis MADAME HUGONNET

DESCOMBES. — Qu'y a-t-il donc ?

BERTEREAU. — Mon cher Descombes, j'irai droit au fait... militairement. Là, dans cette chambre, il y a Lafon.

DESCOMBES. — Comment ! Vous avez accueilli cet homme ?

BERTEREAU. — Je l'ai trouvé accueilli déjà par Jacques, son filleul, son petit ami autrefois. Je ne l'ai pas chassé de chez moi. L'auriez-vous fait vous ?

DESCOMBES, avec hésitation. — Peut-être.

BERTEREAU. — Vous n'osez pas dire : sûrement, je l'aurais fait.

DESCOMBES. — On ne veut pas faire ces choses là, parce qu'on craint de paraître avoir peur pour soi-même, le danger est là ; on se croit tenu de le braver, c'est une faiblesse morale. Avec cela on fait des actes contre ses opinions, sa conscience. Lafon est un criminel en somme.

BERTEREAU. — Non. Il a cru à la mort de l'Empereur, à la résolution du Sénat, à la mission légale de Malet. Il a été dupe de ce conspirateur, non son complice. Il reçoit un ordre d'un général qu'il croit qualifié pour commander et il y obéit. C'est de la discipline mal placée, aveugle, sans discernement, soit ! mais c'est de la discipline... Non un crime. Etes-vous sûr qu'à sa place, vous n'auriez pas été trompé comme lui !

DESCOMBES. — Moi, j'aime Napoléon, j'ai foi en lui... ces sentiments m'auraient pu préserver. Lafon avait auparavant l'Empereur en aversion.

BERTEREAU. — C'est possible ; c'est certain même. Mais outre que sa conduite militaire, en dépit de ses sentiments, resta toujours correcte, il avait ses raisons pour détester l'Empereur, dont un propos fort léger, le taxait d'avoir commis une vilaine trahison à l'égard d'un ami intime, d'un ami ancien et confiant.

DESCOMBES. — Ce n'est pas le moment de discuter cette question. Et puis il y a autre chose. J'admets que l'Empereur ait été trompé par des apparences fâcheuses sous lesquelles il n'y avait aucun mal... Lafon est pour moi coupable d'avoir donné lieu à ces apparences par ses assiduités, ses familiarités imprudentes... coupable d'avoir compromis madame Hugonnet.

BERTEREAU. — Et vous pensez aussi que madame Hugonnet a été coupable de s'être laissée au moins compromettre, (Silence.) laissons cela pour le moment.

DESCOMBES. — Enfin que demandez-vous de moi. Que je vous aide à sauver Lafon ?

BERTEREAU. — Non. Je vous demande un acte d'abstention simplement. J'ai besoin de la maison de Créteil au moins pour cette nuit. Je vous prie de rester ici avec Claire. Il s'agit donc uniquement de trouver un motif pour expliquer à Claire cette résolution.

DESCOMBES. — Cela, je ne peux pas vous le refuser.

BERTEREAU. — Maintenant il s'agit de prévenir ma sœur.

DESCOMBES. — Comment vous voulez ?

BERTEREAU. — Sans doute je ne veux pas, moi, sans son consentement, la compromettre, je ne dis pas devant l'Empereur, mais devant son mari. Voulez-vous lui dire que je l'attends ici.

DESCOMBES. — Soit.

BERTEREAU. — Et revenir avec elle.

DESCOMBES. — Il me semble que ma présence...

BERTEREAU. — Non... je tiens à votre présence.

(Descombes sort.)

(Bertereau se promène seul d'un air très préoccupé.)

(Entrent Madame Hugonnet et Descombes. Madame Hugonnet s'assied sur un canapé à gauche. Descombes se retire derrière dans un coin au fond à gauche, laissant en présence Madame Hugonnet et Bertereau.)

MADAME HUGONNET, tremblante. — Tu as à m'apprendre un malheur ? Dis vite, j'ai du courage.

BERTEREAU. — Pauvre sœur ! Non, aucun des tiens n'est en danger, ni en péril... Il y a pourtant ici un malheureux.

MADAME HUGONNET, promenant son regard autour d'elle. — Mais... qui donc ?

BERTEREAU. — Un homme qu'on traiterait en criminel, comme on a fait de ce pauvre Lahorie et qui n'est que le jouet infortuné des circonstances.

MADAME HUGONNET. — Lahorie... ? La conspiration Malet ? Alors... (Brusquement.) Lafon ?

BERTEREAU. — Oui, Lafon.

MADAME HUGONNET, vivement. — Mais que puis-je, moi, pour Lafon ? Pourquoi me mêler ?...

BERTEREAU, rapidement. — Je ne te mêle pas... je te préviens.

MADAME HUGONNET, inquiète. — Mais... de quoi ?

BERTEREAU. — Il est ici... Le chasser c'est l'envoyer à la mort. Je ne puis le cacher, le sauver qu'en l'amenant à Créteil.

MADAME HUGONNET. — Chez Hugonnet, chez nous ! L'homme dont le nom seul me perce le cœur... Toutes les fois que je l'entends il me rappelle un temps heureux. Oh ! si heureux... Georges et moi, nous nous aimâmes avant de nous marier et nous nous aimâmes encore après. Quelle concorde, quelle affection mutuelle ! On nous citait en exemple, on nous enviait et moi je vivais dans une atmosphère de bonheur... uniquement fière de mon Georges, de ses enfants, égoïste peut-être, puisque je vivais toute entière en eux, pour eux, et tout-à-coup... mon bonheur s'écroule comme un château de cartes. Georges me retire son affection... il n'a plus pour moi que froideur, indifférence, antipathie peut-être... S'il me montre encore des égards, s'il ne me quitte pas tout à fait, c'est pour les enfants ; mais il s'arrange pour être le plus possible éloigné de moi par ses fonctions, ses missions. Depuis six ans, je suis veuve, une veuve dont le mari est vivant... c'est affreux. Et c'est cet homme qui en est la cause.

BERTEREAU. — Non. La cause c'est l'Empereur, Lafon n'est que l'occasion.

MADAME HUGONNET. — Je ne le hais pas... seulement à son nom, à son souvenir, je frissonne, je tremble et je souffre...

BERTEREAU. — Il faut cependant se décider...

MADAME HUGONNET. — Décider quoi ?... Ah... je me souviens. Il s'agit de l'amener, de l'installer chez nous à Créteil.

BERTEREAU. — Je ne vois pas d'autre moyen.

MADAME HUGONNET. — Alors c'est fini. Je suis perdue pour toujours. Perdue sans rémission : perdue, moi qui, malgré tout, depuis six ans, n'ai jamais tout à fait désespéré du retour de mon mari... qui chaque matin me levais en me disant : « Qui sait, ce sera peut-être pour aujourd'hui. »

BERTEREAU. — Je ne vois pas pourquoi tu serais plus perdue.

MADAME HUGONNET. — Jamais Georges ne me pardonnera d'avoir consenti à loger chez lui l'homme qui est l'objet de ses soupçons, si cruels pour moi, l'objet d'une jalousie aveugle, injuste... mais bien douloureuse, j'en suis sûre, pour lui, mon pauvre Georges.

BERTEREAU. — Si Hugonnet était ici, il ferait comme nous, il ne refuserait pas un refuge à Lafon.

MADAME HUGONNET. — Sans doute. Il ferait cela. Il pourrait le faire. Mais, moi... moi, c'est bien différent, comprends donc.

BERTEREAU. — Le saura-t-il jamais ?

MADAME HUGONNET, avec énergie. — S'il faut le lui cacher, je refuse mon consentement. Il faut qu'il le sache. Je ne le lui apprendrai pas moi ; qui sait ? de moi, il croirait peut-être à une bravade. Mais il faut qu'il sache par toi, cette aventure... et que j'ai voulu qu'il la sût. Quelque chose qu'il pense de moi, il ne me jugera pas du moins hypocrite et menteuse; il me reconnaîtra franche, sincère..., à défaut de son affection il me gardera quelque peu de son estime. S'il venait à le savoir autrement que par nous, c'est alors que ma perte serait définitive.

BERTEREAU. — Alors tu consens ?

MADAME HUGONNET. — Je ne peux pas acheter une fragile espérance de bonheur par le sang d'un innocent. Puisque le sort me veut malheureuse... il faut bien se résigner. (Elle sanglote.) Tu me promets d'écrire cette lettre ?

DESCOMEBS, s'avançant. — C'est moi qui l'écrirai. (Il plie les genoux devant Madame Hugonnet et lui prenant la main.) Ma chère belle-mère... (Se reprenant.) Ma chère mère... J'ai été coupable envers vous. J'ai à demander bien humblement mon pardon, savez-vous ?

MADAME HUGONNET. — Je sais; n'en dites pas plus. Je comprends... Vous me revenez, vous.

DESCOMBES. — Et bien repentant.

MADAME HUGONNET. — Mon cher fils .. car vous l'êtes maintenant. Vous m'apportez une bien sensible consolation et puis qui sait ! puisque vous me revenez, un autre aussi pourra peut-être...

(Jacques entre brusquement).

BERTEREAU. — Eh bien, qu'y a-t-il ?

JACQUES. — On fouille, j'en suis certain, l'une après l'autre toutes les maisons de la rue Madame, voisine de celle-ci.

BERTEREAU. — Nous n'avons pas de temps à perdre... Il faut...

DESCOMBES, qui s'est relevé en entendant l'arrivée de Jacques. — Permettez... je me charge de tout. J'ai des moyens que vous n'avez pas... un cocher, une voiture heureusement tout près d'ici. Le cocher, ancien soldat que j'ai tiré d'un mauvais pas, dévoué et fidèle comme un chien... Il devait venir me prendre. (Il tire sa montre.) La voiture doit être prête, le cheval attelé. Je cours prendre l'homme, je l'amène ici. Il se déshabillera, Lafon s'affublera de ses effets. Il sait conduire un cheval, j'imagine ?

BERTEREAU. — N'en doutez pas.

DESCOMBES. — Lafon, sous une houppelande et un grand chapeau... s'est-il un peu arrangé le visage ?

BERTEREAU. — Il a rasé ses moustaches et favoris ; et laissé croître ses cheveux.

DESCOMBES. — Très bien. Il sera méconnaissable. Moi, en uniforme heureusement, dans la voiture, pouvant jeter à la police mon nom, mes fonctions à l'état-major impérial, nous passerons... à Créteil mon ordonnance, peu causeur par nature et muet par discipline... nous avons beaucoup de chances pour nous.

(Violent coup de sonnette.)

BERTEREAU. — Trop tard... c'est la police.

DESCOMBES, froidement. — A moins que ce ne soit mon cocher.

RIDEAU

---

## ACTE TROISIÈME

A Créteil. Un jardin de charmille avec allées qui se perdent. Au 1er plan, un petit rond point, avec une table, un banc, des sièges rustiques, sur la gauche, un cabinet de feuillages ouvert du côté de la salle. Dans ce cabinet, une chaise, une petite table de jardin, sur la table encrier, papiers, livres en désordre.

---

### SCÈNE PREMIÈRE

LOUISE, en chapeau de ville, CLAIRE tête nue, assise sur le banc.

LOUISE. — Alors ton père n'est pas entièrement guéri !

CLAIRE. — Il ne marche qu'appuyé sur une canne. Sais-tu qu'à l'hôpital de Berlin, il a été question de lui couper le pied. On craignait la gangrène.

LOUISE. — Et comme moral ?

CLAIRE. — Depuis deux jours qu'il est arrivé, il n'est pas précisément triste ni fâché, mais tout de même, il a un air absorbé, rêveur qui inquiète ma mère et moi.

LOUISE. — Quelles nouvelles des Salis ?

CLAIRE. — Ils sont à Paris, tu les verras ici tout à l'heure. On a ausculté Salis qui toussait plus que jamais. Le médecin a écarté l'idée de la phtisie... mais il y a beaucoup de précautions à prendre.

LOUISE. — J'ai vu hier le ménage de Jean ; rien à t'en dire sinon que Jean, le seul civil de la famille, est plus militaire d'humeur que jamais.

CLAIRE. — Ils doivent venir aussi. Notre petit Henri est déjà arrivé du Lycée.

LOUISE. — Où il est assez mal élevé, comme tous les autres.

CLAIRE, souriant. — Tu ne t'informes pas de Jacques ?

LOUISE. — J'allais te demander de ses nouvelles.

CLAIRE, riant. — Le plus tard possible, n'est-ce pas ? Il nous est arrivé, il y a cinq jours ; il a été blessé à Lutzen. Il ne nous l'avait pas écrit. Ah ! pas gravement. Un coup de sabre là (montrant son front). Ça ne le défigure pas, il est plus gentil que jamais... Tu es toujours aussi résolue à ne pas épouser un militaire ?

LOUISE. — Toujours (riant) je suis invulnérable moi. Je n'ai pour çà qu'à regarder les transes perpétuelles de ta mère.

CLAIRE. — Tant pis... je t'aimerais tant comme belle-sœur.

LOUISE. — Aime moi... comme moi... tout simplement... Où est donc ton mari ?

CLAIRE. — Robert ? Il est à Paris, chez ses parents. Je pense qu'il va revenir tout à l'heure. Depuis qu'il est arrivé avec père, je n'ai fait vraiment que l'entrevoir.

LOUISE, malicieusement. — Si on ne fait que les entrevoir, quand ils reviennent, il n'y a plus compensation aux chagrins de l'absence. Toi même... m'engages à ne pas me marier.

CLAIRE, avec véhémence. — Hé bien, non, mignonne ! Celle qui n'aura pas éprouvé l'inquiétude de ces absences, et le délice de ces retours, ne saura jamais jusqu'où peut aller l'ivresse d'un cœur aimant !

(Silence, Louise paraît rêver).

## SCÈNE II

LES MÊMES, Madame HUGONNET

(Louise se lève, madame Hugonnet s'avance vivement vers elle et la serre dans ses bras).

MADAME HUGONNET. — Je ne vous ai pas vu arriver... ma belle... votre père est avec vous ? J'étais fort occupé à la cuisine. Miette à la tête perdue, il faut bien la secourir, si nous voulons déjeuner à midi précis. Le général est rigoureux sur l'exactitude..... Et nous serons au grand complet.

CLAIRE. — Tu crois que l'oncle Bertereau viendra ? Ils sont bien en froid, père et lui.

MADAME HUGONNET. — Ne pas venir dans les circonstances exceptionnelles où nous sommes, ce serait se déclarer tout à fait brouillé. Il a écrit à ton père. malade, une lettre importante.

CLAIRE. — A laquelle père n'a fait aucune réponse.

MADAME HUGONNET. — Raison de plus, tu connais ton oncle, son caractère décidé. Il ne peut pas rester avec les gens dans des rapports douteux... il viendra pour savoir à quoi s'en tenir.

LOUISE. — Robert aussi a écrit à père. Il n'a pas été plus heureux.

MADAME HUGONNET, tristement. — Je le sais, Robert me l'a dit. Mon Dieu ! cette journée qui pourrait être si heureuse pour tous... pourvu qu'elle ne nous apporte pas de quoi nous désunir encore plus.

LOUISE, à Madame Hugonnet. — Madame, voici mon père qui vient avec le général.

MADAME HUGONNET. — J'aime mieux voir votre père tout seul... je reviens vers Miette.

LOUISE, à Claire. — Suivons-nous ta mère ?

(Elles sortent ensemble par la gauche).

## SCÈNE III

MOUILLAR, le général HUGONNET

(Ils entrent par la droite, le général marche péniblement en s'appuyant sur une canne ; ils continuent une conversation commencée, ils traversent lentement le théâtre, en s'arrêtant de temps à autre.)

MOUILLAR. — Vraiment, les choses en sont venues à ce point.

LE GÉNÉRAL HUGONNET. — Vous le comprendriez, si, comme nous, vous aviez vu de vos yeux les revenants de la retraite, arriver dans les villes d'Allemagne ; si vous aviez entendu de leurs bouches le récit de leurs misères inouïes. Tous les militaires français laissés en garnison ou demeurés par force dans les hôpitaux allemands, comme moi, s'abandonnèrent à un accès momentané de colère et d'indignation où notre idole ne fut pas respectée. Mon cher sénateur, nous blasphémâmes, il faut en convenir

MOUILLAR. — Vous aussi ?

LE GÉNÉRAL HUGONNET. — Moi-même. Peut être y mis-je un peu plus de ménagement que d'autres.

MOUILLAR. — Vous ne répéterez pas ce que je vais vous confier.

LE GÉNÉRAL HUGONNET. — Certes. Non.

MOUILLAR. — Nous, au Sénat, nous étions furieux, oui, furieux sourdement; nous nous disions que l'Empereur était décidément un esprit téméraire, hasardeux, qui ne méritait pas nos fidélités.

LE GÉNÉRAL HUGONNET, souriant. — Le mot est joli.

MOUILLAR. — Et alors votre confiance en l'Empereur ?

LE GÉNÉRAL HUGONNET. — Ébranlée un instant... et par plus d'un côté, elle s'est raffermie notablement. Toutefois, ce n'est plus çà. Les illusions du premier amour sont parties... pour toujours.

(On entend une voix appelant « père, père ! »)

MOUILLAR. — C'est Louise.

LOUISE, entrant du côté gauche. — Mon père... Général, vous permettez. J'ai à confier à mon père une mission secrète.

LE GÉNÉRAL HUGONNET. — A votre aise, ma belle.

LOUISE, attirant son père sur la gauche. M. Bertereau est là. Madame Hugonnet vous prie de laisser Bertereau causer seul à seul avec le général.

MOUILLAR. — Bon ! (au général). Vous permettez que je vous laisse un instant ?

LE GÉNÉRAL HUGONNET. — Faites donc ! (Mouillar sort.) Je ne suis pas fâché, au reste, de m'asseoir un instant.

(On entend les voix de personnes qui s'approchent).

Qui est-ce qui vient par là ?

(Entre Bertereau.)

## SCÈNE IV

BERTEREAU, HUGONNET

(A la vue de Bertereau qui s'est arrêté, Hugonnet se lève, va à sa rencontre, la main tendue). Mon cher frère !

BERTEREAU l'attire à lui et l'embrasse (Silence ému). Mon cher Georges... Cette blessure ?

HUGONNET. — Ici, je vais guérir promptement... L'influence du lieu...

BERTEREAU, lui serrant la main. — Cher ami... félicitons nous... De la campagne de Russie, des batailles de Lutzen, de Bautzen, vous êtes tous revenus, toi Jacques et Robert pas trop endommagés. Toutes les familles n'ont pas eu notre chance.

HUGONNET. — Hélas... Ce qu'il en est resté là-bas de maris et de fils !.. je devine bien ce que tu en penses.

BERTEREAU. — Et toi, penses tu toujours que l'Empereur soit un génie incomparable.

HUGONNET. — Toujours, mais... je sais, à présent, que le plus beau génie peut avoir des défaillances.

BERTEREAU. — Si encore il nous revenait changé, assagi par l'expérience.

HUGONNET. — C'est bien à croire. Moi dans mon inactivité douloureuse à Berlin, j'ai beaucoup pensé, réfléchi (appuyant) je me suis souvenu.

BERTEREAU. — Ah ! tu t'es souvenu.

HUGONNET. — Oui ! j'ai en quelque sorte rajeuni, j'ai recouvré quelque chose de mes idées, de mes sentiments d'autrefois.

BERTEREAU. — Tant mieux, cela nous rapproche (silence).

HUGONNET, avec quelque embarras. — J'ai à te remercier.

BERTEREAU. — Et de quoi donc, mon frère ?

HUGONNET. — De ce que tu as fait pour... Lafon.

BERTEREAU. — Tu m'approuves de l'avoir accueilli,... de l'avoir sauvé, même de m'être servi pour cela de ta maison.

HUGONNET. — Si j'eusse été ici et qu'il se fût adressé à moi, crois-tu que je n'eusse pas agi de même.

BERTEREAU. — Non, je n'en doute pas

HUGONNET. — Vous avez réussi, Lafon est en Angleterre, mais quels risques vous couriez tous.

BERTEREAU. — Et tu nous approuves... tous ?.. Ma sœur ?

HUGONNET. — Mme Hugonnet a eu beaucoup de courage, de générosité et de franchise.

BERTEREAU. — L'Empereur a su que nous avions caché Lafon ici-même.

HUGONNET. — Vraiment... et il ne t'a pas fait arrêter ?

BERTEREAU. — Il a empêché la police de le faire. Laissez Bertereau tranquille, a-t-il dit ; chez lui, c'est un crime de générosité. Je ne punis pas ces crimes là, et sais-tu ce qu'il a dit de ta femme ?

HUGONNET, avec brusquerie. — Je ne veux pas le savoir... j'en ai assez des propos de l'Empereur sur ce chapitre,

BERTEREAU. — Mais... il a reconnu.

HUGONNET, froidement. — Non, assez ! je désire qu'on me laisse écouter mon propre jugement et m'en rapporter à mes propres impressions...

BERTEREAU. — Soit !

(Silence et froideur).

## SCÈNE V

HUGONNET, BERTEREAU,
HENRI HUGONNET puis JACQUES,
et LOUISE

(Henri court embrasser son père)

HUGONNET. — Te voilà, moucheron.

HENRI. — Moucheron... j'ai quinze ans, je pourrais déjà être tambour dans un régiment.

HUGONNET. — Il n'y a pas urgence. Va embrasser ta mère.

HENRI. — Puis j'irai parler bataille avec Robert.

BERTEREAU, riant. — Si tu l'y attrapes aujourd'hui.

(Henri sort)

(Entrent par la gauche Jacques et Louise)

LE GÉNÉRAL les regarde très attentivement l'un et l'autre. — Allons, les jeunes, avec les jeunes ; il y a des choses qui se recommencent éternellement.

BERTEREAU. — Et c'est très bien comme ça !

LE GÉNÉRAL. — Quelqu'un sait-il si nous aurons Pons aujourd'hui ?

JACQUES. — Mais vous l'avez déjà, mon père, Robert vient de nous l'amener.

LE GÉNÉRAL. — Robert est de retour ? (à Bertereau). Si nous allions à leur rencontre.

BERTEREAU. — Allons ! (ils sortent par la droite).

## SCENE VI

JACQUES, LOUISE

LOUISE. — Expliquez moi cette chose singulière. Tout à l'heure j'observais de loin Claire et Robert... Ils étaient assis sur un banc de gazon, près, oh ! très près l'un de l'autre, ils ne se disaient mot et ils avaient un air si grave...

JACQUES, un peu tristement — Savez-vous que c'est l'air du bonheur parfait.

LOUISE. — Vous devez avoir raison (un silence). Je m'attends que nous ne les verrons pas de la journée... à table tout au plus. Les amoureux sont tout de même insupportables.

JACQUES. — Ils sont heureux (silence et embarras).

LOUISE. — Votre travail, ce journal de votre campagne, avance-t-il ?

JACQUES. — Lentement.

LOUISE. — Ce sera très intéressant j'en suis sûre.

JACQUES. — Triste aussi...

LOUISE. — En effet, cet ouvrage vous assombrit un peu.

JACQUES, vivement. — Vous avez remarqué.

LOUISE. — Je répète ce que votre sœur m'a dit. Pourquoi le poursuivez-vous ?

JACQUES. — Peut-être aura-t-il son utilité.

LOUISE. — C'est très bien de se donner ainsi des tâches utiles ; seulement, cela vous rend bien sérieux et je crois qu'à nous autres jeunes filles et jeunes gens, il sied d'avoir un peu de gaîté. Trop de sérieux inquiète, sur notre compte, les parents.

JACQUES. — Votre leçon est très juste.

LOUISE. — Une leçon ! Ah ! non, par exemple ! Un humble avis, tout au plus.

JACQUES. — Avis ou leçon, je voudrais être capable d'en profiter.

LOUISE.— Allez-vous maintenant vous donner pour incorrigible... vous êtes trop modeste.

JACQUES. — Modeste n'est peut être pas le mot, je comprends que c'est maussade qu'on doit dire.

LOUISE. — Je me suis expliquée très maladroitement, puisque je vous ai suggéré un mot que je n'ai pas pensé. J'en suis peinée.

JACQUES. — Le maladroit c'est moi, puisque je vous ai chagrinée.

LOUISE. — Je n'ose plus répondre. Il me semble que sans le vouloir, de part et d'autre, nous allons nous blesser.

JACQUES. — Je ferai donc mieux de me taire.

LOUISE, avec une sorte de dépit désespéré. — Encore !

(Entre Claire).

## SCÈNE VII

LES MÊMES, CLAIRE

LOUISE à Claire. — C'est toi. Qu'as-tu donc fait de Robert ?

CLAIRE. — Réquisitionné, ma chérie, pour mettre des rallonges à notre table.

JACQUES, avec empressement. — Mais c'est plutôt à moi.

(Il sort).

LOUISE, à Claire. — Je suis mal inspirée aujourd'hui.

CLAIRE. — Comment.

LOUISE. — J'ai du chagrin... non, de l'ennui... causant tout à l'heure avec ton frère, j'ai été maladroite.

CLAIRE. — Que lui as-tu dit !

LOUISE, énervée. — Je ne sais pas trop, mais je sens que je l'ai blessé.

CLAIRE. — C'est étonnant de précision ce renseignement.

LOUISE. — Je ne puis pas le voir triste comme çà... par ma faute.

CLAIRE. — Eh bien ! répare ta faute.

LOUISE. — Comment !

CLAIRE. — Va lui dire que tu l'aimes...

LOUISE. — Tu es folle !

CLAIRE. — Alors que va faire ta sagesse ?

LOUISE. — J'ai envie de m'en aller ! Je prétexterai une migraine.

CLAIRE. — Tu nous gâteras tout le plaisir de la journée. Va, te dis-je, va lui dire que tu l'aimes, car ma chère, c'est absolument vrai.

LOUISE. — Tais-toi... voici du monde.

(Entrent M. et Madame Jean Hugonnet. Embrassades entre les femmes).

## SCÈNE VIII

LES MÊMES, JEAN HUGONNET et Madame JEAN HUGONNET

JEAN à Claire. — Comment va le père !

CLAIRE. — Un peu mieux tous les jours.

JEAN. — Et maman

CLAIRE. — Maman va bien.

JEAN. — Elle n'est plus triste ?

CLAIRE. — Je ne sais que t'en dire.

JEAN. — Où est le père ?

CLAIRE. — Au bout du jardin avec l'oncle Bertereau.

(Pendant ce dialogue, Madame Jean Hugonnet et Louise ont causé ensemble).

JEAN à sa femme. — Allons voir nos parents.

MADAME JEAN. — Va devant, je cause avec Louise.

(Jean et Claire sortent).

## SCÈNE IX

LOUISE, Madame JEAN HUGONNET

MADAME JEAN HUGONNET continuant une conversation commencée. — Jacques est très susceptible avec vous, parcequ'il est très épris.

LOUISE. — J'espère que non.

MADAME JEAN. — Je voudrais l'espérer. Vous aurez une très jolie dot et les Hugonnet, en sus de leur solde, n'ont rien que cette maison. Vous n'êtes pas intéressée. Mais votre père l'est. Il s'opposerait au mariage.

LOUISE. — Oh ! l'opposition de mon père !

MADAME JEAN. — Vous passeriez par dessus ?

LOUISE. — Si je tenais très sérieusement à quelqu'un.

MADAME JEAN. — Vous si sensée, si raisonnable.

LOUISE. — Supposez que je fasse un bon choix... qui de mon père ou de moi serait le plus raisonnable?

MADAME JEAN. — Vous! N'empêche que lutter contre son père, c'est un drame douloureux et qui, en général, passe notre fermeté.

LOUISE. — Je ne crois pas que la fermeté me manquât... Mais.

MADAME JEAN. — Mais... Mon beau-frère n'est pas encore l'homme pour qui...

LOUISE. — J'ai une vive amitié pour M. Jacques.

MADAME JEAN. — C'est encore trop peu.

LOUISE. — En ce moment il y a un peu plus, je l'avoue, il me fait de la peine... à ce point que j'avais envie de m'en aller.

MADAME JEAN, après un silence et un air de réflexion. — Ah! Vous avez sur place un autre moyen.

LOUISE. — Je sais ce que vous voulez dire, mais je ne veux pas... décidément, je ne veux pas... un militaire !.. Ah! bien non !... Etre femme d'officier, quelle existence! Je le vois par Madame votre mère et par d'autres... Un enfer... Pas un moment de sécurité... Le mari est-il à la maison, par hasard, on pense à son départ prochain, le plaisir de sa présence n'est pas senti. Le mari part. Alors on ne respire plus qu'après les nouvelles qui se font toujours attendre... On les imagine sinistres... Aux jours d'incertitude mortelle succèdent les nuits sans sommeil ou avec cauchemar. On le voit blessé... On le voit... Non !... non !... Je ne veux pas trembler ma vie.

MADAME JEAN. — C'est pourtant aujourd'hui, le sort de toutes les femmes.

LOUISE, pensive. — Il est vrai.

## SCÈNE X

LES MÊMES. M. et Mme DE SALIS, (qui entrent en riant, HENRI HUGONNET qui les suit).

MADAME JEAN. — Qu'est-ce donc qui vous fait rire?

MADAME DE SALIS. — Henri.

MADAME JEAN. — Comment! le jeune spartiate ferait des plaisanteries.

HENRI, bougon. — Mais non.

MADAME DE SALIS. — Ce pauvre Henri va de son père à son frère Jacques et de Jacques à Robert, pour se faire conter des batailles et il n'entend partout que des paroles de paix.

MONSIEUR DE SALIS. — Et pas de consolation.

HENRI, indigné. — Ah! Si on n'est pas sérieux avec moi (Il sort en courant, on rit.)

MADAME JEAN, à M. de Salis. — Vous allez bien, vous?

MONSIEUR DE SALIS. — Mais très bien.

MADAME DE SALIS, regardant son mari. — Disons passablement.

(On entend un murmure de voix qui approchent)

## SCÈNE XI

LES MÊMES LE GÉNÉRAL HUGONNET, Mme HUGONNET, PONS, MOUILLAR, BERTEREAU, HENRI HUGONNET.

(Pendant que M. et Mme de Salis complimentent les arrivants; Pons tenant Henri par la main descend en scène avec Mme Hugonnet.

PONS, à Madame Hugonnet. — Voilà un petit monsieur qui s'étire... qui s'allonge... A-t-il grandi?

MADAME HUGONNET. — Ne me dites pas cela.

PONS. — Vous croyez que c'est pour vous flatter, mais non, c'est la vérité.

MADAME HUGONNET. — Je le sais bien que c'est la vérité, hélas!

PONS, étonné. — Je ne comprends pas!

MADAME HUGONNET, tristement. — Je vois arriver le moment où on me le prendra comme les autres... Je compte déjà les mois... Bientôt je compterai les jours. Si j'ai un cauchemar, la nuit, c'est toujours le même. Je vois ce petit grandir, grandir à vue d'œil... Vous permettez, j'ai des ordres à donner.

PONS. — J'ai peut-être dit une maladresse.

HENRI, à demi voix à Pons. — Ah! mais non... (avec affectation) Il faut habituer les femmes... (Tous deux se rapprochent du groupe).

LE GÉNÉRAL, à Pons. — Et quelles nouvelles nous apportez-vous de Paris ?

(Sur ce mot Louise, Madame Jean, Monsieur et Madame de Salis et Henri s'esquivent. Il ne reste que le général, Bertereau, Mouillar et Pons.)

## SCÈNE XII

PONS, MOUILLAR, BERTEREAU, LE GÉNÉRAL

MOUILLAR. — Pons semble avoir quelque chose d'important à nous apprendre.

BERTEREAU. — Pons, on vous écoute, allez-y de votre éloquence.

PONS, avec modestie. — Hé bien, messieurs, nous sommes à la paix, mais tout à fait ; tout à fait.

BERTEREAU. — Nous, oui...

PONS. — Je veux dire l'Empereur.

MOUILLAR, railleur. — Pons, je vous avais compris, moi...

PONS. — Oui, messieurs, il est absolument décidé que les plénipotentiaires des puissances belligérantes se réuniront à Prague, ceux de la Russie et de la Prusse, d'un côté, ceux de l'Empereur, de l'autre ; le ministre d'Autriche, M. de Metternich, servant de lien, de médiateur...

BERTEREAU. — Savez-vous Pons, que nous savions çà ?

PONS. — Sans doute. Mais j'avais besoin de vous le rappeler. Quant à l'Empereur, il résidera pendant les négociations à Dresde... vous allez me dire encore que vous le saviez.

MOUILLAR, à Pons. — Comme vous nous devinez !

PONS. — Oui, mais à Dresde, savez vous où l'Empereur va se loger ?

MOUILLAR. — Non... Apprenez-nous çà vite, c'est important.

PONS. — Au palais Marcolini...

MOUILLAR. — Connais pas, et vous ?

PONS. — Moi, non plus...

LE GÉNÉRAL. — Çà ce n'est pas encore votre nouvelle.

PONS, gaiement. — Général, vous avez raison. La nouvelle, la voici.. (en appuyant sur les mots) L'Empereur a dit. « J'entends qu'on s'amuse à Dresde... j'ai averti la Comédie française qu'elle aurait à s'y rendre pour donner des représentations. On me fera plaisir de venir à Dresde ». Que pensez vous de çà, Messieurs ?

BERTEREAU. — Vous voyez là, un gage certain de la paix ?

PONS. — L'Empereur a dit : « J'entends qu'on s'amuse » n'est-ce pas clair ?

MOUILLAR. — Il est sûr que si, la guerre sort de là, personne ne trouvera la chose amusante.

LE GÉNÉRAL. — De qui tenez vous le propos ?

PONS. — Devinez ! de votre ami, le maréchal Berthier.

LE GÉNÉRAL. — Alors c'est exact.

PONS heureux. — N'est-ce pas ?

BERTEREAU. — On va s'aboucher, c'est très bien. Et pendant l'armistice qui doit durer jusqu'au vingt juillet l'Empereur veut qu'on s'amuse à Dresde, c'est admis. Mais rien, dans tout ça, ne nous garantit que les négociations aboutiront à la Paix. Nous ignorons les conditions que l'Empereur est d'humeur à accepter.

C'est de cette humeur là que je me défie...

LE GÉNÉRAL. — Je crois l'Empereur tout à fait changé.

MOUILLAR. — Dame ! une perte de quatre cent mille hommes, ça fait réfléchir...

PONS, avec emphase. — Le génie écoute toujours la leçon des événements.

BERTEREAU. — Il y a des génies qui n'écoutent qu'eux...

MOUILLAR. — Impossible de proposer la paix aussitôt la retraite de Russie ; il fallait auparavant prouver à nos ennemis, qu'on avait encore le bras vigoureux et la main dure. Il fallait les battre. Çà vient d'être fait et très bien fait à Lutzen et à Bautzen ; maintenant nous sommes en état d'obtenir des conditions honorables.

BERTEREAU. — Oui, mais voilà ! quelles conditions ce diable d'homme trouvera-t-il assez honorables ?

PONS. — Ah ! parbleu ! Il ne consentira pas à l'humiliation de la France ni à sa diminution.

BERTEREAU. — Qu'entendez-vous par là ?

PONS. — Voudriez-vous qu'il cédât des conquêtes qui ont été payées au sang de nos soldats... Le sang de nos soldats, c'est quelque chose. La gloire de nos armes aussi. Et l'honneur de l'armée... L'armée ne voudrait pas...

LE GÉNÉRAL. — L'armée juge la paix non seulement possible mais nécessaire.

(Entre Mᵐᵉ Hugonnet)

## SCÈNE XIII

LES MÊMES, Madame HUGONNET

MADAME HUGONNET. — Je vous écoute depuis un moment.

PONS. — Vous avons-nous un peu intéressée, madame ?

BERTEREAU, ironique. — Ma sœur est fort intéressée.

MADAME HUGONNET. — Vous me paraissez aujourd'hui bien sages... seriez-vous d'accord ?

MOUILLAR. — Nous voulons tous la même chose... la paix ; seulement, les uns espèrent qu'elle se fera ; les autres ou plutôt un autre n'a pas confiance.

BERTEREAU. — Je crains que l'Empereur ne veuille faire aucune concession.

LE GÉNÉRAL. — Ton aversion t'aveugle, la paix est probable... Je devrais dire certaine. Admets-tu que la Russie et la Prusse soient assez influencées par le souvenir de nos succès pour nous craindre encore beaucoup.

BERTEREAU. — Je l'admets.

LE GÉNÉRAL. — Donc, elles ne se montreront pas tellement exigeantes sur les conditions de la paix.

BERTEREAU. — Je le crois.

LE GÉNÉRAL. — Nous avons tant grandi... Nous nous sommes si bien garni les mains que nous avons de quoi satisfaire aux demandes de restitution, sans que la France soit le moins du monde touchée dans ses limites naturelles. Nous commandons à Brême à Lubeck, à Hambourg. Rome est chef-lieu d'un département français, la Hollande est nominalement terre française.

BERTEREAU. — Oui, nous sommes très enflés.

LE GÉNÉRAL. — Qu'avons nous besoin de tant de pays ou l'on ne parle pas notre langue...

BERTEREAU. — Tu prêches un converti....

LE GÉNÉRAL. — Ce que j'en dis est pour venir à une conclusion, c'est que toute l'armée pense comme nous.

MOUILLAR. — Dites la France entière. La France trouve que l'Empereur est toujours un génie incomparable, mais qu'il est un peu hasardeux. Il ne songe pas assez aux hommes qui ont suivi sa fortune. Il compromet parfois nos situations.

BERTEREAU, riant. — C'est le seul reproche qu'on puisse lui faire.

LE GÉNÉRAL. — Bertereau croit-il que l'Empereur puisse ignorer les vœux unanimes de son armée et de son peuple ?

BERTEREAU. — Il ne les ignore pas.

LE GÉNÉRAL. — Alors, tu le crois capable de n'en tenir aucun compte ?

BERTEREAU. — Peut-être...

LE GÉNÉRAL. — Continuons... Depuis vingt ans, nous faisons la guerre, tantôt contre celui-ci, tantôt contre celui-là, ou contre ces deux unis à un troisième, à un quatrième... A ce métier là, forcément un pays s'épuise d'hommes. Si la paix n'est pas conclue, nous allons avoir, sur les bras, la Prusse et la Russie, l'Autriche, le reste de l'Allemagne qui nous hait ou nous craint, la Suède, l'Espagne révoltée, les Anglais.

MOUILLAR. — Et le résultat inévitable sera...

LE GÉNÉRAL. — Qu'après vingt batailles disputées certes et très sanglantes assurément. (Madame Hugonnet cache sa figure dans ses mains) notre défaite, ne fut-ce que par l'usure de nos forces, arrivera fatalement... et avec elle l'effondrement national.

MOUILLAR. — C'est ce que j'ai dit tout-à-l'heure.

BERTEREAU, au général. — Je suis de ton avis. Nous sommes à un tournant ; que l'Empereur dirige sa monture à droite vers la paix, l'Empire dure probablement autant que lui ; qu'il incline à gauche, c'est le précipice où il tombe et nous avec lui.

LE GÉNÉRAL. — Ce précipice, tout le monde le voit ; crois tu, peux tu croire que l'Empereur soit seul à ne pas le voir ?

BERTEREAU. — Ce n'est pas impossible.

(Réclamation générale)

LE GÉNÉRAL. — Qu'un homme de génie ne voie pas ce que tout le monde voit ; ce serait un aveuglement sans exemple.

BERTEREAU. — Cet homme là est unique ; avec lui, toute prévision, même la plus logique, risque d'être démentie. Il se peut qu'il s'aveugle, car il ne croit pas à l'existence de l'impossible pour lui (d'une voix très grave). Et il se peut encore autre chose ; c'est qu'il voit aussi clair que nous, et qu'il passe outre, préférant à un amoindrissement sa perte totale, sa perte unie à celle d'un grand peuple, une chute effroyable et sublime, d'un retentissement inouï et éternel dans l'histoire, car rester historiquement l'homme unique est peut-être, de tous ses rêves, celui qu'il choye le plus comme le plus rare et le plus grand.

LE GÉNÉRAL, vivement. — Quelle accusation ! Si tu disais vrai, jamais on n'aurait vu sous le ciel un égoïsme si monstrueux... Entraîner volontairement tout un monde dans sa ruine personnelle, serait un crime énorme, gigantesque, incomparable. Bertereau, ta haine t'égare.

MOUILLAR, PONS, vivement. — Certainement ! Certainement !

LE GÉNÉRAL. — En résumé, pour que l'Empereur se refusât à faire une paix, que tout le monde désire, il faudrait qu'il eût perdu l'instinct de conservation, qu'il fut devenu fou ou qu'il fut résolument un scélérat.

BERTEREAU. — Tu dois croire absolument à la paix, toi !

LE GÉNÉRAL. — C'est bien ce que je fais...

PONS, MOUILLAR, ensemble. — Vous avez raison, il faut y croire.

BERTEREAU, au général. — J'avoue que tu m'as ébranlé .. Et que j'ai donc du plaisir à l'être ! (il fait quelques pas pour se promener, puis revenant) Savez-vous tout de même ce que je voudrais ?

MOUILLAR. — Dites !

BERTEREAU. — Je voudrais qu'un de ces personnages que l'Empereur écoute parfois, un Talleyrand, un Fouché, un Caulaincourt, un Cambacérès lui fissent entendre de fermes conseils. Si l'Empereur était encore hésitant, ce grain de sable pourrait faire pencher la balance... C'est un devoir pour toute personne qui peut approcher de l'Empereur !

MOUILLAR. — Hé ! mais, vous êtes de ces personnes là.

BERTEREAU. — Moi, le républicain impénitent, dont l'attitude fut toujours hostile...

MOUILLAR. — Vous même... Car, au nom du service jadis rendu, vous pouvez demander une audience qui ne vous serait pas refusée.

BERTEREAU, songeur. — Vous avez peut être raison.

LE GÉNÉRAL. — Ce que je vois, moi, c'est que je serai obligé tout à l'heure d'aller à Dresde d'où je reviens à peine, et que ma famille devra m'y suivre pour complaire à l'Empereur qui veut qu'on s'y amuse.

MOUILLAR. — Je crois que je ferais bien d'y aller aussi ; on y sera très remarqué du maître.

PONS. — En attendant d'aller à Dresde, si nous allions un peu nous promener vers la Marne.

LE GÉNÉRAL, montrant son pied. — Je vous accompagnerai seulement jusqu'au bout du jardin.

(Madame Hugonnet, retient Bertereau pendant que les autres s'éloignent).

## SCÈNE XIV

BERTEREAU, Madame HUGONNET

MADAME HUGONNET. — Hé bien, son accueil !

BERTEREAU. — Tout à fait amical.

MADAME HUGONNET. — A-t-il parlé de l'affaire Lafon ?

BERTEREAU. — Il approuve tout ce que nous avons fait ?

MADAME HUGONNET. — M'a-t-il nommément approuvée ?

BERTEREAU. — Oui, il a loué ton courage, ta générosité, ta franchise, ce sont ses propres paroles.

MADAME HUGONNET. — Ma franchise... je crains bien de comprendre sa pensée ; j'ai été franche parceque j'ai aidé à sauver un homme que j'avais publiquement aimé.

BERTEREAU. — Tu interprètes mal.

MADAME HUGONNET. — Et après ?

BERTEREAU, hésitant. — Ah ! après ?

MADAME HUGONNET. — Parle, dis moi tout.

BERTEREAU. — J'ai voulu lui dire la réflexion qu'avait faite l'Empereur sur ta conduite en cette circonstance, il m'a vivement répondu. « J'ai assez des propos de l'Empereur » et j'ai cru qu'il allait se fâcher pour de bon.

MADAME HUGONNET, tristement. — Nous en sommes au même point qu'avant, ni mieux, ni pis.

BERTEREAU. — Mais tu craignais le pire.

MADAME HUGONNET. — C'est vrai.

BERTEREAU. — Tu disais « Il estimera au moins ma franchise »

MADAME HUGONNET. — Tu as raison.

BERTEREAU. — Ce résultat tu l'obtiens.

MADAME HUGONNET. — C'est que j'avais espéré mieux. Sans me l'avouer j'avais rêvé qu'il se dirait « c'est l'acte d'une conscience sans reproche, une femme coupable aurait plutôt, pour se blanchir, rejeté à la rue son ancien amant ».

BERTEREAU. — C'est justement ce qu'à dit l'Empereur.

MADAME HUGONNET. — Va maintenant, rejoins les... mais voici le général qui revient déjà fatigué, passe de ce côté.

(Indiquant la gauche).

BERTEREAU. — Tu as l'air d'être résolue à quelque tentative.

MADAME HUGONNET. — Je voudrais sortir d'indécision, mais je ne sais vraiment comment m'y prendre. Pars, je t'en prie.

(Bertereau sort).

## SCÈNE XV

Le GÉNÉRAL, Madame HUGONNET, puis HENRI

Il s'assied, Madame Hugonnet reste debout appuyée sur le dossier du banc ou le général est assis. Le général à l'autre bout du banc.

LE GÉNÉRAL, assez froid. — Hé bien, ma chère, êtes-vous contente ?

MADAME HUGONNET. — Contente de vous voir ici... vous n'en doutez pas, je pense.

LE GÉNÉRAL. — Non, mais je disais contente de voir réunis autour de nous tous nos enfants et nos vieux amis.

MADAME HUGONNET — Je vois que vous sentez ce bonheur, aussi bien que moi.

LE GÉNÉRAL. — Certes (un silence) j'en suis même plus attendri que vous ne le croyez peut être... (un silence). On ne traverse pas impunément des événements comme ceux auxquels j'ai participé. J'en suis sorti un peu autre. Un homme nouveau s'est élevé en moi. Je dis mal. Un homme ancien a reparu, a surgi... Celui que j'ai été dans ma jeunesse et que l'homme professionnel, le personnage de discipline inflexible et de sévérité avait recouvert. Sur mon lit douloureux, très douloureux, de l'hôpital de Berlin, pendant les nuits d'insomnie, obsédé des souvenirs, des images de tant de souffrances, de misères et de morts que j'avais vu les hommes s'infliger les uns aux autres, mon être de surface et d'apparence a fondu, j'ai éprouvé une indicible douceur à laisser pénétrer en moi des idées d'indulgence, de pitié, d'attendrissement.

MADAME HUGONNET, pensive, attentive presque souriante. — Que j'ai de plaisir à vous entendre, mon ami...

(Un silence).

HUGONNET. — Est-ce qu'avec vous je n'ai pas été quelquefois sévère, même rude ?

MADAME HUGONNET. — Non. Mais froid, indifférent. J'ai cru parfois que votre affection s'était retirée de moi.

(Un silence).

LE GÉNÉRAL un peu brusquement. — Moi, j'ai douté de vous.

MADAME HUGONNET. — De mon affection ?

LE GÉNÉRAL. — Oui.

MADAME HUGONNET, avec un effort. — A quelle occasion ?

LE GÉNÉRAL. — Vous rappelez-vous la scène que vous a faite l'Empereur ?

MADAME HUGONNET, des larmes dans la voix. — Vous demandez si je m'en souviens !

LE GÉNÉRAL. — Vous ne m'en avez jamais parlé, pourquoi ?

MADAME HUGONNET. — Ni vous non plus... pourquoi ?

LE GÉNÉRAL. — J'attendais votre confidence... Votre silence.

MADAME HUGONNET. — A fortifié un soupçon.

LE GÉNÉRAL. — C'est vrai.

MADAME HUGONNET avec plus d'effort encore. — Mais quel soupçon? Jusqu'où votre défiance est-elle allée?

LE GÉNÉRAL. — Je ne sais plus... Et qu'importe maintenant, chère femme, viens près de moi.

MADAME HUGONNET, sans bouger. — Mon ami, vous avez parlé tout à l'heure d'oubli, d'attendrissement. Vous voulez être indulgent, vous voulez être bon avec moi et... vous êtes cruel.

LE GÉNÉRAL, étonné. — Comment?

MADAME HUGONNET. — Oui, il est cruel d'être pardonné quand on a été précisément la victime d'un affront injuste et d'un tort irréparable.

LE GÉNÉRAL. — Pourquoi, me sentant changé à ton égard, ne m'as-tu pas dit une seule fois... « qu'as-tu? »

MADAME HUGONNET. — Parce que je savais bien ce que vous aviez, parceque je n'ai pu prendre sur moi de rappeler, la première, un souvenir si cuisant, parce que je vous attendais : « s'il ne me console pas, pensais-je, cela voudra dire qu'il me soupçonne, qu'il me croit tenue à me disculper » ; me disculper, je n'ai pas pu m'y résoudre. J'ai été fière, c'est possible, mais quand on est injustement attaquée... Et puis, comment prouver, je vous le demande, la fidélité immuable de mon affection? Car, mon pauvre Georges, je n'ai jamais aimé que vous. (avec un sanglot) Par des manifestations de tendresse? m'exposer ainsi à une suspiscion encore plus cruelle, celle de feindre la tendresse pour désarmer le soupçon. Ah! non, c'était à vous de parler le premier.

LE GÉNÉRAL. — J'ai eu ma fierté aussi. J'ai été jaloux et je n'ai pas voulu le paraître. J'ai cru, de mon côté, que je devais attendre sans rien demander. Et puis, tu l'as bien dit, la situation était inextricable. Quelles preuves demander?

(Long silence.)

LE GÉNÉRAL. — Et maintenant, si je te disais, Marie, je crois que c'est moi qui ai besoin d'être pardonné.

MADAME HUGONNET. — Oh! Georges! tu me ferais encore bien de la peine. Ces mots d'indulgence, de pardon, ne conviennent pas plus à ta conduite qu'à la mienne. Il n'y a qu'à se rappeler ce que nous sommes, d'honnêtes cœurs qui se sont donnés l'un à l'autre et qui sont incapables de se reprendre.

(Le Général, se lève, Madame Hugonnet court à sa rencontre. Le général la presse dans ses bras. On entend Henri qui s'approche en appelant Jacques! Jacques! Les deux époux s'écartent l'un de l'autre!)

MADAME HUGONNET. — Ce pauvre Jacques est triste, il s'isole. Quelque chose s'est passé entre lui et Louise.

LE GÉNÉRAL. — Est-ce sérieux de son côté?

MADAME HUGONNET. — Très sérieux. Ce cher enfant, je le crains, souffrira. Il souffre déjà.

LE GÉNÉRAL. — Louise n'est pas une coquette!

MADAME HUGONNET. — Mon Dieu non. Elle est trop raisonnable. Et puis il y a Mouillar.

(Henry entre en scène)

HENRI. — Jacques n'est pas là, c'est curieux, je l'ai vu venir de ce côté.

LE GÉNÉRAL. — Laisse-moi donc Jacques tranquille. Il n'a que faire d'un bambin comme toi. Il a à travailler. Prête moi plutôt l'épaule et... (il s'appuie sur lui). Marche, conscrit.

HENRI, un peu fièrement. — Conscrit... à la bonne heure.

(Pendant que le Général et Henri sortent suivis de Madame Hugonnet, on voit Jacques entrer furtivement dans la tonnelle.)

## SCÈNE XVI

JACQUES, PUIS LOUISE

JACQUES, seul, il tourne le dos à la scène et écrit fièvreusement. On voit venir du fond, lentement et la tête baissée, Louise seule et qui s'arrête par moments. Elle descend la scène, l'air très préoccupée. Arrivée au point ou elle peut voir dans l'intérieur du cabinet, elle se tourne de ce côté et regarde. Jacques s'arrête d'écrire, élève un peu en l'air une feuille de papier. On voit qu'il la lit, il secoue la tête, fait un geste découragé et déchire la feuille. Il regarde un instant à terre, tête baissée, puis une réflexion lui revient, il se hâte de ramasser les morceaux, les redéchire et va les cacher dans le milieu du feuillage. Il revient méditer. Pendant cette mimique, l'émotion de Louise paraît aller croissant. Elle se retourne et fait quelques pas assez vivement en remontant en scène. Puis elle s'arrête, reste un moment ainsi, tournant le dos au spectateur, puis revient. Son pas est ferme, son regard haut. Arrivée au bord de la scène, elle se tourne et se dirige d'un pas calme et lent vers Jacques, qui a la tête plongée dans ses mains.

LOUISE, lui mettant la main sur l'épaule. — Jacques!

JACQUES, se levant brusquement. — Vous (balbutiant) vous cherchez quelqu'un?

LOUISE. — Oui, vous.

JACQUES. — Moi? (un silence)

LOUISE. — On m'a dit que vous m'aimiez... (souriant) est ce vrai?

(Jacques va pour parler et se tait, il fait un geste)

LOUISE. — Je sais ce qui vous retient... répondez en toute sincérité.

JACQUES. — On m'a dit à moi que vous ne m'aimiez pas.

LOUISE, d'un ton ferme et simple — On s'est trompé.

JACQUES, incertain. — Oh! vous ne me haïssez pas. Pourquoi me haïriez vous? Vous avez même de l'amitié pour moi.

LOUISE. — Il ne s'agit pas d'amitié.

JACQUES, extrêmement ému. — Quoi! il s'agit de...

LOUISE, faisant un signe d'assentiment d'un ton bas mais ferme.

Oui.

JACQUES, lui prenant la main et la serrant contre sa poitrine. — Est-ce possible, est-ce vous qui me dites ça?

LOUISE. — Oui... Jacques... c'est moi!..

JACQUES. — Qu'est-ce donc qui vous a changée?

LOUISE. — Mais... Ai-je changé?

JACQUES. — Comment! Il y a déjà longtemps que vous m'aimeriez?..

LOUISE. — Je crois bien que c'est du premier jour ou je vous ai vu.

JACQUES. — Pourquoi n'avez vous pas parlé? Ah! mais j'oubliais. (laissant retomber la main de Louise tristement) Votre fortune, votre père! Vous m'aimez, mais vous ne pouvez pas devenir ma femme.

LOUISE. — Je me défendais d'y penser.

JACQUES. — Et maintenant?

LOUISE. — J'y suis résolue! Il n'y a plus qu'un obstacle, mon père. Avec de la patience et du temps, celui-là nous le vaincrons.

JACQUES. — L'autre, quel était-il?

LOUISE. — Moi... ma prudence, ma sagesse, mon bon sens, tout ce que vous voudrez... Car se hasarder à être votre femme, la femme d'un militaire, au temps où nous sommes, c'est une folie... que je suis absolument décidée à faire.

JACQUES. — Que vous êtes brave, que vous êtes vaillante, que vous êtes bonne!

LOUISE. — J'ai fini par admirer votre sœur et me dire: Elle s'est risquée et ils sont heureux... Puis enfin, puis surtout votre tristesse m'est devenue un supplice... se briser le cœur tout de suite, par crainte qu'il le soit plus tard, c'est absurde, c'est égoïste... sagesse vaine et horrible... (un temps) Peut-être le sort nous épargnera-t-il?

JACQUES, lui baisant la main. — Je suis heureux! heureux! heureux!

LOUISE. — Et moi, Jacques, vous voir heureux, par moi, je n'imaginais pas une minute pareille.

JACQUES. — Le sort, quelqu'il soit ne fera pas que nous n'ayons pas eu cette minute...

LOUISE, elle le conduit par la main jusqu'au milieu de la scène. — Ecoutez moi, Jacques. Il ne peut pas être question, en ce moment, de notre mariage. Mais dès ce jour, je suis votre femme. A vous j'appartiens pour toujours. Vivant vous m'aurez pour femme... Mort... Mon Dieu que dis-je? Il faut bien cependant regarder ces choses en face... Mort, je serai votre veuve.

JACQUES, il l'attire dans ses bras et la baise au front — Bah! Je ne peux plus mourir maintenant (La cloche du dîner sonne violemment et comme joyeusement). — L'horrible cloche!

LOUISE, souriant. — Horrible! mais

vous savez, mon couvert est auprès du vôtre.

JACQUES. — A la bonne heure...

LOUISE. — Et... je vois venir votre mère. Je me sauve.

(Elle se jette dans le cabinet. Madame Hugonnet rentre.

## SCÈNE XVII

JACQUES, Madame HUGONNET

MADAME HUGONNET, appelant. — Jacques ! Ah ! te voilà ! (le regardant) Qu'as-tu ?

JACQUES. — Pourquoi me demandes-tu cela ?

MADAME HUGONNET. — Pourquoi ! mais tu resplendis.

JACQUES, lui saisissant les deux mains. — Je suis heureux !

MADAME HUGONNET. — Elle t'a parlé ?

JACQUES. — Elle m'aime ?

MADAME HUGONNET très émue. — Je suis heureuse aussi.

JACQUES. — Mais, tu pleures ?

MADAME HUGONNET. — C'est bien possible.

JACQUES. — Comment, le bonheur te fait pleurer toi ?

MADAME HUGONNET. — Que veux-tu ? c'est le manque d'habitude.

JACQUES. — Essuie tes yeux, ma bonne, ma charmante maman, et allons rejoindre les autres. (il lui offre le bras.)

MADAME HUGONNET, s'arrêtant un peu. — Mon mari revenu... Mes enfants heureux, serait-ce enfin le repos ? Ah ! que je voudrais y croire. Dire que cela dépend d'un homme.

JACQUES. — Espère va, maman, je suis sûr qu'au fond l'Empereur est bon.

MADAME HUGONNET, souriant. — Je sais bien pourquoi il est bon.

JACQUES. — Tu sais l'opinion de mon père... Les choses vont bien finir.

MADAME HUGONNET avec un peu de mélancolie encore. — La vie, maintenant serait bien douce.

RIDEAU

# ACTE QUATRIEME

Dans le palais Marcolini, à Dresde. Une galerie richement décorée. A gauche, une grande porte d'entrée, donnant sur un vestibule. A droite, trois marches d'escalier donnant accès à une porte plus petite. La galerie s'étend en longueur de gauche à droite. Au fond, en face du spectateur, trois fenêtres vitrées, celle du milieu ouverte laisse voir un balcon.

A la grande porte d'entrée de gauche, deux soldats en sentinelle, sabre sur l'épaule, un chasseur et un hussard. La galerie est vide. Les soldats causent sans quitter leur attitude.

## SCÈNE PREMIÈRE

NARCISSE, en hussard, RÉSÉDA, chasseur

NARCISSE. — Comme ça, il se trouve que tu es né natif de Bonneuil et moi de Créteil. Je m'appelle Narcisse et tu t'appelles Réséda. Et nous voilà Bonneuil et Créteil nous regardant le nez au fin fond de l'Allemagne, à Dresde, palais Marcolini... C'est esclaffant ?

RÉSÉDA. — Et peut-être que t'es encore de la même circonscription que moi... de cette année.

NARCISSE. — Comme tu dis.

RÉSÉDA. — Je m'en fends jusqu'aux oreilles. Il faudra se retrouver, hein ?

NARCISSE. — Si on peut.

RÉSÉDA. — On pourra.

NARCISSE. — Chut ! voilà le maréchal qui revient.

## SCÈNE II

LE MARÉCHAL BERTHIER, UN ENVOYÉ DU DUC DE ROVIGO, UN HUISSIER

(En entrant Berthier fait signe aux deux soldats de sortir)

L'ENVOYÉ, qui tient une grande lettre entre ses mains. — Je suis venu de Paris en aussi peu de temps que possible ; je le crois, du moins. Monsieur le ministre de la police m'avait enjoint la plus grande diligence.

BERTHIER. — On va remettre votre lettre tout de suite. L'Empereur est là. (Montrant la porte du fond de la galerie à droite) qui travaille avec M. le duc de Bassano.

(Il fait signe à l'huissier de s'approcher et prenant la lettre des mains de l'envoyé, il la remet à l'huissier).

L'ENVOYÉ à l'huissier. — Ayez soin de dire à sa Majesté, que je suis là pour lui donner tous les renseignements complémentaires... qu'elle voudra sans doute me demander.

BERTHIER à l'huissier. — Attendez. (à l'envoyé) Vous êtes chargé de dire oralement certaines choses ?

L'ENVOYÉ. — Oui, Monsieur le Maréchal.

BERTHIER reprenant la lettre à l'huissier. — En ce cas, c'est moi-même qui avertirai sa Majesté.

(Pendant que Berthier entre au cabinet de l'Empereur, l'huissier reprend sa place à la grande porte. L'envoyé examine la galerie).

BERTHIER rentrant. — Sa Majeté va venir ici, pour que le duc de Bassano, ne soit pas interrompu dans son travail. (à l'huissier) Sortez, fermez la porte, mais tenez-vous proche. (à l'envoyé) Vous avez mission de renseigner exactement (il appuie sur ce mot) Sa Majesté sur l'état de l'opinion publique à Paris?

L'ENVOYÉ. — Exactement, Monsieur le Maréchal.

BERTHIER. — Je veux dire, fidèlement, sincèrement.

L'ENVOYÉ. — La vérité, toute crue, sans complaisance.

BERTHIER. — A la bonne heure.

(Napoléon parait, descendant les dégrès, il tient à la main la lettre très froissée.)

## SCÈNE III

LES MÊMES, NAPOLÉON

NAPOLÉON, marche rapidement vers l'envoyé. — Monsieur, avez-vous vu votre ministre avant de partir ?

L'ENVOYÉ étonné. —Assurément, Sire.

NAPOLÉON. — Vu de vos propres yeux.

L'ENVOYÉ. — Oui, Sire.

NAPOLÉON. — Dans quel état était-il ?

L'ENVOYÉ. — Mais, Sire, dans son état ordinaire.

NAPOLÉON. — Vous n'y connaissez rien. Je vous dis qu'il était malade.

L'ENVOYÉ. — Puisque votre Majesté l'assure.

NAPOLÉON. — C'est la lettre d'un malade que cette lettre là (il froisse le papier). Et vous êtes chargé de me développer cette lettre ?

L'ENVOYÉ. — Oui, Sire.

NAPOLÉON. — Vous pouvez vous en retourner comme vous êtes venu... au plus vite. Je n'ai que faire de vos renseignements qui, s'ils étaient valables, arriveràient encore trop tard... J'ai envoyé aux souverains alliés mes dernières propositions. J'attends leur réponse. (A Berthier) Mon cher maréchal, Rovigo baisse. Il recueille des propos de caillettes, des cancans usés qui traînent dans les salons où radotent les vieilles perruques du faubourg Saint-Germain, et il me les envoie comme l'expression de l'opinion publique. Je connais moi l'opinion de Paris, celle du vrai peuple, du brave peuple qui accepterait sans doute une paix honorable, mais qui ne craint pas la guerre, pas plus que moi... (à l'envoyé). A côté de ma police officielle, que je paye trop bien ... j'ai ma police personnelle. Dites ça à votre chef et que cette police a l'œil sur lui. Cette lettre renferme des propos qui, s'ils sont vrais, accusent sa nonchalance ou sa faiblesse ; des propos qui n'auraient pas dû être tenus, qu'un ministre plus vigilant aurait prévenus, ou en tout cas qu'il aurait châtiés... Ils ne l'ont pas été, monsieur... Je vous donne une mission très simple et qui ne dépassera pas, j'espère, votre capacité. Vous n'avez à rapporter à votre chef que ceci : L'Empereur a dit que vous vous mettiez au lit.

L'ENVOYÉ. — Mais, Sire, un subordonné comme moi...

L'EMPEREUR. — Arrangez-vous avec votre ministre comme vous voudrez, et partez. Au reste, je répondrai à Rovigo, quand j'aurai le temps.

(L'Empereur tourne le dos et marche vers son cabinet)

L'ENVOYÉ à part. — Comme c'est commode à dire...

BERTHIER rattrapant Napoléon. — Sire...

NAPOLÉON. — Qu'y a-t-il encore?

BERTHIER. — Puisque votre Majesté s'est dérangée, peut-être consentira-t-elle à recevoir tout de suite deux personnes qui ont demandé une audience.

NAPOLÉON. — Qui sont?

BERTHIER. — M. Mouillar, sénateur et M. Bertereau...

NAPOLÉON étonné. — Ah! Bertereau.

BERTHIER. — M. Bertereau, sire, c'est le beau-frère...

NAPOLÉON. — Je connais M. Bertereau depuis plus longtemps que vous.

BERTHIER. — Sire, je ne le connais que de nom, bien que je sois très lié avec le général Hugonnet.

NAPOLÉON, aprés réflexion. — J'expédierai d'abord le sénateur. Est-il là?

BERTHIER. — Oui Sire.

NAPOLÉON. — Amenez-le moi vite. (Berthier sort. En se promenant, Napoléon déplie la lettre froissée, aplanit le papier de la main ét parcourt la lettre desyeux). L'Opinion de Paris! sans doute, elle est telle que Rovigo me l'écrit. Je le savais sans lui. Seulement, il a oublié qui je suis... ce que vaut pour moi l'opinion, combien faut-il de poltrons ou de pleurards pour faire une opinion publique.

## SCÈNE IV

NAPOLÉON, BERTHIER, MOUILLAR

(Mouillar et Berthier entrent. Mouillar s'incline profondément).

NAPOLÉON, à Berthier qui fait un mouvement pour se retirer. — Vous pouvez rester.

MOUILLAR. — Mais, sire, c'est une lettre, (il montre une lettre) du duc d'Otrante que j'ai à vous remettre.

NAPOLÉON. — Et à développer, n'est-ce pas, vous aussi?

MOUILLAR. — Oui, Sire.

NAPOLÉON. — Vous développerez devant Berthier qui est très fidèle, très secret, d'autant que votre lettre ne contient rien de mystérieux, au moins pour moi. Donnez-la tout de même. (Il prend la lettre, va auprès de la fenêtre et jette un coup d'œil sur le papier puis se retournant.) Je suis très obligé au duc d'Otrante de me donner des conseils, d'autant plus que je ne les lui demandais pas. C'est parfait. Il me conseille la paix. Je me la conseille aussi. Il ne s'agit que de savoir quelle paix... la paix du duc d'Otrante et la paix de Napoléon, il serait étonnant qu'elles fussent pareilles. Ah! Coglione! (se tournant vers Mouillar.) Vous partagez sans doute le sentiment du duc d'Otrante?

MOUILLAR, troublé. — Sire, je ne sais pas...

NAPOLÉON. — Vous savez ce que cette lettre contient, puisque vous vous offriez à me la développer.

MOUILLAR. — Sire, je l'avoue.

NAPOLÉON. — Donc, vous savez si vous êtes oui ou non du même avis que cette lettre.

MOUILLAR. — Sire...

NAPOLÉON. — Eh bien parlez donc...

MOUILLAR. — Je ne puis être d'un autre avis que votre Majesté.

NAPOLÉON, haussant les épaules. — M. le Sénateur, vous avez tort de me craindre. La franchise avec moi réussit toujours. J'aime connaître la vérité. Je veux qu'on me la dise. Si je n'avais pas aimé à me renseigner, serai-je ce que je suis?

MOUILLAR. — Ah! Sire, quel génie!

NAPOLÉON. — Alors, dites la vérité... Vous êtes comme Fouché pour la paix et aux mêmes conditions?

MOUILLAR après hésitation. — Oui, Sire.

(Napoléon garde le silence. Il regarde par la fenêtre. Ses yeux sont dirigés vers le ciel. Contenance tremblante de Mouillar.)

NAPOLÉON. — M. le Sénateur, venez donc ici. (Mouillar s'approche.) Vous voyez ce milan qui plane...

MOUILLAR. — Où, sire?

NAPOLÉON. — Là, sur la droite, la droite. (Il montre de la main un point du ciel).

MOUILLAR. — Un milan?

NAPOLÉON. — Oui, un milan. Le voyez-vous maintenant qui élargit son cercle et s'élève en même temps. Comment, vous ne le voyez pas faire ses ronds?

MOUILLAR. — En effet, sire, il me semble...

NAPOLÉON. — ... Que vous ne voyez rien du tout.

MOUILLAR. — C'est vrai, je ne vois rien.

NAPOLÉON. — Eh bien, moi, Monsieur, je le vois. Vous allez répondre à votre ami Fouché que quand on n'est pas de force à voir le milan, il ne faut pas vouloir conseiller celui qui a la vue plus longue. Foucher est un prétentieux imbécile, et vous, Monsieur le Sénateur, vous êtes un sot.

MOUILLAR. — Ah ! Sire, vous avez daigné me plaisanter...

NAPOLÉON. — Hâtez-vous de rapporter à Paris, le titre que je viens de vous conférer. (Mouillar se retire à reculons) Et rappelez-vous que celui-là est transmissible, mais inaliénable.

(Mouillar sort en chancelant).

NAPOLÉON, subitement très calme à Berthier un peu interdit de cette scène — Je vais recevoir dans un moment M. Bertereau. Je veux dicter tout de suite une réponse à cet impertinent de Fouché. Faites entrer ici M. Bertereau et ayez l'obligeance de l'entretenir.

BERTHIER, s'inclinant. — Oui, Sire.

(Napoléon remonte dans son cabinet. Berthier va vers la porte que Mouillar a oublié de fermer et fait signe à l'huissier de venir.)

BERTHIER, à l'huissier. — Introduisez M. Bertereau. (Descendant en scène.) Diable, il faudra que M. Bertereau veille sur sa langue.

(Entre Bertereau.)

## SCÈNE V

BERTHIER, BERTEREAU

(Tout ce dialogue a lieu au milieu de la galerie sur un ton mystérieux et rapide.)

BERTHIER. — Mouillar vous a parlé en passant ?

BERTEREAU. — Oui.

BERTHIER. — L'Empereur a été très dûr.

BERTEREAU. — Il me l'a dit.

BERTHIER. — Et vous persistez à voir l'Empereur ?

BERTEREAU. — Je persiste.

BERTHIER. — Et vous oserez lui parler de paix ?

BERTEREAU. — Assurément.

BERTHIER. — Et vous espérez ?

BERTEREAU. — Peu ou même rien. Mais ce que je crois devoir faire, je le fais.

BERTHIER. — Vous savez que je suis aussi pour la paix et que je la souhaite extrêmement.

BERTEREAU. — Je sais que vous avez risqué sur ce sujet des observations qui ont été assez mal accueillies.

BERTHIER. — Je ne me ferai pas plus brave que je ne suis. Ce diable d'homme m'intimide, me subjugue comme au premier jour. J'aimerais mieux marcher sur un canon prêt à partir que de faire ce que vous allez faire.

BERTEREAU. — Notre situation n'est pas la même.

BERTHIER. — Oui, vous l'avez obligé et vous êtes resté indépendant... C'est égal, je vous admire et je voudrais vous seconder.

BERTEREAU. — Si vous le pouvez...

BERTHIER. — Vous êtes un homme parfaitement sûr. Ecoutez, l'Empereur fait croire à tout le monde que nos ennemis mettent la paix à des conditions inacceptables. Ce n'est pas vrai.

BERTEREAU. — Je m'en doutais.

BERTHIER. — Sommairement les voici : On nous laisserait la France, telle que nos armes nous l'ont faite, agrandie jusqu'au Rhin, plus l'Italie et une bonne partie de l'Allemagne, sous forme de royautés vassales.

BERTEREAU. — C'est plus que je n'espérais. Mais comment avez-vous su ?

BERTHIER. — Il y a une femme dans cette affaire.

BERTEREAU. — Je comprends et ne vous demande pas les détails.

BERTHIER, inquiet. — Il me semble que la porte de l'Empereur... non... maintenant une autre chose grave, irrémédiable peut-être. L'empereur a répondu aux propositions des alliés par des contre-propositions qu'il prétend tout à fait conciliantes. Seulement, il les a envoyées bien tard. Elles ne sont peut-être parvenues qu'après la clôture de la conférence de Prague.

BERTEREAU, saisi. — Il l'a peut-être fait exprès.

BERTHIER. — J'en ai peur.

BERTEREAU. — En sorte qu'il aurait pris soin de ne se montrer conciliant que trop tard.

BERTHIER. — Je voudrais bien me tromper. Nous saurons bientôt si les propositions de l'Empereur sont arrivées à temps. Peut-être aujourd'hui même serons-nous fixés. Vous voyez, je vous arme. Mais comment ferez-vous pour montrer sans me trahir, que vous connaissez les conditions des alliés ?

BERTEREAU. — Soyez tranquille. J'ai déjà mon mensonge tout prêt.

BERTEREAU. — Très bien. Et vous ne vous laisserez pas intimider ?

BERTEREAU. — Je ne crois pas. Napoléon, n'est pas mon homme, mon idéal, si vous voulez. J'ai connu mieux.

BERTHIER, étonné. — Un plus grand génie ?

BERTEREAU. — Cet homme a des facultés prodigieuses... une volonté stupéfiante. Ce sont des moyens incomparables mis au service d'un but inférieur, arriéré... Refaire l'empire de Charlemagne, atteindre à la domination universelle au temps où nous sommes... C'est une conception en retard de 800 ans. Napoléon a ça énorme. (Bertereau fait avec sa main le tour du bas de sa tête, puis élevant la main un peu au-dessus de ses cheveux) mais il lui manque de ça !

BERTHIER. — S'il vous entendait...

BERTEREAU. — Il ne m'en croirait pas... Je suis à son compte un chimérique, un idéologue et lui, l'homme pratique par excellence, et c'est pourquoi il va réussir parfaitement à perdre sa couronne.

BERTHIER. — Maintenant, j'ai peur que vous ne lui parliez trop hardiment : vous ne le connaissez pas, vous ne savez pas de quoi il est capable dans ses colères. Rappelez-vous ce qui est arrivé à Volney, du moins à ce qu'on dit.

BERTEREAU. — En réponse à un conseil donné trop crûment, Volney aurait reçu un coup de pied dans le ventre.

BERTHIER. — Dont il serait resté quelque temps alité.

BERTEREAU. — Je n'en crois rien. En tout cas, ne vous inquiétez pas pour moi. J'aurai le ton et l'attitude qui préviennent les coups de pied.

BERTHIER. — La porte s'ouvre. Je vous laisse avec le monstre.

BERTEREAU. — J'en ai vu d'autres.

## SCÈNE VI

NAPOLÉON, BERTEREAU

NAPOLÉON, s'avançant rapidement vers Bertereau qui s'incline assez profondément. — Ah ! vous voilà enfin, monsieur. Savez-vous que je vous attends depuis longtemps ?

BERTEREAU. — Moi, sire ?

NAPOLÉON. — Vous même, monsieur. Vous m'avez rendu un service éminent. Croyez-vous que je sois un ingrat ? Je les déteste, moi, les ingrats. Je n'ai jamais rien oublié en fait de services reçus.

BERTEREAU. — Sire, vous vous exagérez beaucoup.

NAPOLÉON. — Hé ! Sais-je ce qui serait advenu de moi, si vous ne m'aviez pas recommandé à Barras ?

BERTEREAU. — Vous vous seriez recommandé de vous-même un jour ou l'autre.

NAPOLÉON, avec un sourire — Peut-être m'avez-vous fait ce que je suis. Et en ce cas, avouez que je vous devrais une fière reconnaissance.

BERTEREAU, souriant. — Non, sire, pas même en ce cas, car je n'avais pas l'intention de faire tout à fait de vous ce que vous êtes devenu.

NAPOLÉON, même ton. — Je le sais fort bien. Vous êtes demeuré un républicain obstiné.

BERTEREAU, modestement. — Un idéologue, sire.

NAPOLÉON. — Vous m'en voulez de ce mot ?

BERTEREAU. — Non. Sire. Les noms qu'on donne aux choses ne les changent pas.

NAPOLÉON. — Vous, du moins êtes sorti de la révolution, pur de sang. Je me rappelle que dans le procès de Louis XVI, vous avez eu du courage. Vous n'avez pas voté la mort... (avec ironie) du tyran.

BERTEREAU. — L'exil du roi me suffisait.

NAPOLÉON. — Comment diable n'avez-vous pas été compris dans la condamnation de vos amis les Girondins ?

BERTEREAU. — Ce fut une injustice que je ne me suis jamais expliquée.

NAPOLÉON. — Et comment ensuite êtes-vous demeuré inaperçu ou oublié dans les rangs de la Convention.

BERTEREAU. — Mais, sire, on s'est souvenu de moi. Au 9 Thermidor, j'étais déjà en prison. Vous voyez que mon affaire était bien avancée. Thermidor me sauva.

NAPOLÉON. — Vous l'avez échappé belle.

BERTEREAU. — Votre Majesté dit bien. C'eût été une belle mort.

NAPOLÉON. — Mourir sur le champ de bataille, à la bonne heure.... mais, (avec un geste de répugnance) sur l'échafaud !

BERTEREAU. — Sire, c'était aussi un champ de bataille.

NAPOLÉON. — Soit. Mais revenons. Vous vous êtes dérobé à ma reconnaissance, monsieur, vous m'avez fui avec opiniâtreté. (mouvement de Bertereau). Vous êtes quelques uns pas bien nombreux, autour de Lafayette, qui avec vos airs de tranquille indépendance êtes tous prêts à recommencer ; des incorrigibles.

BERTEREAU. — Hé ! Sire, qu'est-ce qui n'est pas incorrigible !

NAPOLÉON. — Enfin, vous venez me demander quelque chose.

BERTEREAU. — Non, sire.

NAPOLÉON, soupçonneux. — Alors pourquoi êtes-vous ici ?

BERTEREAU. — Sire, je suis venu à Dresde, par occasion, pour accompagner ma sœur, Madame Hugonnet. Une fois à Dresde je me suis dit que je devais aller vous présenter mes respects pour montrer à votre majesté, mais surtout aux ennemis de la France, que les adversaires politiques de l'Empereur sont cependant tous prêts à l'entourer et à le servir selon leurs moyens quand la patrie est sérieusement menacée.

NAPOLÉON. — C'est très bien, et votre résolution ne me surprend nullement. Mais je vois que vous vous exagérez beaucoup les périls de la situation.

BERTEREAU. — Tant mieux, si nous nous trompons.

NAPOLÉON, vivement. — Vous vous trompez, messieurs ; nierez-vous mes victoires dernières de Lutzen, de Bautzen ?

BERTEREAU. — Ce serait de la mauvaise foi, mais...

NAPOLÉON. — Je saisis très bien, la signification de votre mais... c'est ma campagne de Russie que vous visez. (comme à lui-même.) Ils en sont tous là. Dans cette campagne même, nommez moi, s'il vous plait, une bataille que j'aie perdue. Je n'ai pas été vaincu, monsieur. J'ai été maltraité par un climat affreux. Voilà tout.

BERTEREAU. — Pas de bataille perdue, en effet. Mais, sire, les bulletins que vous écriviez sont inoubliables ; et votre 29e bulletin confessait très bravement des pertes...

NAPOLÉON, l'interrompant. — Enormes, oui, énormes. Cependant, n'allez pas croire à ce chiffre fantastique de 500.000 hommes que les badauds se répètent l'un à l'autre. J'ai perdu 300.000 hommes.

BERTEREAU. — Pour l'imagination faible d'un civil comme moi, c'est quelque chose que 300,000 hommes.

NAPOLÉON. — Dans ce nombre encore faut-il défalquer une assez bonne proportion d'Allemands (sur un mouvement de Bertereau qui n'échappe pas à Napoléon). Je vous scandalise, monsieur le philosophe, dites franchement ce que vous pensez.

BERTEREAU. — Sire, je pensais que ces Allemands avaient, peut-être tout de même des mères.

NAPOLÉON. — Comprenez donc que je ne peux pas, moi, me placer à ce point de vue de la sensibilité ordinaire. Enfin, ces 300,000 hommes sont déjà remplacés. Il n'y paraît plus.

BERTEREAU. — A l'armée.

NAPOLÉON. — A l'armée et c'est l'essentiel.

BERTEREAU. — Sire, j'ai vu vos nouveaux soldats.

NAPOLÉON. — Eh bien ?

BERTEREAU. — Ce sont presque des enfants.

NAPOLÉON. — Qui se battent comme des hommes.

BERTEREAU. — Certes, mais quand ceux-là seront usés.

NAPOLÉON très vivement. — Ça c'est l'avenir ; tenons-nous au présent... Je le vois bien, vous voudriez que je fisse la paix.

BERTEREAU. — Je suis comme tout le monde, Sire.

NAPOLÉON de plus en plus nerveux. — Tout le monde !... Hé ! Tout le monde sait-il... et vous, monsieur, savez-vous les conditions qu'on veut m'imposer ?

BERTEREAU. — Je m'en doute, Sire.

NAPOLÉON qui avait fait quelques pas en avant de Bertereau revient brusquement sur lui. — Vous vous doutez de ce qu'elles sont... eh bien parlez, je suis curieux de vous entendre.

BERTEREAU. — D'abord, Sire, on vous demande à coup sûr d'abandonner l'Espagne.

NAPOLÉON. — Ce n'est pas difficile à deviner.

BERTEREAU. — De renoncer au protectorat de la Confédération du Rhin.

NAPOLÉON qui commence à s'étonner. — Oui, cela encore.

BERTEREAU. — De rendre les villes haséatiques, Brème, Lubeck.

NAPOLÉON l'interrompant. — Et moi je vous demande par quels raisonnements, vous êtes arrivé à cette conjecture ?

BERTEREAU. — Très simplement, Sire. Je suis parti du vieux proverbe : « Charbonnier veut être maître chez lui ». Si les Allemands tenaient chez nous Marseille ou Bordeaux...

NAPOLÉON. — Soit. Poursuivez.

BERTEREAU rapidement. — On vous demande d'abandonner la Hollande, et de renoncer à la constitution du duché de Varsovie.

NAPOLÉON très brusque. — Monsieur, vous ne m'en imposez pas...

BERTEREAU changeant de ton. — Je ne me permettrai pas de l'essayer, non, Sire, je n'ai pas deviné, j'ai su.

NAPOLÉON. — A la bonne heure, mais vous allez me dire tout de suite.

BERTEREAU. — J'ai su tout ce que Paris sait maintenant.

NAPOLÉON sursautant — Vous me stupéfiez.

BERTEREAU. — Je parle d'un certain Paris, du monde des hommes politiques.

NAPOLÉON. — Ah ! je vois bien, d'où cela part. C'est un tour de ce scélérat de Metternich. En trahissant le secret des négociations, il a voulu me forcer la main. Voilà une grande infamie, monsieur. C'est violer toutes les règles observées dans les rapports diplomatiques des peuples civilisés. (Napoléon qui a fait quelques pas violemment revient vers Bertereau). Que sait-on encore ?

BERTEREAU. — D'après ce qui vous est réclamé, Paris sait naturellement ce qui vous est concédé.

NAPOLÉON. — Et alors ?

BERTEREAU. — Et alors, Paris estime qu'on nous laisse ce que nous pouvons raisonnablement désirer et peut-être même un peu plus qu'il n'est utile à la France.

NAPOLÉON qui pendant tout cet entretien a tenu son chapeau à la main le jette violemment par terre. — Ah ! Je vois bien où nous en sommes. Paris, le public ne songe qu'à lui, à ses intérêts, à l'utilité, comme vous venez de le dire. Pour moi, l'affaire a une toute autre face. Il y va de l'honneur. Ni le public, ni vous, monsieur, ne comprenez rien à l'honneur, vous n'êtes pas militaire... moi, monsieur, je le suis avant tout. On veut m'imposer des conditions... une paix qui me diminue. On veut m'humilier devant la France, devant l'Europe. Voilà le point capital... le trait saisissant de la situation. Je n'ai jamais supporté une offense, je ne subirai pas cette honte. Je mourrai plutôt.

BERTEREAU. — Seul ?

NAPOLÉON. — Que voulez-vous dire ?

BERTEREAU qui parle d'un ton plus simple et plus doux à mesure que Napoléon s'échauffe. — Que vous ne pouvez pas, Sire, que vous ne comptez pas mourir seul. Maître d'une nation qui bon gré, mal gré, suit votre destin ; en vous risquant, vous ne pouvez pas faire que vous ne risquiez cette nation... Suivons votre pensée..... vous avez échappé à l'humiliation par la mort, mais cette nation qui s'est remise entre vos mains, que va-t'il advenir d'elle ?

NAPOLÉON. — Qu'elle s'arrange. Je lui dois tout ce que vous voudrez, sauf mon honneur de soldat.

BERTEREAU. — C'est que justement, Sire, vous n'êtes plus un soldat.

NAPOLÉON. — Comment ?

BERTEREAU. — Non, vous n'êtes plus un soldat ; vous avez un caractère qui prime et domine de bien loin tout autre, qui vous fait des devoirs différents et supérieurs : vous êtes chef de peuple.

NAPOLÉON avec une extrême impatience. — Monsieur, vous m'avez rendu un service important, mais vous me le faites payer.

BERTEREAU. — Un mot encore, Sire, et vous serez quitte... si toutefois, vous permettez.

NAPOLÉON. — Allez, monsieur, je vous entendrai jusqu'au bout.

BERTEREAU. — Supposons, Sire, que vous abdiquiez, il est clair qu'alors général ou simple soldat, vous auriez le droit de chercher en toute liberté, la mort.

NAPOLÉON menaçant. — Est-ce une proposition que vous me faites ?

BERTEREAU très calme. — Dieu m'en garde, Sire, c'est un raisonnement. J'essaie de montrer à votre Majesté que hors le cas d'une abdication absurde, elle n'est pas tout à fait libre de sacrifier sa vie à ce qu'elle estime être son honneur, parce que sa mort entraînerait forcément celle d'on ne sait combien d'hommes.

NAPOLÉON tout à fait emporté. — Finissons. Je vous le répète, je suis un militaire, moi. J'ai risqué ma vie des milliers de fois, je la risquerai encore tant qu'il faudra. Comprenez que je n'ai pas à ménager celle des autres plus que la mienne. La mort n'est rien à mes yeux, ni la mienne, ni celle d'autrui. Songez que j'ai vu mourir autour de moi les hommes par cent mille.

BERTEREAU. — Sire, vous en verrez mourir deux cent mille, trois cent mille peut-être dans la guerre qui se prépare.

NAPOLÉON. — Eh ! que m'importe à moi, deux ou trois cent mille hommes... (avec un geste très expressif). Je m'en...... torche (1)... ( Bertereau va tranquillement fermer la fenêtre du milieu ). — Que faites-vous ?

BERTEREAU. — Je préviens vos ordres, Sire, ou votre désir. Votre Majesté ne veut assurément pas que ces paroles puissent tomber dans l'oreille des passants et courir les rues.

Napoléon ne répond rien. On voit qu'il fait un effort pour se calmer. Bertereau en revenant de la fenêtre, rencontre le chapeau de Napoléon, se baisse, le ramasse et le présente respectueusement à Napoléon).

BERTEREAU (avec une malice imperceptible). — Sire, ce me sera un piquant souvenir de vous avoir une fois dans ma vie, servi de valet de chambre.

NAPOLÉON devenant peu à peu caressant. — Mon cher monsieur Bertereau, nous avons raisonné vous et moi sur une hypothèse, celle de la guerre acceptée, résolue. Nos arguments de part et d'autre restent ce qu'ils sont, comme valeur logique. Mais, je le répète, l'hypothèse n'existe pas, je veux bien vous l'apprendre, j'ai avisé nos ennemis des concessions que je consentais à faire, et elles sont telles que la paix doit s'en suivre. Croyez-m'en, moi qui connais la situation : vous serez content de moi. Adieu, cher monsieur ; sachez que je compte vous revoir.

BERTEREAU. — Votre Majeste me fait trop d'honneur.

(L'Empereur s'éloigne puis revient.)

NAPOLÉON. — Je vais passer une revue dans le parc de la villa. C'est l'affaire de quelques instants. Je vous prie, mon cher monsieur Bertereau, d'en prévenir le maréchal Berthier. Vous lui direz qu'il peut introduire ici les personnes qui désirent me voir ce matin.

(Bertereau s'incline. Napoléon s'éloigne rapidement.)

BERTEREAU seul.— Si vous me croyez votre dupe, sire... Je suis sûr que ses concessions sont arrivées trop tard.

(Il se dirige d'un air soucieux vers la grande porte. Comme il l'ouvre, Berthier entre et ramène Bertereau en scène.)

(1) Il paraît bien que le mot a été lâché.

## SCÈNE VII

BERTEREAU, BERTHIER

BERTHIER.— J'attendais la fin de votre conférence pour dire à sa Majesté qu'elle est attendue dans le parc.

BERTEREAU.— L'Empereur m'a quitté pour s'y rendre. Il m'a chargé de vous dire que vous pouviez introduire ici.

BERTHIER. — Bien. L'Empereur sortira, je le vois, par l'autre côté... êtes-vous content de lui?

BERTEREAU. — Il ne m'a pas battu.

BERTHIER. — C'est dire que vous n'en attendez rien de bon.

BERTEREAU. — Rien.

BERTHIER. — Quels malheurs je prévois!

BERTEREAU. — Gardons nos pensées pour nous, n'est-ce pas? Car après tout, qui sait?

BERTHIER. — Vous avez raison. Je vais donner l'ordre d'introduire.

(Il sort.)

(Bertereau va à la fenêtre du milieu et l'ouvre).

BERTEREAU regardant en bas à mi-voix. — Le voilà qui passe avec son escorte... à quoi César pense-t-il en ce moment? Aux soldats qu'il va inspecter. Seront-ils de bons ou de mauvais instruments. Voilà ce qui le préoccupe uniquement, je le parierais.

## SCÈNE VIII

Pendant ce monologue, la galerie s'est remplie d'un certain nombre de personnes des deux sexes. Un groupe de femmes se forme sur le premier plan à droite près du petit escalier qui conduit au cabinet de Napoléon. Dans ce groupe, MADAME HUGONNET, CLAIRE et LOUISE, sur le premier plan ; à gauche un groupe d'hommes dans lequel on voit MOUILLAR, JEAN, HUGONNET. et PONS. BERTEREAU reste près de la croisée).

MADAME HUGONNET à une dame. — Dans l'armée, moi, madame, j'ai d'abord mon mari...

LA DAME. — C'est comme moi.

MADAME HUGONNET. — Pas de fils?

LA 1re DAME. — Non, madame.

MADAME HUGONNET. — Que vous êtes heureuse!

LA 1re DAME. — Mais pas tant que cela... Je tiens beaucoup à mon mari. Si je le perdais, je serais seule au monde.

2e DAME à Madame Hugonnet. — Moi, madame. — J'y ai un fils dans l'armée.

MADAME HUGONNET. — Moi, deux. Je devrais même dire trois, car mon gendre également est militaire. Le mariage de ma fille est tout récent. A peine si les jeunes époux sont demeurés huit jours ensemble.

3e DAME p us âgée — C'est une situation bien intéressante... cependant celle de ma fille, mariée depuis dix ans, l'est peut-être davantage, car elle a trois enfants. Ça peut faire trois orphelins.

MADAME HUGONNET. — Nous sommes ici beaucoup de mères, inconnues l'une à l'autre, assemblées au hasard mais toutes préoccupées de même. Et combien d'autres en France, en Europe sont dans la même attente que nous... dans les mêmes anxiétés. Quel moment!

(Une rumeur s'élève vers la porte d'entrée et se répand dans l'assistance).

(Jean Hugonnet se détachant du groupe d'hommes vient trouver sa mère).

MADAME HUGONNET à Jean.— Qu'est-ce qui se passe donc?

JEAN HUGONNET.-- J'entends dire qu'un messager de M. de Caulaincourt vient d'arriver.

(Le groupe des hommes se rapproche des dames).

PONS. — Mesdames, ce messager apporte certainement des nouvelles décisives, nous allons être fixés.

MADAME HUGONNET. — Mon cœur bat à me faire mal.

LA 3e DAME.— Vous n'êtes pas la seule.

MADAME HUGONNET. — Je le sais bien.

PONS à Madame Hugonnet. — Espérez, madame, espérez!

MADAME HUGONNET. — Vous croyez que c'est la paix.

PONS. — J'en jurerais.

MADAME HUGONNET. — Ah! que vous me faites de bien.

MOUILLAR. — Et à moi donc!

UN VIEUX MONSIEUR à Mouillar. — Je vois que vous avez des fils à l'armée.

MOUILLAR. — Non, Monsieur.

LE VIEUX MONSIEUR. — Un gendre peut-être. Je crois vous avoir vu avec une belle jeune femme.

MOUILLAR. — Non, Monsieur, mais j'ai une situation à sauvegarder. Je suis sénateur.

2e MONSIEUR. — Mon Dieu, moi aussi, j'ai une situation à garder ou à perdre. Ma fortune assez considérable est toute engagée dans une filature située près de Mayence. Si c'est la guerre qui arrive, je me tiens pour ruiné. Mais ce qui me préoccupe bien autrement, c'est un fils, officier, un fils unique, mon bâton de vieillesse... Aussi, je n'aime pas l'Empereur, je vous en réponds.

MOUILLAR. — Monsieur, ne parlez pas si haut.

2e MONSIEUR. — L'Empereur ne peut pas m'entendre puisqu'il est sorti.

MOUILLAR. — D'autres le peuvent. A parler ainsi tout haut, on contracte une habitude dangereuse pour soi et on compromet les personnes avec qui on cause... bien qu'elles ne partagent pas vos sentiments. Je le dis bien haut.

2e MONSIEUR. — Bon, bon, vous êtes dans votre rôle.

(Bertereau, qui a tiré une lorgnette de sa poche et regarde depuis un instant, se retourne vers l'assistance et à haute voix).

BERTEREAU. — Messieurs, voilà le courrier qui débouche sur la place. Il se dirige vers le champ de manœuvre. (Moment d'attente et de silence ou de causeries à voix basse). Je vois l'Empereur qui va à la rencontre du messager. Il est à pied. On l'a prévenu sans doute.

MOUILLAR à haute voix. — Vous voyez la figure de sa Majesté?

BERTEREAU. — Très bien.

MOUILLAR. — Quel air a-t-il?

BERTEREAU. — Impassible, comme à l'ordinaire.

MADAME HUGONNET à demi voix. — Mon Dieu ! que je tremble !

(Louise et Claire se placent à ses côtés).

BERTEREAU. — Les voilà qui se rencontrent (un silence). Ils causent. Je ne vois pas la figure de l'Empereur... Il nous tourne le dos.

MOUILLAR. — Mais... le messager ?

BERTEREAU. — Le messager a l'air respectueux et c'est tout.

MOUILLAR. — L'Empereur fait-il quelque geste ?

BERTEREAU. Aucun. (un silence) L'entretien parait terminé. Je vois maintenant que l'Empereur a entre les mains une dépêche dépliée. Il congédie le messager, il se retourne.

VOIX INQUIÈTES. — Eh bien ?

BERTEREAU après un moment d'observation. — L'air plutôt gai.

VOIX NOMBREUSES. — C'est la paix ! C'est la paix ! (On entend des soupirs de soulagement.

BERTEREAU. — L'Empereur est remonté à cheval, il galope. Il sera ici dans quelques instants.

(Bertereau rentre sa lorgnette et se retourne vers l'assistance. Louise et Claire appellent Bertereau par des signes de main. Il feint de ne pas les voir et reste dans l'embrasure de la fenêtre. Nouvelle rumeur partant de la porte.

UNE VOIX de ce même côté. — Oui, Messieurs, oui, c'est la paix !

L'HUISSIER. — Messieurs, Messieurs, rangez-vous, l'Empereur monte les degrés.

(La plupart des assistants se rangent en ligne au fond de la scène, dans le sens de la galerie, seul, un groupe composé de la société Hugonnet reste sur le 1er plan, à droite, non loin des degrés qui conduit au cabinet impérial.

(Napoléon paraît. Les murmures s'apaisent, il fait trois pas dans la galerie et avec un geste de détachement et la voix très calme, il dit :

NAPOLÉON. — Messieurs, c'est la guerre.

(Silence et stupeur.)

(Napoléon traverse la scène d'un pas tranquille sans regarder personne. Comme il met le pied sur le dernier degré on entend un sanglot).

MADAME HUGONNET. — Oh ! Oh ! le malheureux !

(Elle tombe entre les bras de Claire et de Louise en proie à une crise de nerfs. Napoléon se retourne, regarde une seconde, impassible, le groupe d'où est parti le cri et entre dans son cabinet.

RIDEAU

---

## ACTE CINQUIÈME

Une grande chambre, sorte de salon campagnard ; mobilier modeste et vieux. Chaises et fauteuils en paille. A gauche large et haute fenêtre avec rideaux de simple toile. La fenêtre est à demi ouverte. Au fond deux portes, l'une à l'angle droit, l'autre à l'angle gauche dans le plan de droite, au milieu, une porte. Au lever du rideau, Miette en deuil, venant de la porte du fond à gauche, traverse la scène hâtivement et va ouvrir la porte de droite Un militaire entre.

### SCÈNE PREMIÈRE

MIETTE, RÉSÉDA puis NARCISSE

MIETTE. — Qui demandez-vous ?

RÉSÉDA. — Est-ce qu'il n'y aurait pas par ici un nommé Narcisse, qu'était dans les hussards ?

MIETTE. — Oui bien ; que lui voulez-vous ?

RÉSÉDA. — Alors, il n'est pas mort.

MIETTE. — Pour sûr. Tenez l'entendez-vous Narcisse ?

(On entend dans un escalier le bruit d'un homme qui marche sur un pilon).

RÉSÉDA. — Qué que c'est que ce bruit ?

MIETTE. — Je vous dis que c'est Narcisse, mon fils. Ça me fait assez de mal de l'entendre marcher, allez.

RÉSÉDA. — Quoi donc qu'il a ?

(Narcisse entre par la porte du fond à gauche. Il a une jambe repliée, le genou emboîté sur le haut de sa jambe de bois.

NARCISSE. — Tiens, c'est toi. T'es donc pas mort ?

RÉSÉDA. — Pas plus que toi. Mais mon vieux, qué que t'as donc ?

NARCISSE. — Tu vois.

RÉSÉDA. — Où que t'as attrapé ça ?

NARCISSE. — A Ligny. T'as rien attrapé, toi ?

RÉSÉDA. — Rien.

NARCISSE. — T'as eu de la chance.

RÉSÉDA. — Qué que tu veux, t'es toujours pas mort ?

MIETTE. — Oui, mais quel métier qui va faire avec çà et puis peut pas se marier.

RÉSÉDA. — Pourquoi donc pas ?

NARCISSE. — En tout cas, ma promise, elle ne veut plus !

RÉSÉDA. — Cette pécore ! Dis donc, si tu venais un peu au cabaret, on causerait mieux qu'ici. (montrant la robe de deuil de Miette.) Il y a, je vois, de la peine dans la maison.

NARCISSE. — Oui assez.

MIETTE, à Narcisse. — Oui, va... et pars bien doucement, madame repose, faut pas la réveiller. (Les deux jeunes gens sortent, Miette debout, immobile, regarde tristement partir son fils). Je ne puis pas me faire à ça.

### SCÈNE II

MIETTE, MADAME DE SALIS puis PONS

MADAME DE SALIS, entrant par la seconde porte de droite, négligé du matin en deuil. qui est entré ?

MIETTE. — Personne... un militaire ami de Narcisse.

MADAME DE SALIS. — Ce docteur ne vient pas...

MIETTE. — Le voici peut-être ; comme les jeunes gens sortaient, quelqu'un est entré sans frapper.

(Entrée de Pons)

MADAME DE SALIS. — Comment, c'est vous, à cette heure matinale ? Vous êtes donc rentré à Paris ?

(Miette sort)

PONS. — Depuis hier. J'ai appris hier soir que le Général était malade : qu'a-t-il ?

MADAME DE SALIS, tristement. — Toujours sa blessure au pied ; elle s'est rouverte.

PONS. — Ça n'est pas grave ?

MADAME DE SALIS. — Il a beaucoup de fièvre.

PONS. — Qui le soigne ?

MADAME DE SALIS. — Jusqu'ici, un médecin civil, notre voisin. Mais mon père, sachant que le médecin militaire par qui il a été soigné à Berlin, venait de rentrer chez lui à St-Maurice, l'a mandé. Nous l'attendons.

PONS. — Je le connais. Hugonnet nous a présentés l'un à l'autre. C'était le 21 mars jour où ce malheureux... ce Bonaparte venait de rentrer. Les Tuileries étaient encombrées de visiteurs. Je vous le dirai franchement, ce docteur ne paye pas de mine. Il a l'air bougon. On le dit très dur.

MADAME DE SALIS. — Qui vous en a parlé ?

PONS. — Un ami de votre père, le Colonel Morand.

MADAME DE SALIS. — Mon père l'a voulu. — Vous êtes demeuré assez longtemps en Champagne.

PONS. — Pas pour mon plaisir, je vous assure. La guerre de 1814 m'a tout à fait ruiné.

MADAME DE SALIS. — J'espère que non.

PONS. — Mais si. J'étais ce qu'on appelle un grand propriétaire, c'est vrai, mais toute ma fortune consistait en propriétés entre Epernay et Châlons. Vous jugez !.. Tout, l'an passé les armées françaises et étrangères n'ont fait que se promener ou se battre sur mes terres et aux alentours... Champaubert, Montmirail-Fère-Champenoise ; que sais-je encore : Ah ! elle m'ont mis dans un joli état... Mes vignes écrasées, mes arbres mutilés, mes bâtiments brûlés ou effondrés... L'Empereur... Bonaparte veux-je dire, avait bien besoin de se défendre comme ça, quand tout était perdu. Mais cet homme a toujours été un enragé. Enfin, je vous le répète, je suis ruiné, complètement ruiné.

MADAME DE SALIS, assez froidement — Je vous plains.

PONS. — Et avec ça, figurez-vous que moi qui ait tant souffert dans ma fortune par la faute de Bonaparte, je suis suspect au gouvernement des Bourbons. On m'a assuré que la police me surveillait. Je passe pour Bonapartiste... moi !

MADAME DE SALIS. — Voilà qui est bien injuste. Vous nous restez à déjeuner ?

PONS. — Vous m'excuserez. J'ai tant d'affaires à Paris. J'ai pris une voiture qui est là ... Je reviendrai prendre des nouvelles demain ou après demain.

(Il lui tend la main et sort comme s'il se sauvait.)

MADAME DE SALIS. — Il ne reviendra pas, mais il est venu. Tout le monde n'en fait pas autant !

(On entend dans la coulisse. Pons parler à quelqu'un. — Entrée du docteur.

## SCÈNE III

MADAME DE SALIS LE DOCTEUR, puis MADAME DE SALIS, CLAIRE, LOUISE BERTEREAU, MADAME HUGONNET, puis LE GÉNÉRAL et HENRI HUGONNET.

LE DOCTEUR salue brièvement, il a l'air pressé. — Madame je viens pour le général Hugonnet. Vous êtes ?

MADAME DE SALIS. — Madame de Salis.

LE DOCTEUR. — Ça ne me dit rien.

MADAME DE SALIS. — Excusez-moi... Je suis l'une des filles du général.

LE DOCTEUR. — La cadette ?

MADAME DE SALIS. — Non l'aînée.

LE DOCTEUR. — Vous avez l'air en effet d'avoir un certain âge. Où est le général ?

MADAME DE SALIS. — La nuit a été mauvaise. En ce moment, il dort.

LE DOCTEUR. — Laissons le dormir. Vous allez me renseigner en attendant. Madame de Salis lui fait signe de s'asseoir. Il s'assied sur une chaise.) Qu'est-ce qu'il a ?

MADAME DE SALIS. — La blessure du pied s'est rouverte.

LE DOCTEUR. — Le diable l'emporte, cette blessure.

MADAME DE SALIS. — Ça peut-être grave ?

LE DOCTEUR. — Nous verrons ça.

(Entre M. de Salis.)

MADAME DE SALIS. — Docteur, mon mari, M. de Salis.

LE DOCTEUR regarde attentivement M. de Salis. — Soignez votre mari, Madame, il en a besoin.

MADAME DE SALIS. — Je le sais, et je le soigne.

MONSIEUR DE SALIS. — Bah!

LE DOCTEUR, à M. de Salis. — Vous toussez, depuis quand ?

MONSIEUR DE SALIS. — Il y a des années.

MADAME DE SALIS. — Oui, mais la toux a changé. Mon mari toussait déjà quand à la fin de 1813, il fut obligé de partir comme garde d'honneur.

LE DOCTEUR. — Les gardes d'honneur nous ont fort étonnés à Hanau.

MONSIEUR DE SALIS. — Comment ça ?

LE DOCTEUR. — Cette troupe n'avait pas bonne réputation, mais ma foi, à Hanau, je lui ai vu faire une charge superbe, contre une cavalerie qui venait de ramener les grenadiers à cheval de la garde, pas moins...

M. DE SALIS, souriant. — J'en étais.

LE DOCTEUR, se levant. — Permettez que je vous serre la main.

MADAME DE SALIS. — Oui, mais quelques jours après, la fatigue, les pluies, les nuits froides, les privations... mon mari était arrêté à l'hôpital à Mayence par un crachement de sang.

LE DOCTEUR. — Et à Mayence, le tiphus vous a épargné ?

MADAME DE SALIS. — Comme vous voyez !

LE DOCTEUR. — Vous avez eu de la chance. Madame, vous allez conduire votre mari en Italie, à Livourne, par exemple, ou quelque part dans les environs, et vous y séjournerez avec lui, un an ou deux. Vous n'avez pas d'enfants ?

MADAME DE SALIS. — Non, docteur.

LE DOCTEUR, entre les dents. — Tant mieux ! Puis-je présenter mes hommages à madame Hugonnet ?

MADAME DE SALIS. — Ma mère repose. Elle a veillé toute la nuit.

LE DOCTEUR. — Laissons-la reposer.

MADAME DE SALIS, à Miette qui est entrée portant un bol de tisane pour M. de Salis. — Préviens Mme Descombes que M. le docteur est arrivé.

LE DOCTEUR. — Descombes... J'ai connu un officier de ce nom... Il y a déjà quatre ans, avant la campagne de Russie. Officier de hussards. Un gaillard bien vivant. Solide celui-là, et énergique. (En ce moment entre Madame Descombes en deuil).

MADAME DE SALIS, à demi-voix, au docteur. — Voilà sa veuve !

(Le docteur et Mme Descombes se saluent)

MADAME DE SALIS, à sa sœur. — As-tu dormi ?

CLAIRE. — Peu.

LE DOCTEUR regarde Claire sans sensibilité apparente, mais avec obstination. A madame de Salis. — Voulez-vous avoir l'obligeance de vous assurer si le général dort encore ?

CLAIRE. — J'y vais, moi.

(Entre Louise Mouillar. — présentation)

LOUISE, à Madame de Salis. — Notre père ?

MADAME DE SALIS. — Toujours sa grosse fièvre. Le docteur ne l'a pas encore vu. Et ton père à toi ?

LOUISE. — Il va bien lui.

MADAME DE SALIS. — Il te boude toujours ?

LOUISE. — Toujours. Ce matin cependant, il m'a parlé. Il m'a demandé des nouvelles du Général. Je lui ai dit que j'allais partir pour venir ici. Cette fois il ne m'a pas laissé prendre un fiacre ; il m'a offert sa voiture.

MADAME DE SALIS. — C'est quelque chose. Crois-tu qu'il vienne lui-même ?

LOUISE. — Non, il a trop peur de se compromettre.

MADAME DE SALIS. — Il est né avec ça. Il faut le plaindre.

(Louise attire Mme de Salis un peu loin pour causer. M. Salis s'approche du docteur pour lui tenir compagnie.)

LE DOCTEUR. — Cette jeune personne a aussi perdu quelqu'un de sa famille.

MONSIEUR DE SALIS. — Elle a perdu mon beau-frère.

LE DOCTEUR. — Qui votre beau frère ?

MONSIEUR DE SALIS. — Le fils Cadet du Général. Jacques Hugonnet.

LE DOCTEUR. — Dont il me parlait si tendrement dans son lit à Berlin ?

MONSIEUR DE SALIS. — Il a été tué à Leipsig et Descombes, dont nous parlions tout à l'heure, à Montmirail.

LE DOCTEUR. — Vous dites qu'elle a perdu votre beau-frère. Pourquoi alors l'appelle-t-on, mademoiselle ?

MONSIEUR DE SALIS. — Ils n'étaient que fiancés ; mais il est impossible d'être plus veuve qu'elle ne l'est. (Entre Bertereau. M. de Salis présentant.) M. Bertereau, beau-frère du Général. (à Bertereau) Le docteur qui a soigné le général à Berlin.

BERTEREAU. — Monsieur, la famille Hugonnet vous a de grandes obligations. (Il s'arrête et fixant le docteur) mais moi-même, peut-être suis-je votre obligé ? Je ne me trompe pas. Vous étiez à la barrière de Clichy le 30 mars 1814. Vous dirigiez l'ambulance établie dans la rue de Clichy ?

LE DOCTEUR. — En effet.

BERTEREAU. — C'est vous, docteur qui avez appliqué le premier bandage à mon bras.

LE DOCTEUR. — Vous étiez donc soldat?

BERTEREAU. — Improvisé. Je faisais le coup de feu pour la première fois de ma vie.

LE DOCTEUR. — Ah ! très bien. Est-ce que vous aviez le bras cassé?

BERTEREAU. — Vous l'avez cru un moment ; mais il n'en était rien. C'est à vous aussi qu'on a dû apporter mon neveu Jean Hugonnet.

LE DOCTEUR. — Le fils aîné du général, n'est-ce pas?

BERTEREAU. — Oui.

LE DOCTEUR. — Mais n'était-il pas boiteux ?

BERTEREAU. — Pas assez.

LE DOCTEUR. — Comment pas assez?

BERTEREAU. — Oui, parce qu'il a pu se rendre à la barrière Clichy, sous prétexte que n'ayant pas à marcher, mais à faire le coup de feu immobile, derrière une barricade, il pouvait faire une fois ce métier de soldat qu'il avait toujours envié. (Entre madame Jean Hugonnet en deuil). Madame Jean Hugonnet.

(Le docteur se lève, la salue. Madame Hugonnet lui rend son salut.)

LE DOCTEUR, à mi voix, à Bertereau. — Hé bien, après ?

BERTEREAU. — Il expirait quand on vous l'apporta.

LE DOCTEUR se détournant et emmenant Bertereau dans un coin avec une vive sensibilité à demi-voix. — Mon pauvre général !.. Mon pauvre Hugonnet. La blessure que j'ai à soigner ici n'est pas la plus dangereuse. Il y en a une autre à laquelle je ne puis rien... Nous ne sauverons pas votre beau-frère.

BERTEREAU voyant entrer madame Hugonnet mère, au docteur. — Une plaie plus affreuse encore... Tenez ! voilà celle qui la porte : madame Hugonnet.

(Le docteur se retourne et se découvre avec un respect profond et très ému.)

MADAME HUGONNET, s'avançant vers le docteur et lui prenant les deux mains. — Ah ! monsieur, que de reconnaissance je vous dois... Quels remerciements je vous ai mille fois adressés en moi-même.

LE DOCTEUR les larmes aux yeux balbutie d'une voix rauque. — Madame ! Madame... J'ai fait mon métier !.. Si le général était éveillé...

MADAME HUGONNET. — Il l'est, je venais vous avertir...

LE DOCTEUR. — Alors, madame, veuillez m'indiquer.

MADAME HUGONNET. — Je vous conduis.

(Madame Hugonnet et le docteur sortent par la petite porte qui est au fond à droite.)

BERTEREAU s'approche des femmes. — Vous parlez du docteur ?

MADAME DE SALIS. — On le disait rude, un peu grossier. Il ne l'est pas tant que ça.

MONSIEUR DE SALIS. — Il ne l'est qu'à l'écorce. Il m'a paru très sensible au fond.

BERTEREAU. — Un chirurgien militaire devient naturellement dur, et heureusement pour les souffrances qu'il voit et qu'il soigne tous les jours, les blessures, les amputations. Il ne faut pas juger de sa sensibilité naturelle par ce côté là. Observez-le quand il se trouve en présence des souffrances morales. Celui-ci est bon. (A Louise). Votre père ?

LOUISE un peu sévère. — Mon père jouit d'une excellente santé.

BERTEREAU. — On m'a dit qu'il prétendait vous... marier, pardon, vous remarier.

LOUISE. — On vous a dit vrai.

BERTEREAU. — Je lui prédis qu'il ne réussira pas.

LOUISE. — Je ne prends même pas la peine de le lui dire.

BERTEREAU. — Ma pauvre nièce, je vois d'ici votre intérieur. (Rentrée du docteur: tous se lèvent). Eh bien docteur, qu'en pensez-vous?

LE DOCTEUR jetant un regard circulaire sur ces femmes, avec brusquerie. — On ne peut encore rien dire. On va amener ici le lit du général. Il a exprimé le désir de voir les champs, le ciel. Et il a raison. Sa chambre trop petite, manque d'air. Elle donne sur une rue étroite et triste.

MADAME DE SALIS. — Mon père avait choisi lui-même cette petite chambre.

LE DOCTEUR. — Parce qu'il y couchait étant enfant. Il me l'a dit. Il a changé d'avis, et il a bien fait. (Regardant autour de lui). Il faudra placer le lit là, près de cette fenêtre. (il montre la fenêtre de gauche.) Ces fauteuils, ces chaises sont à déplacer. (Il se met vivement à la besogne. Tout le monde l'aide, on réunit les chaises vers le pan de droite. Pendant ce remue ménage, on voit venir le général sur un petit lit de sangle que poussent Miette et madame Hugonnet Celle-ci parait essouflée. Le docteur,qui va les aider regarde madame Hugonnet,vivement.) Il ne faut pas faire cela, madame, cédez-moi votre place!

(On conduit le lit à la place indiquée par le docteur. Pendant qu'on le transporte, le Général dont la tête et le buste reposent sur une pile d'oreillers, fait des gestes d'amitié à tous. Quand le lit est en place, les femmes se trouvent à peu près rangées en cercle à quelque distance sur la droite).

LE GÉNÉRAL murmure en regardant de ce côté. — Que de veuves! que de veuves! (Puis il se tourne vers la fenêtre).

BERTEREAU, au général. — Une belle journée!

LE GÉNÉRAL un peu tristement. — Journée d'octobre. Vieillesse de l'année, beauté triste et pénétrante du ciel et de la terre... Les feuillages se sentent mourir. D'autres viendront... mais ceux de cette année, jamais plus. J'aimerais que ce fussent toujours les mêmes... que rien en ce monde ne mourût, pas même une feuille.

(Entre le petit Henri. Il porte un petit plâteau de bois sur lequel y a un peu de terre glaise, et quelque chose voilé d'un chiffon, qui doit être un petit buste.)

HENRI. — Père.

LE GÉNÉRAL, lui souriant. — Ah! te voilà Benjamin. (Au docteur qui est au pied du lit). C'est mon fils (appuyant) ..dernier.

HENRI. — Je t'apporte ton ouvrage qu'on avait oublié dans ta chambre.

LE GÉNÉRAL. — Merci, Benjamin.

LE DOCTEUR. — Vous travaillez à quoi donc?

BERTEREAU, s'approchant. — Le général dans sa jeunesse a fait de la sculpture.

LE DOCTEUR. — Je croyais qu'il avait été avocat.

BERTEREAU. — En effet: mais il avait du goût pour la sculpture; il en faisait en amateur.

LE GÉNÉRAL. — L'envie m'a pris de me rajeunir de cette façon.

BERTEREAU. — Hugonnet, jeune, avait toutes sortes d'aptitudes... sans compter celle de conduire des troupes qu'il s'est reconnue plus tard! (bas) malheureusement.

LE DOCTEUR, montrant le petit buste. — Peut-on voir?

LE GÉNÉRAL, vivement. — Non, ce n'est pas encore assez avancé! (Le Général qui ne s'est pas aperçu de la présence de sa femme accoudée sur le chevet de son lit, dévoile un peu le buste. Vif mouvement de Mme Hugonnet qui s'éloigne. A ce bruit le Général se retourne et murmure.) Pauvre femme! je ne te savais pas là. (Il recouvre le buste. Le docteur qui a vu le jeu de scène, interroge Bertereau du regard).

BERTEREAU, à demi voix. — C'est évidemment le buste commencé de Jean ou de Jacques.

(Entrée de Miette. Elle s'avance vers le Général.)

MIETTE. — Monsieur, un militaire qui a su que vous étiez malade, demande à vous voir. Voilà sa carte.

LE GÉNÉRAL. — Prince d'Aspar.

MADAME HUGONNET, vivement. — Tu ne vas pas le recevoir.

LE DOCTEUR. — Je ne vous le conseille pas.

LE GÉNÉRAL. — Pourquoi pas? Ce monsieur a été avec pas mal d'autres, fait prisonnier par ma division, à Wagram. Je m'entremis pour qu'il lui fut permis, sur parole, d'aller attendre à Paris l'échange des prisonniers. A Paris même, où il est resté quelque temps, après la paix, je lui ai rendu de légers services. Son souvenir m'est plutôt agréable (à Miette). Dites lui que je le recevrai.

BERTEREAU. — Nous allons vous laisser en tête à tête.

LE DOCTEUR. — Mais pas longtemps. (à Bertereau) Il a une fièvre intense.

BERTEREAU, de même. — Qu'y faire ?

LE DOCTEUR. — Rien. La gangrène gagne.

BERTEREAU. — Alors...

(Le docteur fait un geste significatif).

## SCÈNE IV

HUGONNET, LE PRINCE D'ASPAR, puis DEUX LIEUTENANTS puis BERTEREAU. HENRI, puis LES DAMES, LE DOCTEUR.

(Entre le Prince).

LE PRINCE, accent allemand. — Général, je viens d'apprendre votre maladie, quand à votre demeure, elle m'a été jadis assez hospitalière, je n'en avais pas oublié le chemin.

LE GÉNÉRAL. — Vous n'êtes cependant pas venu à Créteil, exprès pour moi ?

LE PRINCE. — Non, général. Mon régiment est cantonné à Vincennes. Je l'ai conduit aujourd'hui en promenade dans cette région, sans songer à vous, je le confesse. Mais ici, je me suis informé...

LE GÉNÉRAL, avec inquiétude. — Vous avez par là votre régiment.

LE PRINCE. — Avec un autre qui appartient à mon cousin le Comte de Bruck. Quel mal avez-vous donc général ?

LE GÉNÉRAL. — J'ai, colonel, que je m'en vais probablement d'une blessure au pied où la gangrène s'est mise... Mais je vous en prie, ne parlons pas de cela.

LE PRINCE. — Comme il vous plaira.

LE GÉNÉRAL. — Vous ne vous ennuyez pas trop chez nous?

LE PRINCE. — Pas du tout. Je m'ennuyais à Paris la dernière fois que j'y suis venu... Je ne goûtais alors ni Paris ni les Français. Il y avait pour cela de bonnes raisons. J'étais prisonnier. Les conditions sont totalement changées.

LE GÉNÉRAL, (très ému). — Colonel, il faut m'excuser, je crains d'avoir une faiblesse.

LE PRINCE. — Vous êtes très pâle en effet. Je me retire. (Il se lève, Miette entre).

MIETTE. — Monsieur, il y a là des officiers français... J'ai pensé que puisque monsieur recevait...

LE GÉNÉRAL. — Ils sont là ?

MIETTE. — Oui, monsieur.

LE GÉNÉRAL un peu rassuré — Alors, qu'ils entrent. Adieu, Colonel... Non restez, vous les croiseriez forcément. J'aime mieux qu'ils entrent et que vous sortiez après... Mais vous serez sage.

LE PRINCE. — Ah ! Général... près de votre lit de souffrance !

(Entrent deux jeunes gens en civil. Ils vont serrer la main au général et saluent à peine le prince.)

LE GÉNÉRAL, leur présentant le prince — Le Prince d'Aspar, envers qui j'ai des obligations.

LE PRINCE. — Oh ! par exemple !

(Les deux lieutenant saluent le prince).

LE GÉNÉRAL. — Asseyez-vous donc, messieurs. (Tout le monde s'assied. La contenance des trois hommes est tout de même assez hostile.) Vous êtes à Paris depuis quand ?

UN LIEUTENANT, — Depuis hier seulement.

LE GÉNÉRAL. — Et vous avez pensé tout de suite à moi... C'est bien aimable. (A ce moment, on entend sous la fenêtre un commandement militaire en Allemand. Le Général se dresse et se penche vers la fenêtre.) Comment, ces gens là viennent faire l'exercice sous ma fenêtre. (regardant le prince avec méfiance), serait-ce par hasard des hommes de votre régiment?

(Les deux lieutenants se lèvent d'un air assez animé.)

LE PRINCE, s'aprochant de la fenêtre. — Non, mon général, ces hommes appartiennent au régiment de mon cousin. Mais je vais vous délivrer de ce spectacle. Votre main, general.

LE GÉNÉRAL lui tend la main.— Je vous, remercie. Adieu. (Les 3 hommes se saluent. Le prince sort vivement. Le Général s'affaissant sur ses oreillers.) Ah ! que c'est pénible.

UN LIEUTENANT. — Vous n'êtes pas gravement malade, n'est-ce pas Général?

LE GÉNÉRAL. — Je vous dirai ça tout à l'heure. Parlons d'abord de votre affaire, car je devine, mes pauvres amis que vous vous trouvez dans l'embarras.

LE LIEUTENANT. — C'est vrai, général.

LE GÉNÉRAL. — Et vous avez pensé à moi ; je vous en sais gré.

LE LIEUTENANT. — Général, nous ne pouvons pas vivre avec notre demi solde.

LE GÉNÉRAL. — Parbleu!

LE LIEUTENANT. — Alors, nous voudrions trouver quelque chose à faire ; un métier, une occupation quelconque.

LE GÉNÉRAL. — Je vous approuve. Nous allons chercher. Mais parlons ouvertement. Vous auriez, en attendant, besoin de contracter un léger emprunt n'est ce pas? Allons, pas de fausse honte avec moi.

LE LIEUTENANT. — Mon Général, nous savons tous que vous n'êtes pas riche et que vous avez de la famille.

LE GÉNÉRAL, avec un sursaut. — J'en avais.

LE LIEUTENANT. — Oh! pardon, pardon, Général!

(Moment de silence).

LE GÉNÉRAL, se reprenant. — Je ne suis pas riche, cela est vrai ; mais j'ai mon gendre, M. de Salis, qui est fort aisé, et... (souriant.) c'est absolument comme si je l'étais moi-même.

(Entrent Bertereau et Henri Hugonnet.)

LE GÉNÉRAL. — Messieurs, mon beau-frère.

BERTEREAU tend la main aux officiers. — Des amis. J'ai vu sortir l'allemand.

LE GÉNÉRAL se penche vers la fenêtre. — L'Allemand a tenu sa promesse. Ils sont partis.

LE LIEUTENANT. — Général, vous ne nous avez encore parlé que de nous.

LE GÉNÉRAL. — C'est que je ne vaux plus guère la peine qu'on parle de moi.

LE LIEUTENANT. — Un dur à cuire comme vous, général, fera attendre encore longtemps la camarde.

LE GÉNÉRAL. — La camarde, mon cher enfant, comme vous dites! Je l'ai trop souvent approchée pour qu'il m'en coûte beaucoup de lui abandonner ma main et de la suivre... Ah! s'il n'y avait pas autour de moi quelques bonnes âmes à qui mon départ fera de la peine... par dessus celle qu'elles ont déjà, il ne me fâcherait pas de mourir... parce que j'en ai trop vu de fauchés et jetés à terre, comme s'ils étaient une moisson insensible d'herbe. Que de jeunesse enlevée au monde! Et ce qu'il y avait là dedans de valeur, d'héroïsme, de génies même probablement, qui le saura jamais? (Sa voix s'affaisse ; il parait fatigué, se tait et rêve. — un silence. Le général, reprenant). Il y a des choses plus dures que la mort. Mes yeux vont se fermer sur quel spectacle, bon Dieu! Le soldat étranger faisant l'exercice sous ma fenêtre et piétinant le champ où je cueillais des bluets, étant enfant. Ce même soldat que, cent fois, nous vainquîmes... Ah! nous avons trop vaincu, trop aimé vaincre. Nous étions fiers de nos courses à travers les peuples, de nos entrées triomphales à Berlin, à Madrid, à Vienne, à Moscou. Par un juste retour des choses, l'étranger campe aujourd'hui sur nos places publiques... Ce qui met le comble à notre malheur, c'est qu'il n'est pas immérité.

UN LIEUTENANT. — Oh! Général.

LE GÉNÉRAL. — Je vous étonne, je vous scandalise... tant pis ou tant mieux... au point où j'en suis, on voit clair et on parle sans ménagement. Pour mon compte, je m'en irai avec un regret qui ressemble bien à un remords. (Il s'arrête très fatigué—silence.)

BERTEREAU. — Parle encore à ces jeunes gens, si tu le peux.

LE GÉNÉRAL. — Oui, du remords... Vous ne comprenez pas. C'est que trop jeunes, vous n'avez pas vu la révolution à son début. Vous n'avez pas vu 89. Ce fut une aurore. Et quel beau jour semblait se lever sur la tête des hommes. Nous avons tous cru alors que nous allions être justes, être bons et fraternels... et que nous enseignerions cela à tous les peuples. Ah! il ne s'agissait pas alors de les vaincre, de les humilier et fouler à terre. Nous étions bien autrement orgueilleux. Nous voulions leur être secourables et bienfaisants... nous voulions les aimer tous et qu'ils nous adorassent pour nos bienfaits. Quoi de plus grand?

BERTERAU avec fierté. — Certes?

LE GÉNÉRAL (à Bertereau). — Comment avorta ce dessein pour l'accomplissement duquel les hommes n'étaient pas mûrs, dis le, toi.

BERTEREAU. — Oui, il se trouva que nous avions rêvé, mais nous n'avons pas été les seuls. D'autres hommes, ou plutôt un autre homme a rêvé, lui, d'élever un trône unique sur toute l'Europe; ce rêve là était aussi chimérique que le nôtre, et auprès du nôtre il était, en vérité, bien mesquin!

LE GÉNÉRAL. — Tu dis vrai, hélas! j'ai employé mon existence et tout ce qu'il y avait en moi de forces morales, au service d'un rêve mesquin. En 1789, j'étais avocat, et je commencais à percer quand vint 1792. Je partis comme volontaire avec quelles espérances désintéressées, Dieu sait!.. Malheureusement je me suis découvert, pour la guerre, quelque aptitude que je ne me soupçonnais pas. L'ambition vint à la suite. Plus tard, comme tant d'autres, je fus séduit par le génie, par l'étoile du général d'Italie, puis par celle du consul, qui semblait avoir le double génie de la guerre et de la politique...

Une autre séduction encore à laquelle j'ai cédé... J'ai aimé la vertu militaire... pour elle-même, et cherché les occasions de la manifester et je n'ai pas songé assez que cette vertu nous impose la condition de verser, avec notre sang, celui des autres.

BERTEREAU. — Je te trouve trop sévère pour toi-même, pour tes pareils. Cette gloire militaire que vous avez aimée, avec excès, elle était du moins à vous; acquise de vos dangers, de vos fatigues, de vos souffrances! Mais nous, la nation, les civils, la foule des Mouillar et des Pons, qui s'est enivrée autant et plus que vous même d'une gloire imméritée, comment la qualifier?

LE GÉNÉRAL. — Tu as beau dire, nous avons trop aimé un homme.

BERTEREAU. — Oui, certes. Mais l'armée fut plus excusable que la nation, car pour le soldat, cet homme était le résumé de l'armée, le symbole de la patrie, et comme le drapeau suprême et vivant. Quand, après une bataille, ces français saluaient leur chef des cris frénétiques de vive l'Empereur, ils sentaient remuer obscurément, au fond de leur esprit, par delà l'image de l'Empereur, une autre image bien plus grande qu'ils ne savaient pas nommer.

LES 2 LIEUTENANTS, avec élan. — C'est vrai! Oui, monsieur, oui.

(Ils lui serrent la main avec effusion.)

LE GÉNÉRAL, qui a la fin a fermé les yeux pousse un soupir pénible. Bertereau accourt, lui prend la main qui reste inerte, moment de silence et d'inquiétude. Il pousse plusieurs soupirs, puis sans rouvrir les yeux on l'entend murmurer avec des pauses. — Oui, je la ferai un jour... Je la sculpterai cette colonne... autour du fût, ils monteront, tournant en rangs serrés, soldats de tout arme, de tout âge... ayant sur leur visage le sillon des maux endurés, le vestige des blessures reçues... On y verra des rangs éclaircis par la mitraille; et aussi des morts, des blessés à terre; et des ambulances pleines d'autres blessés sanglants. Et cette ascension guerrière reposera sur un soubassement énorme... une multitude, un chaos de corps, hommes, vieillards, femmes vieilles et jeunes, les mères, les épouses, les unes à genoux, les autres couchées, écrasées sur les sol par le poids terrible... et les soldats en montant regarderont tous en haut, vers le sommet de la colonne... tronquée, où il n'y aura rien... une extrémité vide, désespérante. (une pause). Que me dites-vous? Vous trouvez qu'il y faudrait une image terminale... pas celle de l'homme en tout cas... (Tout à coup, le Général a un sursaut comme s'il se réveillait!... J'entends les pas d'une troupe à cheval. (Il se met sur son séant et regarde par la fenêtre).

UN LIEUTENANT, qui regarde aussi. — C'est le huitième chasseur.

LE GÉNÉRAL. — Le premier que j'ai commandé comme Colonnel à Montenotte, et le voilà qui porte la cocarde blanche! J'en ai assez!.. Ramenez-moi, je vous en prie, dans ma petite chambre où on ne voit rien.

BERTEREAU. — Mais tu es bien mieux ici!

LE GÉNÉRAL, avec fermeté. — Non, non, je vous en prie, car ce que je vois ici, c'est l'avenir, une France rétrograde et servante de l'Etranger.

BERTEREAU. — Je te réponds que ça ne sera pas; il y a une jeunesse.

LE GÉNÉRAL. — Dieu t'entende ; mais emmenez-moi.

(Les Lieutenants se mettent en devoir de pousser le lit tandis que Bertereau ouvre la porte du fond à droite. Au bruit du lit qui roule accourent : Mme Hugonnet puis les jeunes femmes.

MADAME HUGONNET. — Qu'est-ce qu'il y a ?

LE GÉNÉRAL, prenant la main de sa femme. — Rien, mon amie, rien de nouveau. Je veux simplement revenir chez moi... qu'on m'y laisse reposer un moment, seul avec toi.

(Sortie du général et de Mme Hugonnet qui avec Miette, pousse le lit hors de la scène.) (Les officiers prennent congé des dames et sortent au moment où rentre le docteur).

LE DOCTEUR. — Hé bien, le général ?

BERTEREAU. — Allez le voir dans sa chambre ; je crains que son état n'ait bien empiré.

Le docteur sort. Pendant que les dames remettent le salon en ordre, Bertereau va chercher Henri Hugonnet sur la chaise où, silencieux et étonné, Henri a écouté toute la conversation précédente et il descend avec lui, à droite.)

## SCÈNE V

BERTEREAU, HENRI, le DOCTEUR, CLAIRE, LOUISE, Mme JEAN HUGONNET, Mme DE SALIS.

BERTEREAU. — Tu as entendu ton père ?

HENRI. — Oui, mon oncle.

BERTEREAU. — Et qu'est ce que tu en penses ?

HENRI, embarrassé. — Je ne sais pas... Il me semble pourtant que c'est bien beau de se bien battre.

BERTEREAU. — Oui, quand on se défend. (Le docteur rentre) Eh bien, docteur ?

LE DOCTEUR, à demi voix. — Il faut s'attendre à tout. Mme Hugonnet lui fait prendre le cordial, mais... mais...

(Sur ce mot Henri s'éloigne et va à la fenêtre)

BERTEREAU. — Je comprends.

LE DOCTEUR. — Où est passé M. de Salis ?

BERTEREAU. — Il est sorti un instant ; l'air lui manquait, disait-il.

LE DOCTEUR. — Ça ne m'étonne pas. Faites-le chercher. Sa femme, tout à l'heure, aura besoin de le voir auprès d'elle.

BERTEREAU. — Pour la consoler.

LE DOCTEUR. — Oui. Maintenant, autre chose ; Madame Hugonnet...

BERTEREAU. — Ma sœur ! Eh bien ?

LE DOCTEUR. — Qu'on la soigne. Elle a une maladie de cœur... bien avancée.

BERTEREAU. — Comment en serait-il autrement ? Regardez autour de nous docteur.

LE DOCTEUR. — J'ai dit qu'on la soigne... au fond, je voulais dire qu'il vous faudra encore du courage dans un avenir prochain, peut-être...

BERTEREAU. — Je m'en doutais. Est-ce que vous nous quittez ?

LE DOCTEUR. — Non. Je rentre dans la chambre du général.

(Il sort. Bertereau se promène. Les femmes paraissent causer deux à deux un instant. Puis chacune semble revenir à ses chagrins personnels, la tête basse, l'attitude affaissée. Silence).

BERTEREAU, s'arrête devant Henri et va le chercher, il le retrouve et voit qu'il pleure. — Tu pleurais ?

HENRI. — Mais... non.

BERTEREAU. — Viens ici. (Il l'attire sur le devant du théâtre, s'assied sur une chaise et le tenant entre ses genoux lui dit.) Pleure, mais regarde bien ce que tu vois. Ce qui se passe ici doit agir sur toute ta vie. Tu as l'âge de comprendre. Il manque au lit de mort de ton père deux hommes jeunes et qui, de par la nature, devraient être là : Jean et Jacques. Ils sont en revanche, représentés par deux femmes vêtues de noir, deux veuves désespérées. C'est la gloire militaire qui a fait ça. Tu as une sœur qui n'est pas veuve. Mais c'est un destin pire. Celle-ci voit se rapprocher chaque jour l'heure où elle sera veuve... Et c'est la gloire militaire qui a fait ça. Regarde toutes ces femmes. Observe qu'aucune ne parle à sa voisine ; c'est qu'aucune n'est en état de consoler l'autre. Tu comprends... Ton père va mourir. Encore une veuve avec un orphelin, et c'est la gloire militaire qui a fait ça... Voilà ce qu'elle a fait ici, dans une seule maison... et maintenant, représente toi qu'en France, en Allemagne, en Russie, en Espagne, ailleurs encore... un million de maisons pareilles, offrent le même spectacle, des veuves, des orphelins, des parents vieillis avant l'âge ou enlevés par le chagrin. Veux-tu le total de ce compte ! En quinze ans, la gloire militaire a fait périr deux millions d'êtres, jeunes, vigoureux, regrettés et pleurés par deux cents millions d'autres êtres qui les aimaient.

(La porte du fond s'ouvre et madame Hugonnet parait sur le seuil où elle s'arrête, pâle, muette, les bras tendus vers ses filles Louise et Claire, Madame Jean et Madame de Salis se lèvent.

TOUTES. — C'est fini ?

Madame Hugonnet baisse la tête, elles se précipitent vers leur mère, l'embrassent et l'entraînent.)

BERTEREAU, prend Henri par la main. — Viens embrasser ton père mort (geste de dénégation d'Henri.) Si viens ! tu verras comme c'est tranquille et simple la mort... et puis, tu te rappelleras mieux.. ce qu'il ne faudra jamais oublier.

RIDEAU

PAUL LACOMBE

# C'EST LA GUERRE

DRAME EN DEUX ACTES

## PERSONNAGES :

HENRI FRÉDÉRICKSEN
SIMON HARTMAN, père de Louise
LE CAPITAINE GEORGES
LE LIEUTENANT MARCEL
LE COLONEL
LE MAIRE
JACQUES HERVERS.
HABITANTS

SOLDATS
UN PRÊTRE
UN PASTEUR
UN MÉDECIN MILITAIRE
LE CAPITAINE ROBERT
LOUISE HARTMAN
ÉMILIE BLUM
LA MAIRESSE.

# C'EST LA GUERRE

## ACTE PREMIER

L'action se passe dans le Holstein, pendant la guerre de la Prusse avec le Danemark, en 1864.

La scène représente une place de Grünenthal. Maisons au fond, à droite et à gauche. Une route passe devant les maisons du fond, ouvrant la scène des deux côtés. — A droite, au premier plan, une hôtellerie. En avant de la porte, une marquise abrite une table, un fauteuil et deux chaises. Il est 5 heures du matin, en juin. — La place est vide, les boutiques sont encore fermées.

### SCÈNE PREMIÈRE

HENRI, La MAIRESSE

HENRI, sortant d'une des maisons à gauche, va frapper à la porte d'une maison voisine. — Une fenêtre s'ouvre et une femme s'y montre.

MADAME LA MAIRESSE, d'une voix aigre. — Qui est-ce qui frappe si fort et si matin !

HENRI, levant la tête. — C'est moi... me reconnaissez-vous ?

LA MAIRESSE. — Parfaitement. Que voulez-vous ?

HENRI. — Je voudrais parler à M. le maire.

LA MAIRESSE. — C'est encore pour votre mariage ?

HENRI. — Vous l'avez dit.

LA MAIRESSE, comme à elle-même. — Il y a des gens bien impatients.

HENRI. — Ils ont leurs raisons.

LA MAIRESSE. — Mon mari s'habille, il descend tout à l'heure.

(elle disparait).

HENRI, revient à la porte d'ou il est sorti, puis la dépasse et reste sur la route, à demi caché dans la coulisse du côté gauche.

### SCÈNE II

HENRI, GEORGES, EMILIE

Georges, en petite tenue d'officier, bottes de cheval et cravache en main, sort d'une des maisons de gauche. De ce même côté, au bruit de sa sortie, Emilie a paru à la fenêtre d'une maison voisine, puis est sortie. Elle rejoint l'officier qui s'est arrêté pour épousseter, avec sa cravache, une de ses bottes.)

EMILIE. — Georges !

GEORGES, en se retournant. — Tiens... c'est vous... Votre santé est bonne.

EMILIE. — Georges, vous faites déjà le railleur avec moi.

GEORGES. — Je suis poli.

EMILIE. — Soit... Mais... il y a une semaine que vous ne m'avez parlé... Depuis le jour ou je vous ai dit...

GEORGES. — Que m'avez vous dit de si... effrayant ?

EMILIE. — Que j'avais peur d'être...

GEORGES. — Bien, bien, je me rappelle. Nous avons fait en collaboration un petit ouvrage qui ne peut pas se défaire. Il sera peut-être fort gentil. En tout cas, je n'y puis rien.

EMILIE. — Vous pourriez ne pas m'abandonner, me délaisser... car telle est visiblement votre intention. Vous courez déjà après une autre femme.

GEORGES. — Il est juste que chacune ait son tour.

EMILIE. — M'abandonner, c'est déjà infâme ; vous y mettez de plus une gaieté cruelle et insultante... C'est trop pour moi, et trop même pour vous.

GEORGES. — Que voulez-vous dire ?

EMILIE. — Je veux vous rappeler que nul homme, père où frère, ne me protège.

GEORGES. — Je le regrette comme vous. Une querelle à propos de vous assaisonnerait ce que vous appelez mon abandon. Je ne vous connaissais pas si fière, et si sujette à menacer, ma chère.

EMILIE. — La mort prématurée de

mon père, puis celle de ma mère nous ont jetées dans une condition humble en apparence, grand-mère et moi, mais mon père a porté l'épee tout comme vous. J'ai du sang d'officier Danois dans les veines.

GEORGES, railleur. — Çà c'est certainement beaucoup, mais excusez moi de ne pas écouter pour le moment vos traditions de famille. Mon cheval m'attend et il a l'humeur fort impatiente.

EMILIE. — Je sais où vous allez ; je sais même la femme vers qui vous allez.

GEORGES. — Vous espionnez.

EMILIE. — Je surveille. Ecoutez-moi, laissez moi employer avec vous une dernière fois la prière. N'allez pas là-bas. Je vous en supplie pour moi et peut-être aussi pour vous... Vous ne me connaissez pas.

GEORGES, avec ironie. — Je croyais.

EMILIE. — Encore une insulte. Vous ne savez pas de quoi je suis capable.

GEORGES. — J'entends. Vous pouvez vous tuer. Ça c'est un air connu, ma chère. (comme elle lui met la main sur le bras.) Laissez moi partir, s'il vous plaît.

EMILIE. — En grâce, n'allez pas... ou il y aura un malheur.

GEORGES. — Ah ! çà, que prétendez-vous, finalement ? Que je vous épouse ?

EMILIE. — Epouse ou maîtresse,... vous me devez de m'amener avec vous, dans votre pays, hors du mien, car on m'y méprise pour ma faute, et on m'y hait pour l'avoir commise avec un ennemi de mon pays... La vie n'y serait pas supportable. Au reste, si vous ne m'amenez pas, je me traînerai à votre suite.

GEORGES. — Çà c'est une menace plus positive que votre suicide. Vous me forcez à vous dire ce qui, en ce cas, vous attend. (Il fait siffler sa cravache )

EMILIE, se redressant. — Prenez garde... Je ne suis pas un animal soumis et caressant pour le maître qui le frappe, je suis une créature humaine et moi aussi j'ai une main...

GEORGES, (Un soldat a paru au fond à droite, en voyant son officier, il s'est arrêté.) — Tenez voilà mon ordonnance qui vient me chercher — Adieu.

EMILIE, revenant au ton de la prière. — Ne partez pas, n'allez pas où vous allez... ayez pitié ; pitié de moi... ou de vous.

(elle lui met encore la main sur le bras.)

GEORGES. — Vous m'ennuyez. (Il se dégage et lui cingle violemment la main de sa cravache. (Il s'éloigne.)

EMILIE, d'une voix furieuse, mais basse.— Lâche qui bat une femme... lâche ; si j'avais un père il te tuerait, si j'avais un frère, il te tuerait... Lâche... lâche.

(Cette scène a été vue de Henri posté au bord de la coulisse à gauche et aussi de la mairesse qui était depuis un moment à sa fenêtre.) (Henri s'est approché ; en s'approchant il a tendu le poing dans la direction où Georges a disparu )

HENRI. — Je vous vengerai de ce brutal, moi, si je pensais qu'il daignât se battre avec moi.

EMILIE. — Il ne se battrait pas avec vous. Et votre provocation vous ferait seulement maltraiter par ces Prussiens qui occupent notre pays. Cependant merci de tout mon cœur. Vous me faites du bien... Peut-être aussi on dirait que je suis votre maîtresse. On me juge maintenant si mal ! (avec exaltation). Je suis si méprisée. J'ai perdu le seul bien que j'eusse : une bonne renommée, et pour lui, par lui... pour cet étranger débauché, brutal, qui s'en va chercher une autre femme en fredonnant et riant de moi. J'en suis sûre comme si je le voyais. Et savez vous, je suis enceinte.

HENRI. — Pauvre femme !

EMILIE. — Oui, pauvre femme. Je ne puis ni le retenir ni le punir. Qu'il reste impuni, çà m'indigne... Çà me soulève toute. Oh ! être un homme... un jour, un seul jour. Je vous réponds qu'il aurait affaire à moi. Je dis des folies. C'est qu'en effet je suis folle. Je ne vois pas du tout la vie possible, pas plus ailleurs qu'ici, où personne ne veut plus me voir, votre Louise entr'autres, qui était ma meilleure amie (mouvement d'Henri.) Oh ! je ne lui en veux pas, j'en aurais fait autant à sa place ; et puis ce sont les parents qui défendent... Si je ne pensais à ma vieille mère, çà finirait mal et tout de suite.

HENRI. — Pauvre femme ! Je veux que Louise vienne vous voir.

EMILIE. — Non... Non... Mais vous êtes généreux, vous. Que Dieu vous garde. Je m'en vais... Je vois le maire, qui veut vous parler.

HENRI, lui prenant la main et la serrant. Espérez, espérez encore.

EMILIE. — Merci... adieu.

## SCÈNE III

Le MAIRE, HENRI

LE MAIRE, d'un ton bougon. — Qu'est ce que vous voulez ?

HENRI. — Je croyais vous avoir prévenu hier soir.

LE MAIRE, en phrases saccadées. — Oui... Vous voulez vous marier demain à toute force.

HENRI. — A toute force.

LE MAIRE. — Je veux dire et je dis qu'on ne se marie pas dans un pays occupé par l'ennemi... On attend des jours meilleurs.

HENRI, vivement — Je pense, moi, que l'occasion est bonne pour amener sa femme dans un endroit plus sûr. Il n'y a pas encore de soldats étrangers chez nous.

LE MAIRE. — Enfin vous avez besoin de moi ?

HENRI. — Vous le savez bien... J'ai besoin d'un témoin qui habite Albersdorf. Pour m'y rendre, je suis tenu d'avoir un sauf-conduit du colonel Prussien, qui ne me l'accordera que sur votre demande et sous votre responsabilité.

LE MAIRE, toujours plus bougon. — C'est bien çà... ma responsabilité. Elle me fera fusiller un jour où l'autre, ma responsabilité... Il n'y a pas huit jours, je ne sais quel imbécile s'avise de tirer, le soir dans l'obscurité, un coup de fusil sur un Prussien ivre qui rentrait ici trop tard. Par bonheur il le manque... On me demande qui a fait le coup, comme si je devais tout savoir... Et j'ai vu le moment ou l'on m'envoyait les fers aux mains et aux pieds tenir forteresse à Dantzig, sans compter que cette troupe de... (je m'entends) menaçait de nous mettre tous à sac.

HENRI. — Je le sais, mais moi je ne songe à tirer sur personne. J'ai d'autres idées en tête.

LE MAIRE. — Chaque fois que je dois aborder l'autorité prusienne, vous pensez si j'ai du plaisir. Et c'est ça que vous me demandez !

HENRI, vivement. -- Sans tant de paroles. Vous me refusez ?

LE MAIRE. — Voilà l'autre maintenant; qui vous dit çà ? Me faire une affaire avec le père Simon, avec sa femme et toute la famille... merci.

HENRI. — Alors quoi ?

LE MAIRE. — Je ne vous refuse pas... je voudrais que vous retiriez votre demande.

HENRI. — Pour çà, non, non.

LE MAIRE, s'en allant. — Allez au diable !

HENRI, courant après lui. — Enfin, votre dernier mot.

LE MAIRE, criant. — J'irai, j'irai : attendez-moi... mais le diable vous emporte après...

## SCÈNE IV

HENRI, LOUISE

(Sur ces derniers mots, Louise est sortie de la maison d'où on a vu précédemment sortir Henri. En quittant le maire, Henri s'approche de Louise. Elle lui prend le bras; ils descendent la scène lentement en se parlant tout bas. Arrivés sur le devant de la scène) :

LOUISE. -- Partons-nous toujours après demain ?

HENRI. — Ce qui se passe ici me fait trop mal à voir. C'est demain soir que je voudrais partir.

LOUISE, vivement. — Oh ! tant mieux. (se reprenant). C'est mal ce que je dis là.

HENRI. — Où vois-tu du mal ?

LOUISE. — Si... Ce n'est pas bien d'être si pressée de quitter mon père, ma mère... Mais il me tarde tant de connaître ton pere et ta mère à toi... qui vont être les miens... C'est drôle et çà me fait je ne sais quoi au cœur de dire : au lieu d'un père, j'en aurai deux. Au lieu d'une mère, j'en aurai deux. Et ils ne m'ont jamais vue et ils m'aiment déjà, car j'en suis sûre, ils m'aiment.

HENRI. — Tu peux en être sûre.

LOUISE. — A cause de toi, bien entendu. Mes petits mérites n'y sont pour rien. Et puis il me tarde encore de faire connaissance avec la maison où je dois vivre avec toi et mourir avant toi, c'est décidé.

HENRI. — Folle !

LOUISE. — Tu m'as dit que, devant la maison, il y a un pré et derrière un petit bois. Notre chambre regarde de quel côté ?

HENRI. — Du pré.

LOUISE, — C'est pour le mieux. Tu ne m'as pas dit où l'on allait chercher l'eau.

HENRI, — A une source.

LOUISE. — Il y a bien pourtant un ruisseau. Il m'en faudra un pour la lessive.

HENRI, riant. — Aussi t'en ai-je fait mettre un dans le paysage.

LOUISE. — Çà a dû te couter bon.

HENRI. — Tu penses ! Mais la source est plus proche.

LOUISE. — A quelle distance ?

HENRI. — Pas à cent pas.

LOUISE. — Dans le petit bois, je parie ?

HENRI, riant. — Je n'ai eu garde de la placer ailleurs.

LOUISE. — Mais tout est parfait... Ne m'as-tu pas dit que les environs sont boisés ?

HENRI. — Mais oui.

LOUISE. — Tout est comme si je l'avais commandé.

HENRI. — Sitôt commandé, sitôt exécuté.

LOUISE. — Et les arbres ont grandis... comme ça tout de suite.

HENRI. — Parbleu, on le leur a si bien recommandé.

LOUISE. — Tu dis des bêtises — Ma chambre ?

HENRI. — Oh ! Elle n'est pas très grande.

LOUISE. — Peu importe, j'y demeurerai si peu. J'aurai assez à faire ailleurs. Qu'est-ce qu'il y a dans ma chambre ?

HENRI. — Un miroir et un lit.

LOUISE. — Et c'est tout ?

HENRI. — C'est donc pas assez : un miroir pour te voir belle et un lit...

LOUISE, vivement. — Je suis sûre qu'il y a autre chose.

HENRI. — Peut-être. Le lit, non plus n'est pas grand, moi je n'y vois pas d'inconvénient ; nous n'en serons que plus près l'un de l'autre.

LOUISE. — Çà, çà m'est égal.

HENRI. — Tu dis ?

LOUISE. — Ça m'est égal... pourvu qu il y ait assez de placards.

HENRI. — Ma foi, je ne sais que t'en dire.

LOUISE. — C'est curieux comme les hommes ignorent la question des placards... Enfin, c'est demain. Et puis toujours demain. J'avais bien confiance en toi, mon Henri... Et cependant je me disais : çà n'arrivera pas... Ce serait trop beau, trop bon... et nous y voilà.

HENRI. — Dame, nous l'avons bien gagné. Nous l'avons assez attendu ce jour de demain.

LOUISE. — Sais-tu que c'est drôle, il y a aujourd'hui trois ans, jour pour jour, que tu m'as dit : Je vous prendrais bien pour femme, si vous vouliez me prendre pour mari. » Et qu'ai-je répondu ?

HENRI. — Allez vous promener.

LOUISE. — Menteur !

HENRI. — Mais oui. N'as-tu pas dit : Allez toujours me demander à mon pére. Est-ce qu'il ne fallait pas marcher pour çà ?

LOUISE. — Des bêtises ! Et depuis ce jour, mon petit, je n'ai plus regardé un seul garçon plus haut que ses souliers.

HENRI. — Moi je regardais toutes les filles.

LOUISE. — Méchant !

HENRI. — Pour voir si quelqu'une te ressemblait... mais je n'en ai pas trouvé.

LOUISE. — Si nous étions seuls, je t'embrasserais.

(Un silence).

(Elle rêve, lui la contemple.) Tu venais rarement me voir.

HENRI. — Autant que je pouvais. Sais-tu qu'il y a dix lieues d'ici chez nous... et tant de travail à la ferme... même le dimanche... A cause du gros bétail.

LOUISE. — Et çà a duré trois ans... une éternité.

HENRI. — Le pere avait dit : « Il faut que ta sœur aînée soit établie et que ton cadet ait l'âge de se placer en condition »... C'est arrivé.

LOUISE. — J'ai cru mourir avant que ça arrivât.

HENRI. — Oh ! moi pas.

LOUISE. — C'est que tu n'y as pas passé comme moi... par cette fièvre. Un soir, j'ai compris que le médecin me jugeait bien bas,... bien bas... Alors j'ai pleuré en dedans et j'ai bien prié Dieu... de ne pas me faire mourir avant d'avoir été ta femme : « Mon Dieu, lui disais-je, permettez que çà soit au moins un an, une semaine... un jour même... mais qu'enfin cela soit.

HENRI, ému. — Ma bonne, mon excellente Louise... tu vois... nous y sommes comme tu le désirais.

LOUISE. — Tu n'as jamais eu de ces idées noires.

HENRI. — Moi, j'ai toujours été sûr.

LOUISE, avec effroi. — Oh rentrons... Voici les soldats qui amènent des prisonniers (entrent quelques habitants conduits et enserrés dans un double rang de soldats.)

HENRI. — Que signifie?

LOUISE. — Ce sont de pauvres gens que les officiers Prussiens vont juger.

HENRI. — Où donc?

LOUISE. — Mais là, devant le café. Tu vois cette table, ces sièges... C'est pour ça.

Henri désignant le Colonel, le Capitaine et le Lieutenant Marcel qui sortent du café et viennent se placer auprès de la table.

Alors, ce sont les juges?

LOUISE. — Mais... oui. Je rentre.

HENRI. — Moi, faut que je reste pour mon sauf-conduit.

(Louise sort).

## SCÈNE V

LE COLONEL, LE CAPITAINE ROBERT, LE LIEUTENANT MARCEL, HABITANTS, SOLDATS, HENRI, LE MAIRE, LOUISE ET SIMON.

LE COLONEL, au capitaine tandis que les soldats amènent devant eux les prisonniers. — Quelle affaire avons-nous aujourd'hui?

LE CAPITAINE. — Rien de grave.

LE COLONEL. — Appelez.

LE CAPITAINE (à un soldat). — Joseph Stein. (Le soldat Stein se présente en silence suivi d'un habitant qui se place à côté de lui). Voici un soldat que son hôte a roué de coups.

L'HABITANT. — Oui, mais, monsieur le colonel, il a fait à ma femme un geste... qui ne se doit pas faire.

LE COLONEL (à l'habitant). — Avez-vous des témoins?

L'HABITANT. — Pour faire ces choses là, on n'attend pas qu'il y ait autour de vous des témoins... mais j'ai vu, d'un endroit où cet homme ne croyait pas que je pusse le voir (geste de dénégation du soldat). Il nie ça parce qu'il n'y a que moi qui l'ai vu... mais il ne niera pas qu'il poursuive partout notre petite bonne et qu'il porte les mains sur son corsage... car pour ça il ne se gêne pas et nos pratiques peuvent l'attester.

LE COLONEL. — Nous ferons une enquête... (à l'habitant). — Mais les faits dont vous arguez, fussent-ils vrais, sachez que vous n'éviterez pas tout châtiment. Quand l'un de vous reçoit quelque offense d'un de nos soldats, il n'a qu'une conduite à tenir : venir s'en plaindre à moi.

L'HABITANT. — En attendant, alors, il faut souffrir que...

LE COLONEL, froidement. — Comme vous dites.

L'HABITANT, tremblant. — A quoi que vous me condamnez?

LE COLONEL. — Vous saurez ça après l'enquête. (à Stein). Quant à vous, mon ami, qui vous êtes laissé assommer...

STEIN. — Mon colonel, j'ai pas pu...

LE COLONEL. — Silence! Vous étiez armé ! Il fallait lui passer votre baïonnette au travers du corps. Vous avez manqué à ce devoir. De ce chef — et en réservant la question des obscénités commises — je vous inflige trois mois de prison à faire quand ce sera possible. (au capitaine). Appelez une autre cause.

LE CAPITAINE. — Michel Sttuller. C'est un habitant qui a refusé de nous vendre de l'avoine (sur ces derniers mots, le maire s'est approché, suivi de Henri, et il a parlé bas au colonel).

LE COLONEL, (au capitaine). — Attendez. Voici qui presse me dit-on, (s'adressant au maire). Ce jeune homme pour lequel vous demandez un sauf-conduit, vous le connaissez bien ; vous pouvez en répondre?

LE MAIRE (avec quelque hésitation. — En répondre, en répondre. Sans doute... Jugez-en vous-même. Il n'est pas de la localité, mais voilà trois ans qu'il y fréquente... et deux ans qu'il est fiancé avec une fille d'ici. Je dois les marier demain : ce jeune homme demande la permission d'aller à Albersdorf, justement pour y chercher un parent de la fille qui servira de témoin demain.

LE COLONEL. — Je préviens ce jeune homme qu'il devra, à l'aller et au retour, suivre le grand chemin d'ici à Albersdorf, et ne s'en écarter sous aucun prétexte. Je vais lui libeller le sauf-conduit dans ce sens.

Henri qui s'est approché fait un signe d'assentiment.

LE CAPITAINE qui regarde Henri avec beaucoup d'attention depuis un instant. — Voilà un solide gaillard. (à Henri). Dites donc, vous, de quel pays êtes vous ?

HENRI. — Du Holstein, monsieur le capitaine.

LE CAPITAINE. — Jeune et fort comme vous êtes, comment se fait-il que vous ne soyez pas en ce moment dans l'armée danoise ?

HENRI. — J'ai un père très âgé, une mère aveugle, un frère et une sœur qui sont encore mineurs.

LE CAPITAINE. — Exempté comme soutien de famille... C'est dommage... pour votre pays. Vous avez toute la mine d'un homme qui nous aurait tiré volontiers des coups de fusils.

HENRI, froidement. — Vous ne voudriez pas, Monsieur le capitaine, que recevant vos coups de fusil, je ne vous les rendisse pas.

LE COLONEL, pendant ce dialogue a écrit le sauf-conduit et le remet au maire. (S'adressant a Henri). — Sans compter qu'en cela vous n'auriez fait qu'obéir à vos chefs, ce qu'il faut toujours faire. (Henri salue et s'éloigne avec le maire). Hé bien, Capitaine, retournons à nos affaires.

LE CAPITAINE. — Mon colonel, on est allé chercher un témoin qui nous fait défaut.

LE COLONEL. — Attendons-le.

(Les officiers se mettent à causer bas entre eux. Depuis un moment Louise et son père Simon, sont entrés en scène, ils attendent visiblement Henri et se tiennent a gauche sur le devant de la scène, derrière le groupe d'habitants et de soldats qui font escorte autour du tribunal.)

HENRI, s'approche de sa fiancée en agitant le sauf-conduit. -- Voilà, j'ai ce qu'il faut.

LOUISE. — Alors vous n'avez plus qu'à partir et vite... pour être plustôt revenu.

HENRI. — Croyez bien que je ne vais pas m'amuser.

LOUISE, sur un mouvement d'Henri. — Attendez..... Vous ne pensez à rien (elle lui présente une gourde.) Vous n'aviez pas pensé que vous pourriez avoir soif... Il y a dedans du café avec du kirch.

HENRI. — Merci, ma chérie, (pendant ce dialogue le père Simon les regarde en souriant.)

LOUISE. — Partez. Un mot seulement. Vous pouvez être de retour à 5 heures. Vous savez. Je vous attends à 5 heures ou à quatre heures et demie.

HENRI. — Vous devriez bien me donner...

LOUISE. — Quoi encore?

HENRI, désignant le corsage de Louise. — Ces fleurs d'héliotrope.

LOUISE. — Tenez les voilà et partez (comme Henri les met à sa boutonnière). Attendez, vous ne savez rien faire, voilà des fleurs que vous ne porterez pas à cent pas. Laissez-moi vous les assujétir.

(Elle assure la fleur avec une épingle assez lentement.)

SIMON. — Tu veux qu'il parte, mais tu ne le lâches pas.

LOUISE. — Mais non, mais non.

HENRI, à demi voix. — Vous me laisserez partir sans un baiser ?

LOUISE. — Devant père ?

SIMON. — Avec ça que ce serait la première fois !

LOUISE. — Mais jamais sur une place publique.

HENRI. — Mais tout le monde nous y tourne le dos.

LOUISE. — Et les fenêtres ?

HENRI. — Il n'y a personne au fenêtres.

LOUISE, lui tendant la joue d'un air indifférent. — Alors vite.

(Henri l'embrasse, elle lui rend brusquement et vivement son baiser.)

HENRI. — J'ai mon compte. Je pars cette fois.

RIDEAU

## ACTE DEUXIÈME

Il s'ouvre par une scène de violence soldatesque. On voit passer au fond des habitants qui fuient devant des soldats qui, le sabre nu, les poursuivent. D'autres soldats en groupe sur la place tirent des coups de pistolets à quelques femmes que le bruit a amenées aux fenêtres. Cris et clameurs de gens qu'on ne voit pas.

### SCÈNE PREMIÈRE

SOLDATS, LE LIEUTENANT MARCEL, PUIS LE COLONEL LE MAIRE

Deux soldats venant se planter devant une des maisons de gauche, d'où est sorti, au 1er acte, le capitaine Georges.

1er SOLDAT. — C'est là qu'on l'a porté?

2e SOLDAT. — Non, çà c'est là où demeure sa maîtresse, et c'est ici qu'il est.

1er SOLDAT. — Quand on l'a trouvé, il était tout à fait mort?

2e SOLDAT. — Tu penses... avec une balle en plein front.

1er SOLDAT. — Un mauvais bougre, après tout.

2e SOLDAT. — Bougre ou non, faut que les habitants nous payent çà.

1er SOLDAT. — On parle d'exécution militaire. Qu'est-ce que c'est que çà, sais-tu?

3e SOLDAT, s'approchant. — Moi je sais, c'est très agréable... pour le soldat, s'entend.

1er SOLDAT. — J'aurais pas cru.

3e SOLDAT. — Mais si... mais si... C'est une diablerie...quoi! Figure-toi donc ça : tout ce qui était défendu, permis, et même commandé... tu peux tout battre, tout massacrer, tout violer, tout voler, tout casser chez l'habitant, tout manger et tout boire et après, pour en finir par une bonne farce, foutre le feu à la maison où tu as tout chambardé.

1er SOLDAT. — Pas possible qu'on voit çà sous le soleil!...

3e SOLDAT. — Tu crois pas?

1er SOLDAT. — Non, je crois pas.

3e SOLDAT. — Pauvre poulot, t'es bien encore de ton village.

(On entend des clairons sonner le ralliement — Le lieutenant Marcel entre et frappe d'une canne les soldats qu'il rencontre.)

LE LIEUTENANT MARCEL. — Allez! allez! Sortez d'ici, vite à la place du marché et formez vous en compagnie.

LE COLONEL, sort de la maison où se trouve le café.

MARCEL, s'avance vers lui. — Mon colonel, je crois que le désordre est fini pour le moment.

LE COLONEL. — Ont ils tué quelqu'un, par hasard?

MARCEL. — Je ne crois pas, mais sûrement, il y a des blessés.

LE COLONEL. — Mais le maire! Où diable est-il le maire? (on entend des cris, un tumulte sur la droite — Le maire entre, houspillé par trois ou quatre soldats qui disparaissent en apercevant leur colonel — Le maire se présente tremblant, tête nue, habits déchirés.)

LE MAIRE. — Vos soldats ont voulu m'assassiner.

LE COLONEL. — Ce ne sont pas eux qui ont commencé.

LE MAIRE, pleurant — J'ai pourtant fait ce que vous m'aviez commandé.

LE COLONEL. — Voyons, rendez compte.

LE MAIRE. — J'ai fait arrêter les habitants que vous m'aviez dit d'arrêter.

LE COLONEL. — Je vous ai enjoint d'en arrêter cinq qui ont précédemment manifesté des sentiments très hostiles.

LE MAIRE. — Ils sont tous les cinq dans la cave de la mairie... on va vous les amener.

LE COLONEL. — J'espère que nous trouverons là dedans notre assassin.

LE MAIRE. — Et si vous ne l'y trouvez pas?

LE COLONEL. — Je ferai une exécution sur le village... et vous, je vous enverrai, les fers aux pieds, dans une de nos forteresses... Ne pleurnichez pas, inutile. (*sur un mouvement du maire.*) Attendez. Vous allez me choisir une vingtaine d'habitants parmi les principaux et vous les amènerez ici.

LE MAIRE, *effaré.* — Qu'en voulez vous faire?

LE COLONEL. — Rien que des témoins, pour le moment. Ils assisteront au procès et à l'exécution des coupables, s'il y a lieu, afin qu'ils rapportent aux autres, comment nous jugeons et nous punissons. Allez !

## SCÈNE II

LES MÊMES, PUIS LE CAPITAINE ROBERT, SOLDATS, HABITANTS, SIMON, JACQUES, LA MAIRESSE, HENRI, LOUISE, PUIS EMILIE.

(*Entrent cinq habitants conduits par des soldats que le capitaine Robert commande.*)

LE COLONEL, *au capitaine.*— Capitaine, nous allons immédiatement procéder ensemble — et vivement. — à l'interrogation de ces prisonniers ; venez prendre votre place. (*Il se dirige vers le fauteuil qu'il a occupé au premier acte.— Au maire.*) Vous, allez me chercher les vingt habitants demandés. Quant à ces cinq suspects, ils auront à prouver leur alibi, non par le témoignage de leurs concitoyens, mais par celui des soldats qui logent chez eux. Ces soldats, il faut donc me les chercher, également.

LE MAIRE.— J'avais prévu ça. Chacun des suspects m'a nommé les soldats qu'il loge, leur compagnie, leur numéro. Ils sont prévenus, ils doivent être là, ou pas bien loin (*on voit entrer en effet un à un des soldats qui se joignent au 1er peloton*).

LE COLONEL, *à Marcel.*— Venez donc !

(*Le colonel, le capitaine Robert se placent comme au premier acte.*)

LE COLONEL, *s'adressant au capitaine.*— Vous avez la liste? (*Le Capitaine la lui montre*).

Alors commençons.

LE CAPITAINE. — Antoine Wiener (*l'individu nommé s'avance.*) Avez-vous quelqu'un qui affirme votre présence ici, dans Grünenthal pendant l'après-midi d'hier ?

UN SOLDAT, *s'avançant.* — Moi, mon colonel.

LE COLONEL. — Vous êtes logé chez le prévenu ?

LE SOLDAT. — Oui mon colonel.

LE COLONEL. — Et vous l'avez vu hier... à quelle heure ?

LE SOLDAT.— A trois heures, je suis rentré à mon logis pour changer et je l'ai aperçu.

LE COLONEL. — A trois heures, vous êtes sûr?

LE SOLDAT.— Très sûr.

LE COLONEL, *consultant se deux auxiliaires.* — Trois heures... Il me semble que cela suffit comme preuve... vu la distance, n'est-ce pas? (*signe d'assentiment des deux*). Alors, passons à un autre.

LE CAPITAINE. — Inutile d'appeler le numéro deux de ma liste. — C'est le boucher de mes hôtes. Je sais pertinement qu'il n'a pas quitté.

LE COLONEL.— Au numéro trois.

LE MAIRE. — Le numéro trois est le voiturier qui tous les jours à dix heures du matin, part pour Hademarschen et rentre à 7 heures du soir. Il a fait hier le voyage qu'il fait tous les jours : vingt voyageurs peuvent l'attester ainsi que les gens des deux localités.

LE COLONEL. — C'est une alibi indéniable, passons — que dit le numéro 4? Le sieur Weber?

UN SOLDAT *s'avançant.* — C'est moi qui suis logé chez cet habitant ? Je ne l'ai pas vu de toute la journée.

LE NUMÉRO 4. — Bé, bé, mais à quelle heure êtes-vous sorti ?

LE SOLDAT. — A 9 heures du matin.

LE NUMÉRO 4. — Et vous n'êtes rentré que fort tard, parce que vous étiez ivre.

LE SOLDAT. — Je vous ai toujours pas vu ?

LE NUMÉRO 4. — Oui, mais un de vos camarades est venu vous demander à 4 heures, et je lui ai dit où vous étiez ; au cabaret chez François ? est-ce vrai ou non ?

LE SOLDAT. — Pour ça c'est vrai, mais je vous ai tout de même pas vu.

LE COLONEL, au soldat. — Retirez-vous, imbécile (à l'habitant). Rentrez chez vous.

LE CAPITAINE. — Approchez numéro 5. (Un soldat s'approche avec le numéro 5.) Vous avez vu cet homme dans l'après midi ?

LE SOLDAT. — Parfaitement, mon colonel, nous nous sommes battus.

LE CAPITAINE. — L'heure ?

LE SOLDAT. — Entre trois et quatre heures.

LE COLONEL, nerveux. — C'est bien, retirez-vous. (Il se lève et s'adresse au public.) L'auteur de cet infâme assassinat est parmi les habitants de votre ville. Quelqu'un le connaît ou le soupçonne. Je vous avertis que si à midi, je n'ai reçu aucune dénonciation ou aucune indication, la ville subira une exécution militaire. Je livrerai à la juste indignation de nos soldats vos personnes et vos biens : et ce soir votre ville brulée ne sera plus qu'un tas de ruines. Quant à vous, maire, vous savez ce qui vous attend !

Le maire se lève ; on le voit trembler, il bégaye des mots inintelligibles.

LE CAPITAINE. — A propos, maire, dites nous sans bégayer, qu'est devenu ce beau gaillard que vous nous avez présenté hier.

LE COLONEL. — Oui, en effet, l'homme à qui j'ai accordé un sauf-conduit est-il rentré ?

SIMON, s'avançant. — Mon futur gendre. Oui colonel, il est rentré hier soir.

LE COLONEL. — A quel heure ?

SIMON. — A six heures, mon colonel.

LE COLONEL. — Ah ! pas avant ?

SIMON, inquiet. — C'était plutôt six heures passées.

LE CAPITAINE. — A-t-il amené avec lui le témoin qu'il allait chercher ?

SIMON. — Non mon capitaine.

LE CAPITAINE. — Alors, s'il n'allait pas réellement chercher un témoin, qu'allait-il faire là-bas ?

SIMON. — Mais mon capitaine, ce n'est pas sa faute, si le témoin n'est pas venu avec lui, il va venir ce matin.

JACQUES, qui vient d'entrer dans le cercle, se présentant. — Le témoin, le voici.

LE COLONEL. — Vous êtes ?

JACQUES. — Jacques, bourrelier de mon état, habitant de Albersdorf.

LE COLONEL. — Vous portez un sauf-conduit du capitaine qui commande à Albersdorf.

JACQUES. — Le voici, mon colonel.

LE COLONEL. — Pourquoi n'avez-vous pas suivi le nommé Henri ?

JACQUES. — A cause du sauf-conduit, mon colonel.

LE COLONEL. — Mais il est daté d'hier. Cela vous permettait d'accompagner.

JACQUES. — Daté d'hier, oui, mais obtenu le soir très tard.... parce que je n'étais pas à Albersdorf... quand Henri y est arrivé.

LE COLONEL.. — Où étiez-vous donc ?

JACQUES. — J'étais comme beaucoup de gens de Albersdorf.... à la frairie de Hademarschen.

LE CAPITAINE. — Et alors, à quelle heure avez vous vu Henri ?

JACQUES. — Vers trois heures ou trois heures et demie.

LE COLONEL. — Comment, vous étiez déjà revenu de la frairie de Hademarschen, vous étiez déjà de retour à Albersdorf à 3 heures.

JACQUES. — Mais mon colonel, j'étais encore à Hademarschen.

LE COLONEL. — Alors, c'est à Hademarschen que vous avez vu Henri ?

JACQUES. — Parfaitement, mon colonel, (les juges s'entre regardent).

SIMON, très ému. — Henri ne trouvant pas Jacques à Albersdorf est allé le trouver a Hademarschen... naturellement.

LE CAPITAINE. — Naturellement oui.... mais irrégulièrement.

LE COLONEL. — Très irrégulièrement et très imprudemment, car il avait permission d'aller à Albersdorf et d'en revenir par la grande route exclusivement, cela c'était écrit sur le sauf-conduit, si ma mémoire est fidèle.

LE CAPITAINE. — Exact.

LE COLONEL. — à des soldats. — Qu'on aille me chercher cet homme.

LE CAPITAINE, à Simon qui fait le geste d'y aller. — Non pas vous... s'il vous plaît. (aux soldats.) pas un mot avec l'homme que vous amènerez.

LES SOLDATS. — Oui mon capitaine.

(Pendant que les soldats vont chercher Henri, on entend la rumeur de propos vagues dans les assistants).

LE CAPITAINE à Jacques. — Veuillez entrer dans cette maison et vous y tenir jusqu'à nouvel ordre.

(Les juges s'entretiennent à demi-voix).

LE COLONEL au capitaine. — Vous soupçonnez cet Henri ?

LE CAPITAINE. — Fortement.

LE COLONEL au lieutenant. — Et toi mon neveu !

LE LIEUTENANT. — Non !

LE COLONEL. — Pourquoi non !

LE LIEUTENANT. — Logé chez le père Simon, j'ai eu l'occasion de lui parler plusieurs fois. C'est un garçon ouvert, vif, gai, pas un tempérament d'assassin... et puis tout à la joie de son mariage quelle apparence qu'un fiancé très amoureux... au moment où quelques heures seulement le séparent...

LE COLONEL. — Il y a du vrai dans ton objection.

LE CAPITAINE avec un grognement. — N'importe, les circonstances sont là.

LE LIEUTENANT. — Et un crime gratuit... Cet homme n'a jamais eu à se plaindre de Georges.

(Arrivée d'Henri. Louise le suit et se tient derrière lui).

## SCÈNE III

LES MÊMES, HENRI, LOUISE

LE COLONEL assez doucement. — Ce n'est pas ici la place d'une femme.

HENRI. — Je n'ai pu l'empêcher... Vous concevez... une inquiétude absurde.

LE COLONEL. — Qu'elle se retire.

(Henri lui parle à l'oreille, elle fait des gestes de dénégation ; enfin elle se retire, mais reste derrière son père, à demi cachée).

LE COLONEL à Henri. — Quelle heure était-il quand vous êtes arrivé à Albersdorf ?

HENRI. — Une heure, mon colonel.

LE COLONEL. — Bien. Qu'avez-vous fait à Albersdorf.

HENRI. — J'ai cherché mon témoin.

LE COLONEL. — Et vous l'avez amené ?

HENRI. — Non, il n'était pas à Albersdorf.

(Il hésite).

LE COLONEL. — Alors vous êtes revenu !

HENRI. — Non, je me suis rendu à Hademarschen où on m'a dit qu'il était.

LE COLONEL. — A quelle heure êtes vous arrivé à Hademarschen ?

HENRI. — A trois heures.

LE COLONEL. — Et vous avez trouvé là votre témoin... qui s'appelle ?

HENRI. — Jacques.

LE COLONEL. — Vous êtes revenu ici avec Jacques ?

HENRI. — Non... à cause d'un sauf-conduit qu'il lui fallait, Jacques a dû retourner d'abord à Albersdorf.

LE COLONEL. — Vous l'y avez suivi !

HENRI après une hésitation marquée. — Oui mon colonel.

(A cette réponse on perçoit un léger murmure dans l'assemblée).

LE COLONEL. — Et alors, c'est d'Albersdorf que vous êtes rentré ici.

HENRI encore plus hésitant. — Oui mon colonel.

LE COLONEL. — Ce n'est pas vrai, car de Hademarschen à Albersdorf vous auriez mis trois heures, et de Albersdorf ici, vous auriez mis deux heures. Vous auriez donc été de retour ici à sept heures au plus tôt. Or nous savons, par le témoignage de votre beau-père que vous étiez de retour à six heures au plus tard.

HENRI, vivement, et d'un ton de franchise. — Oui mon colonel, j'ai menti sur ce point et j'ai eu tort. J'aurais dû avouer tout de suite que j'ai commis une irrégularité, étant sorti de la route qui m'était ordonnée j'en suis sorti d'abord par nécessité, en allant d'Albersdorf à Hademarsehen. J'en suis sorti ensuite par envie de revenir plus vite ici auprès de ma fiancée.

LE COLONEL. — Nous apprécierons les motifs allégués. En attendant, je vous mets en état d'arrestation.

(On entend un cri de femme).

LE COLONEL. — Amenez-donc cette femme. (On voit emporter Louise. — A un soldat.) Faites rentrer le témoin qui est là (montrant le café) — (Entrée de Jacques. S'adressant à celui-ci). Par quel chemin Henri est il revenu ici ?

JACQUES. — Par le raccourci qui va à

travers bois, de Hademarschen à ce village-ci, c'est moi qui le lui ai indiqué.

LE COLONEL. — Il ne le connaissait donc pas ?

JACQUES. — Non, il n'est pas au fait de ce pays là.

LE COLONEL. — Bien (*à Henri*) savez-vous qu'un de nos officiers a été assassiné ?

HENRI. — Oui.

LE COLONEL. — Et qu'en suivant le sentier indiqué vous êtes passé à cent pas à peine de l'endroit où l'on a trouvé le cadavre.

HENRI. — Non mon colonel.

(*Vive émotion dans l'assistance, le maire surtout paraît très agité*).

LE COLONEL. — Sentez-vous enfin que les circonstances vous accusent fortement ?

HENRI, *avec explosion*.—Mais je n'avais aucun motif de commettre ce crime.

LE COLONEL. — Vous pouviez avoir le même motif que l'individu, resté inconnu, qui a tenté il y a huit jours le meurtre d'un de nos sous-officiers ; n'êtes-vous pas danois ?

(*Henri garde le silence*).

LE MAIRE *se levant, d'une voix hésitante*. — Mon colonel, je crois que ma femme aurait peut être quelque chose à dire.

LE COLONEL *à un soldat*. — Allez chercher madame la mairesse.

(*Une voix dans l'auditoire : « Je suis ici ! »*)

(*La foule s'écarte et la mairesse s'approche*).

LE COLONEL *à la mairesse*. — Dites ce que vous savez.

LA MAIRESSE. — Mon Dieu ! j'aimerais autant ne pas parler. En parlant, voyez-vous, on se fait souvent des ennemis.

LE COLONEL. — Au fait, au fait !

LA MAIRESSE. — C'est très ennuyeux d'être mal avec des voisins !

Je n'aime pas du tout à causer du préjudice.

LE COLONEL. — Dites tout de suite ce que vous savez, ou allez-vous en.

LA MAIRESSE. — Alors voilà ! Ce matin, j'ai vu à six heures le capitaine Georges qui traversait la place avec une cravache. Puis la demoiselle Emilie est sortie de chez elle, et l'a rattrapé. J'ai compris qu'elle voulait l'empêcher d'aller... Il aurait aussi bien fait de l'écouter. Et lui a voulu aller... ils se sont disputés et lui a fini par donner à la demoiselle qui le retenait un coup de cravache sur le bras. Alors donc, le capitaine est parti. Et j'ai vu M. Henri qui tendait le bras du côté de l'officier, le poing fermé.

LE COLONEL. — Il le menaçait !

LA MAIRESSE. — Il me semble. Et alors la demoiselle s'est approchée. Et je crois bien qu'elle a dit comme ça à M. Henri : « Il faudrait le tuer ». Et ce monsieur a répondu : « Si vous voulez ! » C'est tout.

(*Sensation dans l'auditoire*).

LE COLONEL *à Henri*. — Qu'avez-vous à répondre ?

HENRI. — La vérité. En effet, en voyant cravacher cette demoiselle, j'ai eu un mouvement d'indignation, j'ai montré le poing à l'officier — qui ne pouvait pas me voir. Mademoiselle Emilie est venue à moi, également indignée, et voici ce qu'elle a dit réellement : « Si j'avais un père ou un frère, il serait capable de le tuer. » Moi, j'ai dit : « S'il acceptait de moi une provocation, je me battrais bien contre lui. La colère me faisait parler. Voilà la vraie vérité.

LE COLONEL, *aux soldats*. — Qu'on aille chercher cette demoiselle Emilie et qu'on conduise Henri dans le café.

(*Pendant un moment d'attente les officiers causent entre eux. Arrivée d'Emilie. Elle est pâle et tremblante.*)

LE COLONEL. — Mademoiselle, il s'est passé une scène ce matin entre le capitaine Georges et vous. Veuillez nous la raconter exactement.

EMILIE. — Je puis dire que j'étais la maîtresse du capitaine, puisque tout le monde ici me fuit à cause de cela. Probablement, je suis grosse de lui. Et à cause de tout ça, je suis très jalouse. Je me suis imaginé qu'il allait courir après une autre femme. J'ai voulu le retenir. Il m'a donné à la fin un coup de cravache.

LE COLONEL. — Mais après cela, vous avez parlé à quelqu'un, n'est-ce pas ? Il faut dire tout.

EMILIE. — Oui. à M. Henri.

LE COLONEL. — Que lui avez vous dit ?

EMILIE. — Je lui ait dit : « Il m'a séduite, je suis probablement enceinte... et il veut, je pense, m'abandonner. Si j'avais un père ou un frère, il le tuerait. »

LE COLONEL. — Et qu'a répondu Henri ?

EMILIE. — S'il voulait se battre avec moi, je le provoquerais volontiers — Alors je lui ait dit : « Ce n'est pas à faire par vous, n'étant ni mon père, ni mon frère. Et puis il a essayé de me consoler. Il m'a dit qu'il viendrait me voir avec sa femme, malgré ma position. »

LE COLONEL. — C'est tout ?

EMILIE. — Oui.

LE COLONEL. — Qu'avez-vous fait, dans la journée d'hier !

EMILIE. — Je me suis renfermée chez moi toute la journée et j'ai pleuré beaucoup.

LE LIEUTENANT. — Mon colonel, voulez-vous me permettre d'adresser une question ?

LE COLONEL. — Allez.

LE LIEUTENANT.— Mademoiselle, est-ce que le capitaine Georges n'oubliait pas quelquefois une arme chez vous, par exemple un revolver ?

EMILIE, avec une extrême vivacité. — Pourquoi aurait-il porté une arme chez moi. Il était bien en sûreté chez moi, je pense.

LE LIEUTENANT. — Très bien. C'est tout.

EMILIE. — Je puis me retirer ?

LE COLONEL, après avoir parlé bas au lieutenant, à Emilie. — Vous affirmez n'avoir pas quitté votre maison ?

EMILIE. — On peut demander à ma grand mère. avec qui j'habite... mais impotente ; il faudrait venir chez nous.

LE COLONEL. — On verra... Vous pouvez vous retirer... (aux soldats) Ramenez le prisonnier... (rentrée d'Henri). (à Henri). Accusé, les charges les plus graves pèsent sur vous. Le tribunal va délibérer. Avez-vous quelque chose à ajouter pour votre défense.

HENRI. — Je suis sorti de la route qui m'était ordonnée, par malheur, je suis passé près de l'endroit de l'assassinat... voilà tout... Pourquoi aurais-je assassiné ?... (avec émotion). Oh ! J'avais bien d'autres idées en tête, seigneur dieu... Comment prouverai-je que je n'ai pas assassiné ?... C'est à vous de me prouver que je l'ai fait. Est-ce que vraiment vous me feriez mourir pour avoir seulement passé par où je ne devais pas ?

(Murmures favorables dans le public)

LE COLONEL. — Avez-vous tout dit ?

HENRI. — Je suis innocent... innocent... innocent.

LE COLONEL. — Amenez le. Faites retirer le public, nous allons délibérer (le public reste au fond de la scène). Hé bien capitaine qu'en pensez-vous !

LE CAPITAINE. — Mon colonel. Georges est mort assassiné. C'est un fait, n'est-ce pas ? Il faut donc qu'il y ait un assassin, et je ne vois pas qui a pu l'être sinon cet homme là.

LE COLONEL, à Marcel.— Toi lieutenant.

MARCEL.— Moi je suis convaincu de son innocence. Je m'appuye sur le rapport du médecin major qui a examiné le cadavre. Georges était débout et faisait face à son assasin, quand il a été frappé et frappé de très prés, en plein front; donc il voyait à quelques pas son assassin. Georges était muni de son révolver d'ordonnance ; il ne s'en est pas servi. L'assassin, qui l'a ainsi approché, ne lui inspirait donc aucune défiance, quoiqu'on fut en plein bois, dans un pays ennemi.--Que pouvait faire Georges dans cet endroit écarté, caché? Il attendait une femme. Au lieu de celle qu'il attendait, il en est venue une autre...

LE COLONEL. — J'ai compris que tu avais cette idée quand tu as questionné la demoiselle Emilie.

MARCEL.— Je continue. L'arme avec lequel Georges a été tué, lui appartenait. Plus petite que son revolver d'ordonnance, Georges la portait presque toujours sur lui. Le major et moi avons parfaitement reconnu la balle de cette arme... Georges n'a pu l'oublier que chez sa maîtresse ou bien celle-ci la lui a dérobée. Cette circonstance est décisive.

LE CAPITAINE.— Pas décisive du tout. Une supposition simple et plausible... oui cette arme était aux mains de la demoiselle : mais elle a été remise aux mains de l'homme qui, nous le savons, lui avait offert en somme de la venger.

LE COLONEL. — Alors la demoiselle serait complice, selon vous capitaine, et selon toi lieutenant, elle serait l'assassin même... Complice, c'est plutôt en toute affaire le rôle que joua la femme. je me range à cette opinion, mais alors... auteur du meurtre, ou complice, cette femme nous devrions la punir. Qu'en penses-tu, toi lieutenant?

MARCEL. — Non, je ne voudrais pas prendre cette terrible responsabilité. Je ne m'explique le meurtre que commis par elle; mais ce n'est pas assez! il faudrait être certain, avoir des preuves indiscutables.

LE CAPITAINE. —Je dis non également, mais pour d'autres raisons. L'exécution d'une femme, mauvaise affaire. Cela excite dans les populations une pitié dangereuse. Mais l'homme, il nous le faut pour l'exemple.

MARCEL. — Mais, capitaine, il est tout à fait invraisemblable qu'il se soit prêté aux sentiments vindicatifs de cette femme. Songez aux idées qui l'occupaient. C'est un amoureux, un fiancé qui est à la veille de son mariage.

LE CAPITAINE. — Oh! ce sont là des raisons sentimentales... c'est-à-dire des raisons sans valeur.

MARCEL. — Et puis dans votre système le crime aurait été prémédité; or l'absence de préméditation est évidente. Henri ne connaissait pas les lieux, le petit chemin. Il a été amené à y passer par des circonstances imprévues. Seule la fille pouvait savoir à peu près où trouver son infidèle.

LE CAPITAINE. — Vous croyez trop aisément qu'Henri ne connaissait pas les lieux, parce qu'il l'a dit à Jacques. Il a pu d'ailleurs être renseigné par sa complice... et quand il a voulu chercher Georges, il a dû le trouver assez aisément. Le cheval de Georges attaché à un arbre était très visible du petit chemin. Le meurtrier a connu ainsi que sa victime était toute proche.

MARCEL. — Tout cela est beaucoup trop incertain pour que je charge ma conscience de la mort d'un homme.

LE COLONEL. — Alors si l'on ne veut punir ni la femme ni l'homme, comme il faut faire un exemple, frapper les populations d'une crainte nécessaire à notre sécurité, nous n'avons plus qu'un parti : c'est une exécution militaire sur le village.

LE CAPITAINE. — Je repousse l'exécution parce que nous pouvons obtenir l'effet voulu à moindres frais.

LE LIEUTENANT. — Pour moi, l'exécution est la chose la plus horrible et la plus barbare du monde.

LE COLONEL. — C'est un expédient dont la guerre ne peut se passer. Est-ce que l'assassinat du soldat par un habitant n'est pas une barbarie? L'exécution militaire est une barbarie faite pour en prévenir d'autres.

LE CAPITAINE. — L'on tue pour ne pas être tué soi même.

LE COLONEL. — Nous avons autour de nous une population très mal disposée, à contenir. Nous avons au-dessus de nous des chefs qui nous demandent d'agir avec énergie. Enfin il faut se décider (au capitaine) pourquoi votez-vous?

LE CAPITAINE. — Pour la condamnation de l'homme.

LE COLONEL. — Toi ?

MARCEL. —Je vous adjure, je vous supplie de différer, d'attendre au moins des renseignements confirmatifs.

LE COLONEL. — Hé! ils ne viendront pas plus cette fois que l'autre. Nous n'en saurons jamais plus. Et en attendant on attentera à la vie de nos hommes.

MARCEL, avec explosion. — J'ai envie de briser mon épée.

LE COLONEL très sévère. — Vous n'y songez pas... devant l'ennemi ce serait commettre une trahison.

MARCEL baissant la tête. — C'est vrai ; j'attendrai.

LE COLONEL pressé. — La délibération est close, (appelant les soldats) qu'on amène le prisonnier (Henri, ramené entre quatre fusiliers. Des habitants suivent. Les fusiliers les laissent seul en face du président. On voit à son attitude raidie qu'il s'attend à tout).

LE LIEUTENANT lui souffle à demi-voix. — Du courage jeune homme.

(Henri lui jette un regard de douloureuse gratitude, tandis que le colonel fait à Marcel un signe de mécontentement).

LE COLONEL se lève et d'une voix rapide. — Nous vous déclarons coupable de l'assassinat du lieutenant Georges (d'une voix plus grave et plus ferme). Vous subirez votre peine, nous l'espérons, en homme et en chrétien qui croit à une autre vie.

(Henri penche la tête sur sa poitrine et son corps plie, il semble prêt à défaillir).

LE COLONEL ET LE LIEUTENANT. — Soutenez-le donc !

(Des habitants le soutiennent. A ce contact il se redresse lentement mais il y a un moment où visiblement il ne peut plus parler).

LE COLONEL, attend, puis il dit. — Vous voudrez sans doute entretenir un prêtre, soit le pasteur, soit le curé.

HENRI, d'une voix pénible, efforcée. — Le pasteur... mais je demande au tribunal une grâce... Qu'il me soit permis auparavant de dire quelques mots devant vous... quelques recommandations à mes amis...à mon beau père. (sur un geste du colonel) Ne craignez pas de plainte inutile contre vous... de grâce, de grâce ne me refusez pas.

LE COLONEL après hésitation. — Soit.

(Il fait signe aux fusiliers de s'éloigner. Il y a d'ailleurs derrière la petite troupe des habitants un cordon de soldats qui entoure la place).

HENRI. — Mon père, mes amis, je vais vous demander un bien pénible service... assistez-moi, soyez-là jusqu'au dernier moment..... qu'en partant je puisse fixer mes yeux sur vous qui êtes mon pays... mon père et ma mère absents, les malheureux... et (d'une voix étranglée) ma femme... oui... ma femme (il s'interrompt. Les soldats veulent l'amener, croyant qu'il a fini. Il fait un signe de résistance) Attendez (Pendant la seconde partie de cette scène, le beau père qu'Henri a attiré à lui, s'appuie contre lui autant et plus qu'il ne le soutient. Il a la tête baissée et pleure silencieusement)...

L'un de vous portera à mes parents ma montre. Une lettre...seigneur! quelle lettre...les aura avertis...C'est vous mon père qui l'écrirez... mon Dieu... j'y pense ne pourrait-on pas emporter loin du village... celle, enfin Louise... assez loin pour qu'elle n'entende pas... que de recommandations j'aurais à faire... Mais le temps ne m'est pas laissé. Vous voyez... je vous parle... j'ai du courage... mais c'est dûr... songez à tout ce que je dois perdre en un instant, femme aimée... vieux parents qui avaient bien besoin de moi... Ne pensons plus à tout cela (regardant en haut . Peut-être... peut-être là haut on me tiendra compte... j'ai entendu dire «c'est la guerre». Rappelez-vous ce que c'est que la guerre... détestez-la... Une pensée me vient... mon sort va épargner, je l'ai compris, une exécution militaire à votre village. Je vous en prie, rappelez-vous... en parlant de moi de temps en temps, dites-vous. «En somme, il nous a sauvés...» et vous aimerez mon souvenir... assez... il faut... il faut... en finir (se raidissant). Marchons.

## SCÈNE IV

LES MÊMES, moins HENRI, LES SOLDATS LES HABITANTS

(On voit les habitants des maisons fermer précipitamment les volets de toutes leurs fenêtres).

LE COLONEL fait signe à un sous-officier, et à un officier, qui sont demeurés, de s'approcher. Au sous-officier. — Sitôt que le condamné en aura fini avec le pasteur, vous vous montrerez là-bas. (il montre le fond de la scène à gauche par où sont sortis Henri et son cortège. A l'officier). Placez-vous là, au milieu. (Il lui montre le fond de la scène). Sur un geste de ma main, vous lèverez votre épée, de façon à ce que le commandant du peloton d'exécution l'aperçoive tout de suite. Il sait ce qu'il aura à faire.

(Le sous-officier sort. L'officier se place au fond de la scène et au milieu, l'épée nue et basse. Le capitaine Robert, le colonel et le lieutenant Marcel restent assis comme ils étaient. Sauf ces personnages, la scène est vide . on voit bientôt sortir de la maison d'Emilie, cette demoiselle et un prêtre catholique. Le prêtre parle bas à Emilie avec un . . . .

ble et en la tenant par le haut du bras, comme s'il voulait la pousser vers le tribunal. Le lieutenant Marcel regarde ce groupe avec une attention émue, agitée. Il se lève, se rassied fièvreusement et les montrant au colonel).

MARCEL. — Attendez mon colonel, ne donnez pas le signal, je pressens qu'il va nous venir une révélation.

LE COLONEL. — Mais c'est inhumain de prolonger son agonie.

MARCEL. — Mais non, colonel, regardez.

LE COLONEL. — Je regarde et ne vois là qu'un prêtre consolant et soutenant une femme affiigée.

MARCEL. — Mon colonel il y a autre chose.

LE COLONEL. — Mon cher neveu, tu devrais rentrer chez toi.

MARCEL. — Ce spectacle me met au supplice, et... je ne peux pas le fuir.

(Le colonel l'exhorte tout bas. D'autre part on entend Emilie disant) :

EMILIE. — Je ne peux pas... c'est trop horrible. Je ne suis qu'une femme moi... non... non... Je ne peux pas. Ne me demandez pas cela.

LE PRÊTRE. — Alors, venez, je vous condamne à le voir mourir.

(Il l'amène pâle et défaillante vers le fond à gauche).

MARCEL. — Mais qu'est-ce qu'ils font donc ? regardez... regardez.

LE CAPITAINE ROBERT. — Parbleu cette femme veut voir mourir l'assassin de son amant.

MARCEL.—Non, car ce prêtre l'accompagne ou même l'entraîne, cela ne se comprend pas.

LE COLONEL. — Sans doute une pénitence qu'il lui impose.

(On voit Emilie se pencher et regarder avidement du côté où doit être le condamné comme fascinée par le spectacle).

LE COLONEL, impatient, énervé à son tour. — Le pauvre malheureux ne peut se résoudre à congédier le pasteur. Je le comprends... Mais cette attente est horrible... Ah ! enfin voici le messager.

(Il se lève et fait un signe de tête à l'officier. Celui-ci lève son épée).

EMILIE, se précipite vers les soldats qu'on ne voit pas en criant : — Non, non, c'est moi ! moi !

(Détonation).

(Les trois juges se dressent debout. Le prêtre court a Emilie, l'officier du fond également. Celui-ci revient en criant).

L'OFFICIER au colonel. — Morte, tout à fait morte !

LE COLONEL, criant au prêtre. — Monsieur, venez-ici, s'il vous plait... Que signifie ? D'où vient l'action de cette femme ?

LE PRÊTRE. — Cette femme... C'est l'assasssin !

LE COLONEL. — Parlez, parlez donc.

(Marcel s'est précipité dans la direction de gauche vers le condamné Henri)

LE PRÊTRE, s'approchant. — J'ai reçu sa confession ; ses aveux ont été détaillés et précis.

LE COLONEL, à ce moment voit revenir un groupe que précède Marcel agité. A Marcel.— Qu'y a-t-il encore ?

MARCEL. — Henri n'est pas mort, une seule balle l'a atteint, mais probablement il en mourra.

(On apporte Henri couché sur la civière militaire qui était destiné à emporter son cadavre et qu'on a vu passer avant. Un docteur marche à côté. Le docteur vient au colonel).

LE COLONEL. — Hé bien ?

LE DOCTEUR, à demi voix. — Il n'en reviendra pas.

LE COLONEL. — Nous voilà dans une situation affreuse. A-t-il sa connaisance?

LE DOCTEUR. — Oui, entendez-le parler.

HENRI, d'une voix faible et entrecoupée.— Mes amis... mes amis, portez moi chez elle... que je la revoie... qu'elle me revoie. Couchez-moi sur son lit... sa main dans ma main... je mourrai son mari pendant quelques heures, ce fut son vœu... son pauvre vœu.

LE COLONEL, aux hommes qui voudraient

l'emporter. — Attendez... avant il faut savoir (au prêtre) parlez maintenant vite.

LE PRÊTRE. — Cette femme a tuée l'officier Georges avec le pistolet qu'il avait laissé chez elle et qui probablement lui a inspiré l'idée du crime ou en tout cas lui en a permis l'éxécution.

MARCEL. — Que vous disais-je?

HENRI. — On entend la voix faible d'Henri qui dit : Portez-moi... portez moi.

LE COLONEL au prêtre. — Comment se fait-il que personne ne l'ait vu sortir du village ou y rentrer?

LE PRÊTRE. — Je vous ferai remarquer que derrière la maison il n'y a que cinquante pas à faire pour entrer dans un bois qui se prolonge assez loin. Et au reste il ne faut pas affirmer que personne ne l'ait vu. Le plus probable, c'est que personne n'a voulu déclarer qu'il l'avait vue.

HENRI, d'une voix faible. — Mes amis... mes amis, de grâce.

LE COLONEL. — Faites ce qu'il désire.

(On emporte Henri).

MARCEL, en se tordant les mains. — Et voilà... voilà la réalité abominable. Quand un troupe victorieuse occupe le territoire ennemi, pas un habitant de ce territoire n'est sûr, en se levant le matin de n'être pas fusillé avant le soir.

LE COLONEL, d'un ton de résignation morne. — Que veux-tu, c'est la guerre.

RIDEAU

# TABLE DES MATIÈRES

Cahors, imp. G Rougier

# DU MÊME AUTEUR

*L'Histoire considérée comme science* (1 vol. in-8, Hachette).

*Introduction à l'Histoire Littéraire* (1 vol. in-8, Hachette.)

*La Guerre et l'Homme* (1 vol. in-16, Cornély)

*L'Enseignement basé sur la Psychologie de l'Enfant* (1 vol. in-16, Colin.)

*La Psychologie des Individus et des Collectivités d'après Taine, historien des littératures* (1 vol. in-8, Alcan.)